講談社文庫

敵討《かたき》ちか主殺しか

物書同心居眠り紋蔵

佐藤雅美

講談社

目次

敵討《かたき》ちか主殺《しゅ》しか

物書同心居眠り紋蔵

目隠し板貼り付け要求裏の絡繰

一

「火事だ！」

どこからともなく声が飛んできて、あちらこちらが騒がしくなり、やがて擂半《すりばん》が鳴りはじめた。廻船問屋伊勢《いせ》徳《とく》の隠居徳兵衛《とくべえ》は、湯島天神《ゆしまてんじん》に近い旗本屋敷の敷地を三百坪ばかり借地して隠居所を構えており、庭に出て、指に唾をつけて頭上にかざした。

火元は明神下《みようじんした》のようで、風は不忍池《しのばずのいけ》の方から吹いている。どうやら延焼は免《まぬが》れそうだと、安堵して徳兵衛は縁側に腰を下した。

「あれ？」

火《ひ》の粉《こ》が飛んできたのだろう、隣家の旗本屋敷の屋根が燻《くすぶ》っている。火の粉は瓦屋《かわら》根の中に潜り込んだらしい。

　これはひょっとしたらひょっとするが、隠居所は建てたばかり。できることなら、火の粉を払って延焼を免れたい。庭には池がある。徳兵衛は桶を持ち出し、池の水を桶一杯に満たした。隣家の屋根の火はとうとう根を下したようで、切妻《きりづま》から火が噴《ふ》き出ている。

「やや！」

　隣家とは逆の方角から飛んできた火の粉が風呂場の屋根に落ちて燻りはじめた。これはいかん。桶の水を柄杓《ひしゃく》に汲んで屋根に抛《ほう》り上げた。なんとか消し止めた。このままここにいると、火と煙に包まれ、丸焼けにされてしまう。命あっての物種。早いうちに逃げたほうがいい。だが、普請《ふしん》にはおよそ三百両がかかっている。火の粉が飛んできても、水をかけて消せるものなら消し止めたい。

「おお！」

　池の向こうは地主の旗本屋敷。そこへも飛び火したのか、母屋《おもや》から火が噴き出している。これはいよいよ危ない。いや、待てよ、いざとなったら蓆《むしろ》を被《かぶ》って池に逃げ込めばいい。幸いこのところ雨が少なく、池の底は浅い。身体が池の中に沈み込むようなことはない。

ゴオー！　唸《うな》りをあげて風向きが変わった。風は明神下からこちらへ吹いてきて、縁側に火の手がとりつく。徳兵衛は必死になって消し止めた。やれやれと胸を撫《な》で下ろしたのも束の間。裏手に火が回っていて、座敷の障子《しょうじ》がめらめらと音を立てて燃えはじめた。万事休す。

もはや逃げるしかない。だが、地主の屋敷はすでに紅蓮《ぐれん》の炎となっており、そちらには逃げられない。隠居所専用の入口にも火の手は回っており、白壁は高さが一間《けん》以上もあり、飛びつくことができない。かりに飛びついたところで四方八方が火焔《かえん》に包まれており、下りるところがない。こうなれば当初考えたとおり、薦を池の水に浸《ひた》し、それを頭から被って池に浸《つ》かり、火の手が収まるのを待つしかない。

あちらこちらから飛んでくるのだろう、火の粉が被っている薦に刺さってぶすぶすと不気味な音を立てる。そのたびに肝を縮《ちぢ》ませ、早く逃げればよかったのに、なんて馬鹿なことを仕出かしたのだと嘆《なげ》くものの後の祭りだ。

それにしても冷える。このところ陽気がよかったから、池に浸かるなどなんともないと思ってしまった。いやあ冷える。ふぐりが縮み上がる。まったく馬鹿なことを仕出かしたものだと、火の手の様子を窺《うかが》いながら時々腰を浮かした。

「うん？」

どこから姿を現したのか、池の向こうに男が二人立っている。一人は背中を向けており、一人は池越しにこちらの様子を窺っている。身体もがっちりとたくましいが、顔も角張っていてたくましい。刺子《さしこ》の半纏《はんてん》は水に濡《ぬ》らしているらしく、半纏からゆらゆら湯気が立っている。また、なにを履《は》いているのか、炎がめらめらと音を立てているのを物ともせずに地主の屋敷に入っていく。

「あいつらは？」

盗賊だ。それも火の中に飛び込むのだから、並みの盗賊ではない。獲物は？　小判とか刀剣とか茶釜とか陶器とか、火に強い金目の物だろう。それらを狙って命を懸《か》けているのだ。それにしても火事場泥棒というが、大胆不敵な盗賊だ。盗賊ながら天晴《あっぱ》れというしかない。

目を凝《こ》らしていたが、やがて屋敷は焼け落ちたというのに、二人は戻ってこない。獲物にありついたのか、ありつかなかったのかは分からないが、隣の屋敷、またその隣の屋敷と獲物を漁《あさ》っているに違いない。

どれほど経ったろうか。一刻《こく》（二時間）。あるいは一刻半。隠居所は半焼でおさまり、火の手は消えた。もっとも、半焼といってもとても手入れは利《き》かない。新たに建て直すまで、騒々しい町に戻るしかない。

「やれやれ」

とつぶやきながら、徳兵衛は池から這《は》い出た。

二

徳兵衛の廻船問屋伊勢徳は小網町《こあみちよう》二丁目にある。小網町二丁目と三丁目は日本橋川《にほんばしがわ》を大川《おおかわ》から入ってすぐの右手（左岸）にある川沿いの細長い町だ。そこはいわば上方《かみがた》や伊勢湾各地から運ばれてくる諸物資の積み下ろし場、いうならターミナルのような場所、商業の一等地である。地価も飛び抜けて高い。

伊勢徳は本店が伊勢鳥羽《とば》にあり、小網町二丁目の店はいわゆる江戸店だったが、住めば都で、徳兵衛は鳥羽に戻ることはめったになく、あまつさえ湯島に隠居所を構えるにいたったのだが、焼け落ちて、とりあえず小網町二丁目の江戸店に戻った。

二月《ふたつき》も経った頃だった。

「煩《わずら》わしいことですので、お耳にはお入れしなかったのですが」

と前置きして番頭がいう。

「ご承知のように小網町二丁目の裏通りに面した地所は伊勢桑名《くわな》の松平《まつだいら》様の中屋敷で

す」

　小網町二丁目と三丁目は商業の一等地なのだが、そこから以東、大川沿いまでは御開府以来、人通りのない、樹々が生《お》い茂った、昼なお暗い武家地となっていた。

「それがこのほど、丹後田辺《たんごたなべ》の牧野《まきの》様の中屋敷となりました」

　丹後田辺の上屋敷はどういうわけか、八丁堀《はっちょうぼり》側からいうと北端、日本橋川沿い右岸、江戸橋の南、商業地のまん真ん中という場所にあった。

「牧野様は上屋敷に近いから便がいいということで、桑名の松平様と相対替《あいたいが》えをなさって移ってこられたようなのですが、このほど牧野様から門前町屋一円、目障《めざわ》りだから二階の窓に目隠し板を貼り付けてもらいたい、火《ひ》の見櫓《みやぐら》も、当屋敷を覗《のぞ》き見ることができないようにどこかへ移してもらいたいと申し入れがありました」

　小網町二丁目と三丁目は細長い町で、表通りの川沿いはすべて川を背にした蔵となっており、牧野家の屋敷に接する裏通りに面したところに商店が櫛比《しっぴ》して建てられていたのだが、いずれも二階建てで、蔵に接した部分がどうしても薄暗くなるから、明かりをとるために勢い裏通りに面した側の二階の窓は大きくとっていた。だから、そこへ目隠し板を貼り付けるということは、二階は真っ暗になるということだった。番頭はつづける。

「とても承服できることではありません。月行事《がちぎようじ》さん、家主《いえぬし》五人組さん、名主さん連名で無理難題を申しつけないでくださいと、牧野様に言葉を返したのでございますが、覗き見されるのは甚《はなは》だ迷惑。断じて目隠し板を貼り付けてもらいたいとえらい剣幕で、町の者みんな、頭を抱えております。それに」

「なんだ？」

「甚左衛門町《じんざえもんちょう》の連中は牧野様の言い分を飲んで目隠し板を貼り付けることに同意したのだそうです」

小網町二丁目は裏通りを挟《はさ》んで牧野家の西側にあるが、甚左衛門町は牧野家に隣接して北側にある。そこは商業地というより種々雑多な町で、飲み屋もあれば料理屋もある。牧野家側からすれば、酌婦《しやくふ》の嬌声《きようせい》や酔っ払いの喚《わめ》き声がのべつ聞こえてくるだけでなく、連中が興ありげに見下ろす。我慢がならない。だから目隠し板をといい、甚左衛門町は牧野家の言い分を飲んだ。

「どっちにしろ、町のみんなに頑張ってもらうしかない」

徳兵衛はそういって二階に上がった。

「なるほど、いわれてみれば、あっちがああいってくるのも無理はない」

むしろ桑名の松平家側がよく我慢していたというところで、屋敷内がことごとく見下せる。そこにはおもに長屋が建ててあり、勤番者や家族連れの江戸詰めの者が住んでいるのだが、出入りするたびに二階に目がいき、そのつど見下ろされているのに気づいて溜息《ためいき》をつくのだろう。

実際のところ、桑名の松平家はそれが嫌で、牧野家と相対替えしたのだ。牧野家はそうとは知らず、上屋敷に近いからつい話に乗り、移ったはいいが、北側の甚左衛門町と西側の小網町二丁目の二階からのべつ見下される。これはたまらぬと両町に目隠し板をと申し入れたのだ。

「うん？」

なんだ、あの男は？　中屋敷の玄関を裏通りに出ようとしている。あの男、どこかで見た。どこだったか。そうだ。紅蓮の炎を背にこちらを見渡していた、身体もがっちりたくましいが、顔も角張ってたくましい大胆不敵な火事場泥棒じゃないのか。しかし、そんな男がなぜこんなところに？　だいいち、火事場泥棒が何用あって牧野家の屋敷になんか出入りする？　あの日、火の中に飛び込んでいった二人のことが鮮明に記憶に残っているから、なんとなくあの男ではないかなどと考えたりするのではないか。

「ご隠居様」

階下から番頭が声をかける。

「なんだい？」

「月行事の長右衛門《ちょうえもん》さんが、ご隠居さんがお出ででしたら、ぜひとも相談に乗っていただきたいとおっしゃってます」

徳兵衛は隠居所の建て替えに忙しく、湯島と小網町二丁目を行ったり来たりしていて、家に腰を落ち着けるということがあまりなかった。

「わかった。茶の間にお通ししろ」

〇〇店《だな》といわれている長屋の賃貸管理人は家主といわれている町役人でもあり、五人組といって五人が組み合っており、そのうちの一人が交代で、月行事となって町政を担っていた。長右衛門はいう。

「火事に遭われたそうですねえ」

「うむ、ひどい目に遭った」

徳兵衛には囲い者がいて、囲い者の両親は不忍池の近くに住んでいたことから、囲い者にせがまれて、気軽な隠居の身であることとて湯島に隠居所を構えた。火事があった日、囲い者は実家に帰っており、幸い実家は延焼を免れたから、囲い者はそのまま実家に居着いていた。長右衛門はいう。

「牧野様から申し入れがあったこと、お耳に入っておりますか」

「いま番頭さんから聞いた」

「むろん牧野様にはお断りしたのですが、この先、いかが取計らえばよろしいでしょうか」

徳兵衛は小網町二丁目の大半の地主であり、かつ長老である。徳兵衛はいった。

「沽券《こけん》にも関わることです」

沽券は権利証のようなものだが、徳兵衛は土地の値段というような意味で使っている。二階を目隠し板で塞《ふさ》いでしまわなければならなくなったら、その分土地の値段が下がってしまうと、徳兵衛は地主だからそんな心配をするのだ。

「ですから、断じて聞き届けるわけにはまいりません」

「無体《むたい》を申さぬよう、牧野様にお申しつけくださいと御番所に訴えましょうか」

「そうですねえ。やはり、ここは訴えたほうがいいでしょう。ですが、訴えるにしても、その前に、八丁堀のどなたかに相談しておいたほうがいいんじゃないんでしょうか。どなたか心当たりはありませんか」

「心当たりはありませんが、当たってみましょう」

三

「恐れながら申し上げます」

この日は三番組が当番の日で、紋蔵《もんぞう》は当番所に控えており、当番与力の助川作太郎《すけがわさくたろう》が応じる。

「申せ」

女がいう。

「わたしは南鞘町《みなみさやちょう》治兵衛《じへえ》店《だな》浪人宮本庄次郎《みやもとしょうじろう》の連れ合いで種《たね》と申します。昨夜のことでございます。庄次郎は近所の者数人から、嫌がっているのにむりやり河豚《ふぐ》を食わされ、毒に中《あた》って頓死《とんし》しました。どうか、その者らをお縄にしてきつく罰してくださいませ」

「むりやり河豚を食わされた？」

「さようでございます」

「藤木《ふじき》」

と助川作太郎は振り返る。

「むりやり河豚を食わされて頓死したなどという訴えは初耳だ。どう扱えばいい」

「片口《かたくち》じゃあ、よく分かりません。金吾《きんご》に調べさせましょうか」

「そうしてくれ」

助川作太郎は女に向かっていう。

「種と申したな？」

「さようでございます」

「後刻、廻り方の役人がおぬしを訪ねて、事情を聴取いたす。今日のところは引き取れ」

「承知いたしました」

そんなことがあって、南の定廻《じょうまわ》り大竹《おおたけ》金吾が一件を扱うことになった。

下世話に「河豚は食いたし命は惜しし」という。河豚が美味なのは誰もが知っているが、毒に中るというので江戸の人たちはみんな敬遠した、ということにこの前まではなっていた。

だが、なにが中るのかがだんだんに分かってきて、この頃ではどうやら肝が危ないらしいということになり、肝を取り除いて河豚を食うようになった。冬ともなると日本橋や新場《しんば》の魚河岸に河豚が並べられ、みんなが争うように買うものだから昔のように安くはなく、結構いい値で売られた。

だから、河豚を食うこと自体は珍しくないのだが、浪人宮本庄次郎の場合、食ったのは河豚ではなかった。

宮本庄次郎は夫婦で例の傘張り内職に精をだして食い繋《つな》いでいた。それはいいが、おれは浪人、お前たちとは身分が違うと、とかく権高《けんだか》に振る舞い、近所では鼻摘《はなつま》みだった。

たまたま、近所の多吉《たきち》という大工が掘り出し物の日本刀を手に入れた。だが、わけありだから、質屋に持っていくわけにいかない。やたらな者に売るわけにもいかない。

「どうです？」

仮にも宮本庄次郎は浪人者。いつも腰に二本を差している。暮らしに余裕がありそうにも思えないが、無理をしてでも欲しいと思わないでもなかろう。どうですかと持ちかけた。

「どれどれ」

宮本庄次郎は手にとった。

「柄《つか》も鞘《さや》も焼け焦げている。火事場ででも拾ったのか」

「まあ、そんなところです」

宮本庄次郎は懐紙《かいし》を口に挟んで鞘を払い、刀身を矯《た》めつ眇《すが》めつ眺める。なかなかの代物《しろもの》だ。鞘に納めていった。

「いくらだ？」

「金三枚」

「よかろう。いま手元に持ち合わせがない。三日後に、おぬしの家に持参する」

三日後、宮本庄次郎は多吉を訪ね、三両を差し出していった。

「納めてもらおう」

多吉は顔をゆがめていう。

「冗談でしょう」

「冗談？　どういうことだ？」

「金一枚は七両二分。ですから、三枚だと二十二両二分になります。それだけの値打ちはあります。払えないんだったら返してもらいましょう」

「お前なあ」

「なんです？」

「ふつうに話していてだ、金三枚なんて言い方をするか。誰だって金三枚といわれたら、小判が三枚と思う。そうじゃないのか」

金一枚は七両二分ということになっている。だが、たびたびの貨幣の改鋳《かいちゅう》で、金一枚の値打ちは二十五、六両にもなり、金何枚という言い方をする金そのものが流通しなくなっていた。

ただ、金何枚という言い方は残っていて、たとえば将軍が家来に褒美《ほうび》を遣《つか》わすときなど、紙に「金何枚」と書いて下付し、そのあと、一枚七両二分に換算して小判が下された。祝儀《しゅうぎ》や献上《けんじょう》などのときも同様に、紙に「金何枚」と書いて、そのあと小判が遣《や》り取《と》りされた。だから、宮本庄次郎が「ふつうに話していて、金三枚などという言い方をするか」といったのはおかしなことではない。

だが、多吉が掘り出し物といったように、刀は素人目《しろうとめ》に見ても三両やそこらで買える代物ではない。多吉はいう。

「掘り出し物の刀に敬意を表して金三枚といったのです。そのくらいのことが分からないのですか。とにかく三両しか払えないというのであれば返していただきます」

「いや、返すわけにはいかない。三両という約束で買ったのだ」

「返せ」

「どうせ、わけありの代物だろう。三両にもなったと喜んだほうがいいんじゃないのか」

「どういう意味です？」

「出るところへ出ると危ない品に違いない」

「脅しですか」

「そうとってもらっていい」

そんな遣り取りがあって、宮本庄次郎は多吉から、三十両から五十両はしようという刀を三両でふんだくった。

あの野郎、なんとしてでもへこましてやる。でなければ腹の虫がおさまらない。そうは思うものの、いい手を思いつかない。そんなところへ、最近は誰でも河豚を食うのに、宮本庄次郎は河豚を怖がって食わないという話を小耳に挟んだ。宮本庄次郎を訪ねていった。

「仲直りに河豚をご馳走《ちそう》したいんです。家にきてもらえませんか」

事実、宮本庄次郎は河豚を怖がっていた。このところ誰彼《だれかれ》が河豚を食うようになったが、河豚が毒を持っていることに変わりはない。なにも、そんな物をわざわざ食うことはないというわけだ。だが、いい大人が河豚を怖がっていると思われるのも癪《しやく》だ。宮本庄次郎はいった。

「いいだろう。馳走になろう」

そのあと、多吉は日本橋、新場とまわった。あいにく河豚はどこの店にも並べられていなかった。こわごわ食うところを見て、面白がればいいんだ。多吉はそう考え直して、店に並べられていた鯒《こち》を捌《さば》いてもらって持ち帰り、近所の者三人にも声をかけた。

宮本庄次郎はそもそも河豚を食したことがない。こんなものかと思いながら、内心びくびくだが、なに食わぬ顔で鯒の鍋と刺身を食した。

「そろそろ」

お開きになって、宮本庄次郎は家に帰った。

「うーん、苦しい」

宮本庄次郎は突然、苦しみはじめて、連れ合いの種にいった。

「多吉に、毒を盛られた。医者を呼んでくれ」

医者は駆けつけてきた。宮本庄次郎はいう。

「河豚の毒を盛られた。毒消しを処方してもらいたい」

医者は冷たくいう。

「河豚の毒に毒消しは効きません」

食中りだったのだが、河豚の毒を盛られたという思い込みが宮本庄次郎の体力を弱らせ、宮本庄次郎は明け方に息を引き取った。

大竹金吾は念の為、日本橋と新場の魚屋を当たった。たしかにその日、河豚はどこにも入荷していなかった。多吉が鯒を買ったという新場の魚屋をも当たった。鯒を売って捌いて渡しましたと魚屋はいう。食中りで死なせたというのはそれなりに問題だが、河豚の毒を盛って殺したという疑いは晴れた。

それとは別に、金吾としては掘り出し物の刀を問題にしなければならなくなった。多吉を追及した。

「どこで、手に入れた？」

多吉はいう。

「二月ほども前に明神下から湯島にかけて火事があり、跡片づけに日本橋からこっちのわたしらにまで声がかかりました。焼け残って使える材木などというのもありますからねえ。そのとき、火事場で拾ったのです。ご覧ください。柄も鞘も焼け焦げているでしょう」

「拾ったのはどこの屋敷跡だ？」

「一面焼け野が原でしたから、どこの屋敷跡かは存じません」

「要は拾ったというわけだな」

「そうです」

「なにであれ、拾って届けなければ過料《かりよう》だ。追って沙汰《さた》する。また、刀は没収する。後腐《あとくさ》れのないよう、宮本庄次郎の女房に三両は返しておけ」

「一両は酒盛りに遣ったんですがねえ」

「足せばいいだろう。返さねばあの女房、ぶつぶつ文句をいってまた当番所に駆け込むぞ」

「分かりました。そうします」

役所はもう引けている。金吾は刀を担いで八丁堀に向かった。

四

小網町二丁目の月行事長右衛門は八丁堀の何人かに当たった。

「南の物書同心《ものかきどうしん》に藤木紋蔵という方がおられます。大変な物知りです。藤木さんに聞かれるとよろしい」

という者がいて、長右衛門は紋蔵を訪ねて約束をとりつけ、紋蔵が指定した店、若《わか》竹《たけ》に徳兵衛と連れ立って出かけた。

「うーん。なるほど」

用件を聞き終わって紋蔵は腕を組んだ。

「その様な訴えは前例がありません。おそらく、訴えても奉行所がかれこれ申すことはないでしょう。相対でよく話し合うようにと沙汰して終わりです」

いわゆる民事不介入だ。徳兵衛は聞いた。

「二階に目隠し板を貼り付けさせた例というのはあるんですか？」

「いくつかあります。たとえば神田橋御門《かんだばしごもん》外の勘定《かんじょう》奉行所。あそこは町屋と隣接していて、町屋は二階建てになっています。それで、新任の御勘定奉行が目隠しをするようにと申し入れました。勘定奉行所は官府です。ただの武家地ではありません。二階家は否応なしに目隠しをさせられました。築地《つきじ》の本願寺《ほんがんじ》に京から御門跡《ごもんぜき》が下ってこられたときも同様のことがありました」

「築地の本願寺は官府ではありません」

「帝《みかど》の御使《おつかい》という用を帯びておられたので、官府同様の扱いになったのです。この八丁堀は町方が拝領している大縄拝領組屋敷ですが、ご承知のように、みなさん表通りに面した地所をいろんな方にお貸ししています。それで、ある方がどうにも気になる、隣り合わせの二階家の二階を目隠ししてもらいたいと掛け合い、話し合いのうえ、目隠しをしてもらうということがありました。みなさん方と牧野様もやはり、話し合いということになるんでしょうねえ」

「嫌だと突っ張ることは？」

「それは勝手ですが、長引くんじゃないんですか」

「では訴えても意味はない？」

「そんなことはないでしょうが、先方も負けずに訴えるでしょうから、長引いて、結局は相対でよく話し合うようにと沙汰が下って幕引きということになります」

「おっす」

金吾が刀を担いで入ってくる。

「みなさん、お揃いで今日はまた何事です？」

「お二人は小網町二丁目の地主さんと月行事さんで……」

紋蔵がざっとしたところを話すと、金吾はいう。

「二階の窓に目隠し板をですか。難しい問題ですねえ」

徳兵衛がいう。

「こちら様も町方のお方ですか？」

紋蔵が答えていう。

「南の定廻り。大竹金吾という大したお偉いさんだ」

「大竹様にお伺いします。失礼ながらご持参なさったお腰の物は大竹様の佩刀《はいとう》でございますか」

「なぜ、その様なことを聞かれる？」

「焼け焦げているようですが、見覚えがあるのです」

「見覚えが？」

「そうです」

「聞かせてもらおう」

「湯島天神下に沢村主水正《さわむらもんどのしょう》という御旗本がおられます。わたしは主水正様の屋敷を借地して隠居所を建てておりますので、といってもこの前の火事で焼け、建て直している最中ですが、そんなわけで主水正様とは懇意にさせていただいております。主水正様の沢村家は三河《みかわ》以来の名家で、鎧《よろい》、兜《かぶと》、槍《やり》をはじめ、先祖伝来の武具馬具をいろいろお持ちなのですが、刀も名刀を五振りも六振りもお持ちで、手入れをなさるときに何度か見せていただいたのですが、そのうちの一振りにそっくりなのです」

「まことですか」

「銘はなんとおっしゃったか。記憶にありませんが、ご本人に確かめてみられてはいかがですか」

「この刀を持っていたのは大工で、明神下から湯島にかけての火事場の跡片づけに駆り出されて拾ったと申しております」

「やはりそうですか。して、その大工は角張ってたくましい顔をしておりませんか？」

「たくましい顔といえばいえるんでしょうが、角張ってはいません。ですが、なぜそんなことをおっしゃる？」

「じゃあ、後ろ向きだった男か？」

「どういうことです？」

「わたしの隠居所と主水正様の屋敷は池を挟んで隔《へだ》たっているんですが、火事に遭ったその日、二人の男が紅蓮の炎を上げて燃え盛っている主水正様の屋敷の中に入って行くのを見たのです。角張った顔の男はそのうちの一人です」

「二人は火事場泥棒というわけですね？」

「大胆不敵というか、世の中にはすごい男たちもいるもんだと妙に感心しました」

「二人のうちのどっちかが主水正様の自慢の差料《さしりょう》を見つけて持ち帰ったというわけで

すか？」

「そうなるようです」

「そして、二人のうちのどっちかが多吉という大工？」

「かもしれません」

「そういうことなら、明日にも主水正様をお訪ねして、主水正様の刀に間違いないと判明したら、多吉の化けの皮をひん剝《む》いてやります。有り難うございました」

「どういたしまして」

「ところで、主水正様も火事に遭われたのでしょう？」

「丸焼けです」

「いまはどこにお住まいなのですか」

「一時は麴町《こうじまち》の親戚に身を寄せておられたのですが、とりあえず焼け残りの材木を掻《か》き集めて二間ばかりの家を建て、いまはそこに住んでおられます。なんでしたら、明日もわたしは隠居所の普請のこまごました注文に湯島にでかけますので、ご一緒してお引き合わせしましょう」

「そうしていただければなによりです」

「では日本橋の北の橋詰で待ち合わせるとして、何刻がいいですか」

「五つ（八時）は早過ぎますか」

廻り方の役人の朝は早い。

「結構です」

紋蔵がいった。

「なにか、おかしな方向に話が飛びましたねえ」

「長右衛門さん」

徳兵衛は長右衛門に話しかける。

「目隠し板のことについては根気よく牧野様と話し合わなければならないということのようで、わたしたちはそろそろ引き上げませんか」

「そうですねえ」

徳兵衛は板場に向かっていった。

「お勘定をお願いします」

五

日本橋北詰《きたづめ》で落ち合った金吾と徳兵衛は、金吾の手先や下っ引き五人ばかりを従えながら湯島に向かった。神田川にはいくつか橋が架かっているが、金吾らは筋違御門《すじかいごもん》の橋を渡って明神下に出た。焼け跡はほぼ片づけられ、あちらこちらから鋸《のこひ》を挽く音、鉋《かんな》で削る音、槌《つち》を叩く音、また材木を組み立てようとする威勢のいい大工の掛け声などが聞こえてくる。徳兵衛は先に普請中の自分の屋敷の棟梁にあれこれ指示したあと、沢村主水正の屋敷にまわり、

「ここです」

と足を止めた。小普請《むやく》の沢村主水正は千五百石を取っており、敷地も千二百坪ほどあって、そのうちの池の向こう三百坪ほどを徳兵衛に貸していた。

「沢村様」

徳兵衛は表から声をかけた。ふつうは用人だの、侍だの、中小姓などがいて用件を取り次ぐのだが、居場所がない。それぞれ縁故先に身を寄せていた。

「ようこそ」

と主水正自身が焦げ臭い材木で応急に組み立てられている玄関に出てくる。

「お変わりございませんか」

火事の直後、火事見舞いに訪ねて以来だ。

「ご覧のとおりですが、今日はまた何用で？」

「こちらは」

と金吾に目をやり、

「南の定廻りという御役の大竹金吾と申されるお方です」

「盗《ぬす》っ人《と》など悪党を捕まえる御役の方ですな？」

金吾が答える。

「そうです」

「そのようなお方がわたしに何用ですか？」

金吾は手にしていた刀を差し向けていう。

「この刀に見覚えはありませんか」

主水正は手に取っていう。

「ありますとも。わたしの刀です。末備前《すえびぜん》の彦兵衛忠光《ひこべえただみつ》です。中子《なかご》に銘があります。ご覧になりますか？」

「それには及びません」

「それにしても、なんと情けない姿に。して、どこでこれを手に入れられたのですか？」

「さる大工が火事のあとすぐ、一帯の跡片づけに駆り出され、そこで拾ったと申しております」

「それはおかしい」

「とおっしゃいますと？」

「朱印状とか、先祖伝来の由緒書とかの重要な書類、金目の物、骨董など持ち出さなければならない物は多々あります。そこで、槍は持ち出しましたが、鎧、兜、刀などは、運を天に任せて頑丈な長持ちに納めて蔵にしまっておきました。火の手が収まり、幸い蔵は焼けませんでしたので、やれやれと胸を撫で下ろして錠前を外そうとすると、錠前がない。叩き壊されて、どこかに抛り投げられてしまったようで、もしやと中に入ると案の定でした。鎧は重くて持ち運ぶことができなかったようで、兜は売り捌くのが難しいからでしょう、ともにそのまま置かれていましたが、刀は持ち運べる。六振りをそっくり持っていかれました。しかし、するとこの焼け焦げはどうしてできたんだろう？」

「途中で落としたかしたんじゃないんですか」

「かもしれませんねえ」

「しかし、一振りでも返ってきてよかった。いまうちにある刀は腰に差していたのしかありませんから。徳兵衛さんが見つけてくれたんですか？」

「ちょっとしたきっかけです」

「礼をいいます」

「なにをおっしゃいます」

「急な用立てをお願いしたりと、徳兵衛さんには本当に世話になります」

千両はする弁財船《べざいせん》を二十艘《そう》ばかり。内海船《うつみぶね》と呼ばれる廻船を三十艘ばかり。そのほか、荷足《にたり》、茶船《ちゃぶね》、瀬取《せど》り船《ぶね》などを数知れず所有している徳兵衛の資産は十万両を超すのではないかといわれていた。大したお大尽《だいじん》で、このときも、屋敷の建て直しに、とりあえず五百両ほど都合してくれませんかと主水正に頼まれ、徳兵衛は二つ返事で融《ゆう》通《ずう》していた。だから、御大身の御旗本というのに、主水正は徳兵衛と両敬《りょうけい》で接していた。金吾はいった。

「それじゃあ、わたしはこれで。お邪魔しました」

「大竹さん」

「なんです?」

「例の角張った顔の男と多吉という大工がどう繋がっているのか、突き止めたいのです。わたしもご一緒させてください」

「それはいいですが、やつは大工。仕事に出かけていると、仕事場まで足を運ばなければなりません」

「なに、足はまだまだ達者です」

「それでは」

と主水正に挨拶《あいさつ》して金吾と徳兵衛は南鞘町に向かった。

六

多吉は独り者で、家にはいなかった。

「ごめんよ」

と家主の家の戸を叩いた。廻り方の役人は独特の形《なり》をしており、一目で分かる。家主は恐る恐る聞く。

「これはまた何用ですか？」

「南の大竹金吾という者だが、多吉のことについてちょっと聞きたい」

「やはり多吉は宮本様を食中りで死なせたことの罪を問われてお縄になるのですか？」

そういえば、それの始末もつけておかなければならないのだが、

「あいつの評判や仕事ぶりについて聞きたい。あいつの評判は？」

「とおっしゃいますと？」

「手癖が悪いとか、金を借りて返さないとかだ」

「見栄《みえ》っ張《ぱ》りなところはありますが、手癖がどうとか、金を借りてこうとかとは聞いておりません」

「仕事ぶりは？」

「まあまあ真面目《まじめ》に働いているほうじゃないんですか」

「どこの棟梁の下で働いている？」

「南八丁堀三丁目の通称を矩十《かねじゅう》といわれている棟梁の下で働いております」

材木関係の仕事場や家はたいてい河岸沿いにある。南八丁堀は河岸沿いの町だ。

「いまはどこで仕事をしておる？」

「さあ、そこまでは存じません」

「なぜ、嬶《かか》アを貰わぬ？」

「身分不相応な女に岡惚《おかぼ》れして手ひどく振られたものですから、女にちょっかいをだすのを怖がっているようです」

「聞いていいですか」

徳兵衛が金吾に断る。

「どうぞ」

「お家主さん。多吉さんの知り合いに角張った顔の男はおりませんか？」

「さあ、少なくともわたしは知りません」

徳兵衛はいまや探偵気分でいる。

「邪魔をした」

外に出て金吾は徳兵衛にいった。

「どこぞで昼にして一休みしたあと、矩十を訪ねて多吉がどこで仕事をしているかを聞き、多吉の仕事場にいくことになるんですが、あなたはどうなさいますか」

「角張った顔の男がどうしても気になります。どうせ、暇にしております。ずっとお供をさせてください」

物好きだとは思うが、邪魔にはならない。

「じゃ、まあ、お好きなように。昼はどこにしますか？」

「わたしはどこでも」

「蕎麦《そば》は毎日のように食ってるし、じゃあ、京橋《きょうばし》が近いから、京橋のだるま屋にしませんか？」

「結構ですねえ」

知られた鰻屋《うなぎや》だ。

「まことに失礼な申し出ですが、お供の方の分も持たせてください」

「伊勢徳の徳兵衛さんといえば知られたお大尽。遠慮することもありますまい。みんなもご馳走になります」

橋を京橋といったところから一帯を京橋というようになり、流れている川を京橋川というようになったのだが、京橋川を御城と反対方向に下ると堀になり、南八丁堀三丁目はその堀沿い右岸にある。

「ごめんよ」

鰻を食い、一休みして、金吾は棟梁矩十を訪ねた。女房《かみ》さん風の女が出てきていう。

「御用は？」

「棟梁に会いたい」

「仕事に出ております」

「多吉も一緒かい？」

「まだ、あの食中りのお調べですか？」

「そんなとこだ」

「多吉さんも一緒です。今日も朝早くから明神下に出かけております」

あちこちの大工が明神下や湯島に駆り出されているのだろう。

「邪魔をした」

外に出て話しかけた。

「徳兵衛さん」

「なんでしょう？」

「わたしらは歩くのが商売。これから明神下に引き返すのも苦にはなりません。徳兵衛さんはどうなさいます？」

「乗り掛かった舟です。どこかで辻駕籠《つじかご》を拾って追います。わたしに遠慮せずに先に行ってください」

「そうまでおっしゃるのなら、一緒に辻駕籠を探しましょう。日本橋通りに出ればあちこちで客待ちしてます」

辻駕籠を拾って徳兵衛は乗り、すたすたと明神下に急ぐ金吾らを追いかけた。

なんのことはない。朝、右手に見かけた仕事場の一つが矩十が請負っていた普請場だった。

「棟梁」

金吾は矩十に呼びかけた。矩十は応じる。

「なんでしょう？」

「南の大竹金吾という者だが、多吉に聞きたいことがある。呼んでもらおう」

「食中りのことですか？」

女房とおなじことをいう。まあ、なんであれ、人一人が死んでいる。連中の間で話題にならないほうがおかしい。

「そんなところだ」

「お待ちください」

といって矩十は材木置場の方に声をかける。

「多吉」

「へーい」

声が返ってきて、鉢巻《はちまき》をとり、身体の鉋屑《かんなくず》のようなのを払いながら、訝しげな顔をしてやってくる。

「まだ、なにかご不審が？」

「そうだ。大有《おおあ》り名古屋《なごや》だ」

「河豚の毒が中ったという疑いは晴れたはずなんですがねえ。一体、なんです？」

「棟梁」

　と矩十に呼びかけた。

「へえ。なんでしょう？」

「棟梁も傍で聞いてもらいましょう」

「承知しました」

「多吉」

「へえ」

「お前、あの刀を火事場を跡片づけしていて拾ったと申したなあ」

「へえ。申しました」

「今日の朝のうちに刀の持ち主に会ったのだがなあ。持ち主は長持ちにしまって、蔵に入れて鍵をかけていたところ、蔵が破られ、刀六振りがそっくり消えていたということだ。つまり火事場泥棒がそっくり持ち去ったのだ。いいかげんなことをいうな。おまえこそ、その火事場泥棒だろう」

「めっそうもありません。だいいち、あの日は棟梁と一緒に築地の現場で働いておりました。棟梁、ねえ、そうですよねえ。あの日、明神下で火事があったらしいぞとおつしゃいましたよねえ」

「うむ、それは間違いない。旦那、あっしだけじゃあありません。多吉と一緒だったのはほかに何人もおります」

「じゃあ、お前のいうとおり、拾ったとして、仲間と一緒だろうから、拾ったのを仲間の誰かが見ていたろう。見ていた仲間を呼んでこい」

「それが焼け焦げてましたが、拵《こしら》えはなかなかの物。これは三十両やそこらはするに違いないと睨《にら》んで薦《こも》に包み、道具箱に括《くく》り付けておいたのです。それで、帰りは、それはなんだ？　と仲間に聞かれたくないので、久しぶりに両国《りようごく》の友達を訪ねるとかなんとかいって、みんなと別れ、こっそり家に持ち帰ったのです。こんなことになるくらいなら、あの浪人者なんかに売るんじゃなかった。噂《うわさ》に聞く窩主《けいず》買《かい》を探して、そっちにでも売り飛ばすんだった」

「天網恢々疎《てんもうかいかいそ》にして漏《も》らさずという。ばれたら、お前は死罪だ」

「ねえ、信じてくださいよ。本当に拾ったんです」

「場所はどの辺りだ？」

「どの辺りだったかなあ。すっかり片付いちまってるから、見当もつきませんが、もつと湯島寄りだったと思います」

徳兵衛が口を挟む。

「聞いていいですか？」

「どうぞ」

「多吉さんとやら」

「なんでしょう？」

「わたしは小網町二丁目の廻船問屋伊勢徳の徳兵衛という者ですが、あなたのお知り合いに角張った顔の男の人はおられませんか」

「むくつけな男というのなら何人もおりますが、角張った顔の男というのはねえ。おりません。ねえ、棟梁、おりませんよねえ」

「うむ、たしかにいねえ」

金吾は徳兵衛にいった。

「徳兵衛さん。火事場泥棒に関しては振り出しに戻るということになりそうですねえ」

「気にはしていなかったんですが、なんだかもどかしくなってきました。こうなりゃあ、自力でとことん突き止めます」

「多吉」

「へい」

「刀の件は一件落着ということにしてやる。だが、食中りの件はけりがついていない。そのうち、南から呼び出しがかかろう」

「刀の件とおなじで、過料ですみそうですか」

「あるいは構いになるかも知れぬ。覚悟をしておくことだ」

「まったく、えらい拾い物をしちまった。ひどく祟《たた》りやがる」

七

牧野家が小網町二丁目に持ち掛けた目隠し板の件は、小網町二丁目側が南町奉行所に、牧野様から無体なことを申しかけられております、どうか以後、そのようなことを申しかけることのないようにお諭《さと》しくださいませと訴えた。

南町奉行所は相対で話をつけるようにといったものの、念の為牧野家にしかじかの訴えがござった、話し合って決着をつけられたいと申し入れた。

町方から話があったとあっては黙っていられない。牧野家側もいかに自分たちが迷惑しているかを縷々《るる》書き立てた陳述書を提出した。

南はそれに対抗するため、

「前例があるかないかを書き立てよ」

と紋蔵に命を下した。

神田橋御門外の公事方《くじかた》勘定奉行所や築地の西本願寺の例などを挙げて、紋蔵はこう書き上げた。

「官府の場合は目隠し板を貼り付けるように申し渡すこともありますが、官府でなければ申し渡した例はありません。あくまでも相対で話をつけるのが筋かと存じます」

南町奉行所は小網町二丁目の月行事と牧野家の家来を別々に呼び出し、その旨申し渡した。相対で話がつかないから、問題は法廷に持ち出されたのだが、法廷での結論は「話し合え」だ。話し合いが膠着《こうちゃく》し、両者が剣呑《けんのん》になっているところへ、仲裁人が入った。

江戸には樽三右衛門《たるさんえもん》といって、代々地割役《じわりやく》という御役に就《つ》いて、火事があったときなどにしばしば起きる地所の「境目争論《さかいめそうろん》」に決着をつけるのを主な役目としている男がいた。江戸の町は奈良屋《ならや》、樽屋、喜多村《きたむら》の三人が町年寄《まちどしより》として自治をつかさどっていたのだが、樽三右衛門の樽家は樽屋の分家で、家格は町年寄三家に次いだ。その樽三右衛門家に甚左衛門という古くからの手代《てだい》がいて、月行事の長右衛門にこう話を持ち掛けた。

「こうなったら、金で話をつけるしかありません。金で相手を納得させるのです」

長右衛門は聞いた。

「どういうことです?」

「あちら様は毎日毎日、苦痛を強《し》いられております。相応のお金をお支払いすれば、その分、気も紛《まぎ》れると思うのです」

長右衛門はいった。

「そもそも、牧野様はああいう屋敷だというのを承知で、越してこられたのでしょう。桑名の松平様はそのことに一言も文句や不平をおっしゃいませんでした。なのに、牧野様は越してくるとすぐに目隠し板をといい、それができないなら金をとは虫がよすぎはしませんか」

「仲裁は時《とき》の氏神《うじがみ》と申します。大半の地主である伊勢徳さんは大した長者であられるし、そうなさるのが一番賢い解決法だと思うのです」

「そんな話を、わたしは伊勢徳さんに上げることはできません」

「じゃあ、わたしが直《じか》に伊勢徳さんに持ち掛けましょう。いっておきますが、わたしは好き好んでこんなことをいってるのではありません。江戸の地割役樽三右衛門の手代として、土地に関する揉《も》め事《ごと》の世話を焼こうといってるのです。いいですね」

「それはまあ、お好きになさればよろしい」

そんな遣り取りがあって、樽三右衛門の手代甚左衛門の仲介で、徳兵衛は牧野家の中屋敷を代表する山本益右衛門《やまもとますえもん》と話し合うことになった。場所は浮世小路《うきよこうじ》の料亭百川楼《ももかわろう》。互いに挨拶をしたあと、甚左衛門が切り出す。

「あそこの中屋敷には女子供も入れて七十人が住んでおります。迷惑料を一人十両として、合計七百両ということで、双方ともにご納得いただけませんか」

山本益右衛門がいう。

「当家としては不満ではありますが、樽家手代甚左衛門殿のせっかくのお骨折りですので、受けさせていただきます」

迷惑料が七百両だと？　法外なことをぬかしやがる、こいつらぐるではないのかと考えながら徳兵衛の目はじっと脇に置かれている山本益右衛門の佩刀に注《そそ》がれている。見たことがある。というより、地主の沢村主水正から見せてもらったことがある。またあのあと、主水正を訪ねて、まだ戻っていない五振りの銘と拵えを聞いて書き取っていた。角張った顔の男に一歩でも近づくためだ。間違いない。主水正の差料だ。角張った顔の男が中屋敷から裏通りにでてくるところを見たが、差料はそいつから買い取ったのだ。

徳兵衛は話しかけた。

「山本様」

「なんでござる？」

「つかぬことを伺いますが、そこに置かれておられるお腰の物はいかがして手に入れられたのですか？」

「なぜ、その様なことを聞かれる？」

「聞かせていただきたいのですがねえ」

「どこで手に入れようがそれがしの勝手。無礼を申されると刀にかけるということになりかねませんぞ」

「無礼を申してはおりません。いかがして手に入れられましたかと伺っているのです」

「それが無礼だと申しているのだ」

「お刀に心当たりがあるのです」

「するとなにか。盗品だとでもおっしゃるのか」

「いかにもそうです。なんなら町方の方に立ち会ってもらってあらためさせてもらってもいいです」

　山本益右衛門の顔色がすうーと変わって青ざめ、徳兵衛は確信した。刀は角張った顔の男が売りつけた物に間違いない。

「町方の方に手間をおとらせするのがたいそうだということなら、わたしがその刀の銘を当ててみましょうか」

「それには及ばぬ。いかにもこの刀はさる仁から買い取った物でござる」

「さる仁とおっしゃるお方は角張った顔の男でございましょう？」

「うーん」

　と顔をゆがめていう。

「いかにもさよう」

「その男は火事場泥棒です。どこの何者か、教えていただきましょう」

「それはできぬ」

「すると、あなたも同類ということで、小伝馬町《こでんまちょう》の牢に入れられてお調べを受けることになりますよ」

「うーん」

　山本益右衛門は脂汗を掻く。甚左衛門が割って入る。

「迷惑料の話をしておったのですがねえ」

「その話は、刀の話にけりがついてからにしてください。一言、申し上げておきますが、七十人いて一人十両、合計七百両など法外です。出るところへ出て、話をつけてもいい。それより、お腰の物ですが、これより御番所にご一緒して、お預けしておきましょう」

それでも山本益右衛門はしぶる。徳兵衛はぽんぽんと手を叩いた。

「御用でしょうか」

店の女が顔を出して聞く。

「大事な用があります。お家主さんに来てもらってください」

山本益右衛門は観念したかのように首《こうべ》を垂れた。

八

火事場泥棒の一人、角張った顔の男は通称をタケという鳶《とび》だった。火事があると火消しに駆けつけ、火を消す傍ら盗みの仕事に精を出した。獲物はいろいろだが、あの日、沢村主水正の屋敷では仲間とは別々に行動して、刀六振りを物にした。ほかに掛け軸を五本も手に入れた。かさばるし重い。刀の一本をそっと火の手が消えた焼け跡に隠した。多吉が拾ったのはその刀だった。

火事場で拾った獲物はいつも自分で処分した。窩主買などややこしいところに持っていくと買い叩かれるからだ。

獲物の多くは武家屋敷に持参した。武家屋敷には勤番者が多く、一年とか二年交代で国に帰る。国に帰ればこっちのもの。盗品であるかどうかを詮索されることはまずない。いい物が安く手に入ればなによりと考えている。勤番者とタケとは持ちつ持たれつの関係にあった。

勤番者の多くは中屋敷に住んでいる。上屋敷は当主と奥方などが住む。また、役所にもなっている。下屋敷は当主や奥方らの別荘になっていることが多い。だから、タケが出入りするのもほとんどが中屋敷で、桑名松平家の中屋敷の後に丹後田辺牧野家が入ったと耳にして、牧野家の中屋敷にはそれまで出入りしていなかったこととてタケはぶらりと訪ねた。

応対したのは中屋敷を代表する山本益右衛門。

「掘り出し物です。三百両は下らない代物ですが、百五十両にお負けしておきます」

骨董屋《こっとうや》に目利きをしてもらったら三百両は下らないということだった。掘り出し物というのは素人目にも分かる。山本益右衛門もあと半年くらいで、国に帰ることになっていた。

「欲しいが、さすがに百五十両は大金。手が出ぬ」

「いいことをお教えしましょう」

タケは顔を近付けて耳元でささやいた。

「この御屋敷はのべつ町屋の二階から見下ろされている。鬱陶《うっとう》しくありませんか」

「そりゃあ、鬱陶しいさ」

「二階の窓に目隠し板を貼り付けてくれと申し入れるのです」

「目隠し板を？」

「そうです」

「そんなことをいっても、相手は容易に承知せぬ」

「さあ、そこです。貼り付けてもらいたい、いいや、それはできませんと遣り合って、時の氏神に仲裁に入ってもらうのです」

「時の氏神って誰だ？」

「地割役って役をご存じですか？」

江戸には半年しかいない。江戸のことには詳しくない。

「いいや」

「火事があると必ずといっていいほど、ここはうちの土地だ、いいや、わたしんちの土地だという地境の争いがあります。その地境の争いに決着をつける、たいそう権威のある御役が地割役です」

「へえー、江戸にはそんな御役があるのか」

「わたしは鳶ですから、しょっちゅう地割役さんと顔を合わせております。その地割役さんとこの手代に甚左衛門という方がおられて懇意にしております。そこそこ揉めたあと、甚左衛門さんに仲裁に入ってもらうのです。地割役の手代さんの仲裁ということであれば、無視するわけにいきません。この御屋敷には何人くらい住んでおられますか？」

「女子供も入れて七十人くらい」

「とりあえず迷惑料として一人十両と持ち掛けるのです」

山本益右衛門は目を丸くする。

「合計七百両にもなる」

「むろん、駆け引きです。七百両がそっくり取れるなんて思っておりません。ですが、あそこの土地の大半の地主は伊勢徳といって、大した御大尽です。面目《めんぼく》にかけても半分の三百五十両は寄越すでしょう。甚左衛門さんに三十両ほど謝礼を支払って、わたしに刀代の百五十両を支払い、残りの百七十両はみんなで分配するなり、あなたの好きなようになさるといい」

タケはなかなかの策士で山本益右衛門にこう知恵をつけ、山本益右衛門はタケの知恵どおりに動いた。タケと山本益右衛門の両方を別々に叩くとおよそ以上のような筋書きが浮かび上がった。

「それで、タケはどの様に罰せられるのでしょうねえ?」

小網町二丁目と八丁堀の若竹は近くはないが、遠くもない。このところ、徳兵衛は若竹に毎晩のようにやってくる。近くに住む、紋蔵や金吾と親しくしている金右衛《きんえ》門《もん》・ちよ・はなの親子がこれまた毎晩のようにやってきて晩飯を食っていくが、金右衛門親子のお株を奪ったかのようで、この日もふらりと顔をだした紋蔵に徳兵衛は、タケはどう罰せられるのかと聞いた。

「そうですねえ」

紋蔵は猪口《ちょこ》に注がれた酒に口をつけながらいった。

「十両以上の物を盗んだら死罪です。しかもタケはのべつ盗みを働いており、性質《たち》が悪い。文句なしに死罪です」

「すると、わたしは人一人を殺してしまうことになるのですね。わたしがタケのことを執拗《しつよう》に追跡しなければ事件は明るみに出なかったのですから」

「そういう考えはいかがなものでしょう。そういう考えに捉われると町方は身動きがとれなくなります」

「山本益右衛門はどうなります？」

「牧野家のご家来ですが、事件を仕掛けた相手は江戸の人。つまり徳兵衛さん。ですから、牧野家のご家来であることは考慮されず、ふつうに罰せられます。盗品である刀を買うためにおかしな仕掛けの主役を演じたわけですから、武家としてあるまじき振る舞い、不届き至極である、とされてまあ遠島《えんとう》でしょうねえ」

「樽三右衛門さんの手代甚左衛門は？」

「甚左衛門はタケと山本益右衛門が描いた絵図を知りません。だが、おかしな話の片棒を担いだのは事実です。急度《きっと》叱《しか》りくらいを申し渡されて、樽家の方は首になるんじゃないんですか」

「こんばんは」

と声をかけて、金右衛門親子がぞろぞろと入ってきていう。

「やあ、徳兵衛さんも来ておられましたか」

二人はすっかり顔なじみになっていた。

敵討ちか主殺しか

一

八丁堀《はっちょうぼり》の七不思議の一つに〝医者、儒者、犬の糞《くそ》〟というのがある。八丁堀は町方の与力《よりき》・同心《どうしん》の大縄拝領組屋敷である。与力・同心しか住んでいないはずなのだ。にもかかわらず、医者と儒者が犬の糞のように軒を並べている。不思議だというのだ。実のところ、儒者はそれほどいない。軒を並べていたのは医者で、医者がごろごろいた。

大雑把《おおざっぱ》に町方は南北合わせて与力が五十人、同心が三百人いて、それぞれが八丁堀に、与力は二百から三百坪、同心が百坪の土地を与えられていた。与力も同心も副業に余念がない。敷地の一部を貸したり、敷地に長屋を建てて人を住まわせたりしているうちに、茅場町《かやばちょう》に近い八丁堀の北部の表通りは医者が軒を並べるようになった。七不思議の〝医者、儒者、犬の糞〟はそのことを皮肉っているのだ。

そんな八丁堀の医者の一人に戸塚玄庵《とづかげんあん》がいた。医者に免許は要らない。なろうと思えば誰でもなれた。ただし、飯が食えるかどうかになると話は別で、それなりに評判をとっていないと門戸を張って渡世《とせい》をすることはできなかった。

医三世もしくは医三代とこの時代はいった。親、子、孫と三代つづいてこその医者で、三代つづいている医者なら筋目正しい腕のたしかな医者だと世間は認めた。だが、三代もつづく医者はそうそういない。戸塚玄庵もそうだ。医三世ではない。それどころか、医者の薬箱持ちから身を興した医者である。

漢方では療治に二法があるとする。衰弱した機能（虚《きよ》という）を増強する法（補法《ほほう》）と、邪気によって異常亢進《こうしん》した機能（実《じつ》という）を制御削減する法（瀉法《しやほう》）だ。それゆえ古典は「実せば瀉し、虚せば補せ」といったのだが、瀉法は攻撃的で危険とされており、間違って患者を殺しかねなかったから、並みの医者は、補法はおこなっても、汗をかかせたり、ものを吐かせたり、腹を下させたりの瀉法をおこなうのを敬遠した。

江戸時代中期の天才儒者、江戸儒学界の第一人者、日本の思想史でも異彩を放っている荻生徂徠《おぎゆうそらい》は医者の子で、父はのちに幕府の御典医となったほどだから医学にも詳しく、その著『政談《せいだん》』でこういっている。

「たとえば医者に石膏《せっこう》・大黄《だいおう》・巴豆《はず》・附子《ぶし》などをよく使うもあり、陳皮《ちんぴ》・香附子《こうぶし》ばかりを使うもある。石膏・大黄・巴豆・附子などをよく使う医者に非《あらざ》れば、勝《すぐ》れたる療治はならぬ事也。……下手医者が陳皮・香附子ばかりを使うは、薬あたりを気遣《きづか》いての事也」

石膏は天然の含水硫酸カルシウム。解熱《げねつ》、鎮痛《ちんつう》、止瀉《ししや》に効く。大黄は植物の根茎。中国から大量に輸入されていた、腹痛をともなわない理想的な下剤。現代でも便秘薬に配合されている。附子はトリカブトの塊根《かいこん》。利尿、鎮痛、強壮等に効くが毒性が強い。毒薬でもある。巴豆はインド産のハズの種子。下剤や吐剤として効能がある。これらを使いこなす医者でなければ碌《ろく》な療治はできないと徂徠はいう。

原南陽《はらなんよう》という医者が小石川《こいしかわ》の裏店《うらだな》に住んでいた。辛党《からとう》で、のべつピーピーしていたというのに居酒屋に日参し、おれほどの医者が世に迎えられないのはおかしい、世間は人を見る目がないとおだをあげていた。

この南陽が縁あって、なんとわずか九文で買った巴豆三粒と杏仁《きょうにん》（杏子《あんず》の種子）三粒で、小石川に屋敷を構える水戸《みと》のお殿様の重い病を治し、五百石で抱えられるにいたった。ふつうはせいぜい二百石（または二百俵）。五百石は破格である。

このとき、南陽が巴豆と杏仁を材料に処方したのは〝走馬湯《そうまとう》〟という、服用して半刻《はん》《とき》（一時間）ほども経つと激しく吐瀉《としゃ》する強い〝攻撃〟の薬だ。巴豆は徂徠も述べているように、扱いの難しい強い薬で、そのことは一般に知られていたから、お殿様の取り巻きに、巴豆を処方した薬を服用していただきますなどというと、とんでもありません、そんな薬は用いないでくださいと猛反対をするに違いないから、南陽はなにを服用していただくかはのちほどととぼけて走馬湯を処方し、お殿様に服用させた。

お殿様は予定どおり、およそ半刻後に激しく吐瀉したが、そのあと、病はけろりと治った。

要は〝実せば瀉し、虚せば補せ〟の〝実せば瀉し〟だ。怖がらずにいかに攻撃的な療治を施すことができるかで、医者としての腕は決まった。さて、それで戸塚玄庵の腕だが、薬箱持ち上がりというのに、ついていた医者からしっかり攻撃の療治を学び、もちろん、『傷寒論《しょうかんろん》』など読むべき本も読みこなし、何人か難病の病人の命を救い、それが評判になって、いまでは五十人、百人と使用人がいる大店《おおだな》を五軒ほども出入り先とするたいした医者になっていた。

そんな順風満帆といっていい戸塚玄庵にも悩みがあった。それは通いの弟子の井上《いのうえ》以伯《いはく》についてだった。

幕府には向柳原《むこうやなぎわら》に医学館という官立の医学校があった。ただ、医学館は官立だから、およそ四百人いた幕府お抱えの医師の子弟でなければそこで学ぶことはできなかった。では、一般人はどうやって学んだか。ふつうはしかるべき医者の内弟子となって学んだのだが、医学の本場とでもいうべき京都に遊学して学ぶ者もいた。

原南陽は、祖父、父ともに医者だった医三世だが、父の死後京都に遊学して、本邦初の腑分けをおこなった山脇東洋《やまわきとうよう》の子、東門《とうもん》について医を、賀川《かがわ》流産科の祖賀川玄悦《げんえつ》の婿《むこ》賀川玄迪《げんてき》から産科を学んでいる。かの伊勢《いせ》松坂《まつざか》の医師であり国学者の本居宣長《もとおりのりなが》も京都に遊学して儒と医を学んだ。

通いの弟子の井上以伯もまた京都に遊学していた。

江戸の中期に、近江《おうみ》の人で、京都で名をなした中神琴渓《なかがみきんけい》という医者がいた。琴渓はその著『生生堂雑記《せいせいどうざつき》』でこんなことをいっている。

「けだし、方今《ほうこん》の風俗、貴《たっと》きも賤《いやし》きも、病するに当たりて皆補を議して瀉を議せず」

最近は、身分の高い人も低い人も、病気になると「実せば瀉し、虚せば補せ」の「補」す療治を望み、「瀉」す療治を望まない。それでは病気は治らない。

「余（琴渓）は病人に忠をつくして、難治の病にこれ（汗《かん》、吐《と》、下《げ》）をもちひて救はんとする故《ゆえ》にかへつて天下の人情に違《たが》ふなり」

　自分は病人のためを思って、汗をかかせたり、ものを吐かせたり、腹を下させたりの瀉法をおこなって病人を救おうとしたがゆえに、かえって世間に受け入れられないでいた。

　そんな経緯を述べ、病というものは、果敢に、汗、吐、下の瀉を施さなければならないと説いた人で、門人がなんと三千人もいた。戸塚玄庵の通いの弟子、井上以伯は中神琴渓の孫弟子という人に師事して医を学んだ。それゆえ、攻撃的な療治を施すということでは戸塚玄庵とぴったり息が合い、通いの弟子となって三年が経ついまはりっぱに代脈《だいみゃく》（代診）がつとまるほどになっていた。

　玄庵の悩みというのは、それら医事に関することではない。医事に関しては、以伯になんの不服・不満もなかった。

　玄庵にはこのとき二十三歳になる一人娘がいた。以伯は三十一歳。歳はまあまあ似合いで、二人が一緒になってくれれば、六十半ばという歳が歳だから、これまで営々と築いた出入り先を心置きなく以伯に譲り、安心してあの世にいける。なんなら、そろそろ隠居してもいい。いつしかそう思うようになったのだが、以伯はいっこう娘に関心を示さない。

娘はというと、選《え》り好みをしているうちに二十歳《はたち》の峠を越した。そこへ以伯が現れ、おや、こんな人もいるのだと目を留めるようになった。男振りはまあまあいい。腕は、父（玄庵）によれば、さすが京都で学んだだけあってかなりのものだという。なにより、何事も手際がよく、すべてにてきぱきしている。

次第に、この人となら添い遂げてもいい、いや、添い遂げたいと思い、ついには思いを焦がすようになったのだが、相手（以伯）はまるで自分に興味を示さない。さりとて自分から気持ちを打ち明けるのはどうかと思う。はしたないし情けない。悶々《もんもん》とした日を送るようになった。

そんな娘の気持ちは玄庵に痛いほど分かる。以伯が通いの弟子になって二年、一年ばかりも前のこと。玄庵は思い切って以伯にいった。

「どうだろう、娘と一緒になってわたしの家を継いでもらえないだろうか」

以伯はいった。

「有難《ありがた》いお言葉ですが、わたしはこぶつきなので、お嬢さんの婿に相応《ふさわ》しくないと思うのです。どうか、お嬢さんには相応しいお相手をお迎えください」

以伯が通いの弟子にさせていただけませんかといってやってきたのは以伯が二十八歳のときのことだが、そのとき、以伯は六つの男の子の手を引いていた。

「お子は？」

あなたの子ですかと玄庵は聞いた。

「いえ、知り合いの子です。わけあって育ててくれるようにと頼まれ、引き受けたのですが、いずれ養子にしようと思っているのです」

俗に〝学医は匙《さじ》がまわらぬ〟という。京都の誰に学んだかは知らぬが、頭でっかちではあっても腕のほうはたいしたことなかろう、しばらく様子を見て、使えぬようであれば去ってもらう。そんなふうに軽く考えて採用したものだから、こぶつきというのをいっこうに気にしないでいたのだが、まさかこぶつきというのを断る理由にされるとは思いもよらなかった。だが、なんとなく釈然としない。玄庵はいった。

「お子は引き続き面倒を見られるといい。また養子にされるのもいい。それがなぜ、娘との縁談に差し支えるのですか」

「あの子は曰《いわ》くのある子で、わたしが自分の養子にするのはいっこうに構わぬのですが、わたしが戸塚家の婿になると、子はゆくゆくは戸塚家の跡を継ぐことになるわけで、すると戸塚家の家名に傷がつくことになります」

「戸塚家といってもねえ」

医者になって勝手に戸塚と名乗っているが、元は姓を持たない水呑《みずのみ》の倅《せがれ》だ。玄庵は聞いた。

「曰くって、どんな曰くですか?」

「それは勘弁してください」

玄庵の申し出はこぶつきの子を理由に断られた。

それから一年。娘は以伯を思い続けている。このままだと、娘は行かず後家になりそうだし、おのれがぽっくりあの世にいったら、以伯は棚から牡丹餅で、出入り先をそっくり我が物とすることになる。どうにも釈然としない。

だったら以伯を首にすればいい。そうすれば娘もいつしか以伯のことを忘れる、ということになるかというと、そうはいかない。首にしたら、出入り先を横取りするということはないだろうが、以伯はもうどこにだしても恥ずかしくない腕だから十分に独立してやっていけるし、出入り先のほうが以伯に転薬《てんやく》するということだってありうる。転薬とは医者を変えることだ。

「以伯先生は玄庵先生より腕はいい。玄庵先生を越えている」

そうひそひそ囁《ささや》く声を玄庵は耳にしたことがある。玄庵も娘と同様、悶々たる日々を送っていた。

二

一般に医者仲間では大黄と附子の使い方が上手なのが名医といわれていた。荻生徂徠が挙げていた四つの薬のうちの二つだ。ただし、附子は毒性が強く、病人を死なせでもしたら事だから、医者の多くは怖がって使うのを敬遠した。

附子をくわえて調合する処方は二十を超す。戸塚玄庵はその難しい附子を巧みに使い、多くの難病の患者を治癒させた。附子を使うことにかけては江戸で五本の指に入るといわれていたのだが、近頃では弟子の井上以伯の方が附子をよく使いこなすのではないかといわれるようになった。また名も師の戸塚玄庵と肩を並べるようになった。それゆえ、名指しで声がかかることがたびたびあった。なかにはたいした病でもないのに、興味本位で以伯を呼ぶ者もいた。

丹後田辺牧野《たんごたなべまきの》家の中屋敷から、門前町屋一円、二階の窓に目隠し板を取り付けてもらいたいと突然の依頼があったのをきっかけに、いつしか大竹金吾《おおたけきんご》の馴染みの店、若竹《わかたけ》に出入りするようになった廻船問屋伊勢徳《かいせんどんやいせとく》の主人徳兵衛《あるじとくべえ》もそんな一人だ。

徳兵衛はどんな病にどんな薬が効くかにことのほか興味を持っており、これはというのは忘れないように書き留めていた。また、どこそこの医者がこれこれの難しい病気を治したと聞けば、知り合いの医者を訪ねて、その医者はどんな薬を処方して治したのかを聞き、それをまた書き留めていた。そんな男だからなおのこと、以伯という医者に興味を持ち、どんな医者かその目で見てみたいと思って声をかけた。

この時代の医者はとかく尊大に振る舞った。四枚肩《しまいがた》という四人で担ぐ駕籠《かご》に乗り、薬箱持ちなど伴の者を従えて病家（患家）をまわった。六尺《ろくしやく》など伴の者が図に乗り、弁当代と称して、五十四（五百文）、百匹（千文）、二百匹（二千文）とせびることがままあり、社会問題にもなっていた。戸塚玄庵も四枚肩でこそないものの、駕籠を常雇いし、薬箱持ちはもちろんのこと、いま一人伴を連れて病家をまわっていた。

以伯は通いの弟子である。そうはいかない。そうするつもりもない。伴を連れず、薬箱をぶら下げて病家をまわった。小網町《こあみちよう》二丁目の廻船問屋伊勢徳を訪ねたときもそうだ。薬箱をぶら下げ、

「こんにちは」

と声をかけて伊勢徳の敷居をまたいだ。

「お待ちしておりました」

店の者が迎えて、以伯を徳兵衛がいる二階の部屋に案内する。風通しをよくするた

めに、部屋は障子が開け放たれており、廊下に腰を下ろして以伯は挨拶《あいさつ》をした。

「井上以伯です」

徳兵衛は挨拶を返した。

「わざわざお越しいただいて恐縮です。当家の主人徳兵衛です。どうぞ、お入りください」

以伯は部屋に入っていった。

「お見受けしたところ、お元気のようですねえ」

「それがあなた、寄る年波で、いまひとつ元気が出ないのです。なにか、元気が湧いてくる薬を処方していただけませんか」

診立てには患者に尋ねる問診《もんしん》、患者の容態を診る望診《ぼうしん》、咳などの音を聞く聞診《ぶんしん》、直接患部に触れる切診《せっしん》などがあるが、ふつうはまあ脈をとる。病状が脈を乱れさせることがままあるからだ。

「お脈を」

といって以伯は脈をとった。乱れはない。

「癪《しゃく》は？」

疼痛《とうつう》をともなう胸部、腹部、下腹部、腰部などの内臓疾患はほとんどを「疝気《せんき》」もしくは「癪」といった。腹が立つのを「シャクに障《さわ》る」という。「シャク」は病の「癪」である。病の「癪」に障るのである。そんな言い回しがあるほど、当時の日本人は「疝気」もしくは「癪」を患《わずら》った。国民病といっていいほど、みんなが患った。

「癪も疝気も、とくに患っておりません」

「頭痛がするというようなことは？」

「ありません」

どこといって悪いところはないから、聞かれればそう答えるしかない。

「元気が出る薬ということですが、鍼灸《しんきゅう》にかかられたことは？」

「灸は熱い。子供の頃、いたずらをするとよく据えられたものですが、あれには閉口しました。そんなわけで、大人になってからは一度も据えておりません。鍼《はり》は時々やってもらいます。ですが、効いてるのかいないのか。よく、分かりません」

「そういうことですと、とりあえずお望みどおり、元気のつく薬を処方しましょう。明日、店の方に取りに寄越させてください。もちろん、戸塚玄庵先生の家にです。もっともこれも効く効かないは人によります。効かなければおっしゃってください。別の薬を処方します」

「有難うございます」

「では、これで」

「ときに先生」

「なんでしょう？」

「あなた、どうして独立なさらないのですか？」

「腕は未熟ですし、資金《もとで》もありません」

「このところ八丁堀にはのべつ顔を出していて時々耳にするのですが、玄庵先生は名医だが、弟子の以伯先生はいまや玄庵先生の腕をしのぐ。なぜ、独立されないのだろうとみんな不思議がってます」

「どなたがそうおっしゃってるのかは存じませんが、買い被《かぶ》りです」

「なんでしたら、わたしが資金を立て替えましょうか」

「滅相もありません」

「江戸の医者はどういうわけか、肩を寄せ合っている。八丁堀のほか、矢《や》ノ倉《くら》と薬研《やげん》堀《ぼり》に」

浜町河岸《はまちょうがし》の中ほどから大川《おおかわ》にかけて、昔幕府の蔵があったことから、矢ノ倉と俗称されている一帯があり、そこに大勢の医者が寄り添うように軒を並べていた。矢ノ倉の東北方すぐの薬研堀の近く、俗称を薬研堀といわれている一帯にも医者が軒を並べていた。

「お望みなら、矢ノ倉か薬研堀に家を探してあげてもいい。なに、買うのではなく、借りるのです。月に一両も出せば立派な家が借りられます」

「これから二、三年はお礼奉公をしなければなりません。独立はその先のことですが、お気持ちはいただいておきます」

徳兵衛は篤志家《とくしか》でもあり、郷里鳥羽《とば》や、大勢抱えている船頭・水主《かこ》の子弟で優秀なのがいて、医者になりたいというのがいれば、京都へでもどこへでも、好きなところに遊学させていた。それだけに、以伯についてもつい肩を持ちたくなったのだ。

「やい、徳兵衛！」

階下から声が二階にまで響き渡る。以伯と徳兵衛は顔を見合わせ、以伯はいった。

「何事ですか？」

徳兵衛は顔をしかめていった。

「強請《ゆす》りです」

また、声が響き渡る。

「下りてこい、徳兵衛。二階にいるのは分かっているんだ」

「やれやれ」

といって徳兵衛は以伯に話しかける。

「恐縮ですが先生、今日のところはお引き取りください。これは薬料《やくりょう》（往診料）です」

「頂戴します」

手触りで一両が包んであるようだが、遠慮することはない。

以伯は受け取り、徳兵衛につづいて階下に下りた。男二人が腕まくりして鼻息を荒くしている。徳兵衛はいう。

「なんの御用でしょう？」

「白々しい。なんの御用はないだろう」

「ですから、なんの御用かと伺《うかが》っているのです」

「色をつけてもらいたいという御用だ。何度もいわせるな」

「その件だったらお断りします」

「お前はそれでも人間か。血や涙はないのか」

「わたしは精一杯、できるかぎりのことをさせていただいております。それ以上は過ぎたことです。過ぎたるは猶《なお》及ばざるが如《ごと》しといいます」

「いいや、あんたの身代で、二人合わせて百両は少なすぎる。倍の二百両は弾んでもらわねば、首を刎《は》ねられた二人の女房子供が浮かばれない。それとも、女房子供を見殺しにするつもりなのか」

以伯に双方の遣《や》り取りの意味は理解できる。

徳兵衛が湯島《ゆしま》の地主である旗本、沢村主水正《さわむらもんどのしょう》の、火事のどさくさで盗まれた刀の行方を追求して突き止め、結果、丹後田辺牧野家の家来山本益右衛門《やまもとますえもん》は遠島《えんとう》となり、刀を盗んだ火事場泥棒のタケと相棒のサブは死罪となった。そのことは、八丁堀に住んでいるのだ。とうに以伯の耳にも入っていた。遣り取りはそのことに関係していると。

以伯が推測した通り、タケとサブは日本橋の北を縄張りにする、小網町二丁目も縄張り内に入る、火消しの集まりとしては名門で大所帯のは組の鳶《とび》だった。それで、小頭《こがしら》が伊勢徳にやってきて、徳兵衛にいった。

「二人は女房子持ちです。食えるように考えてやっていただけませんか」

二人は火事場泥棒を働いて死罪になった。お上が法に照らして二人を罰したのであって、そのことに徳兵衛は関係がない。だが、小網町二丁目もは組の縄張りに入っている。二人が死罪になるきっかけも作っている。徳兵衛は、

「分かりました」

と折れて、五十両ずつ百両を包んだ。その日、小頭は百両を懐に帰っていったのだが、翌日から三下《さんした》がやってきて、百両は少なすぎる、あと百両奮発してもらわなければとしつこく強請りをかける。

そもそも五十両ずつ百両も与える義理はなかった。なのに、資産家だ、強請ればいくらでも金をだす。こう見くびって、あと百両をとしつこく迫る。徳兵衛はいった。

「帰らないと町方を呼びますよ」

大竹金吾という南の定廻《じょうまわ》りとはあれからも親しく付き合っていた。

「ふん、なにが町方だ。町方が怖くて火消しがつとまるかってんだ」

「帰りなさい」

「あと百両を寄越すまではここをぴくりとも動くもんじゃねえ」

二人は框《かまち》の前に揃えてあった履物を足で払い、框にどっかと腰を下す。払われた履物の中に以伯の裏付《うらつけ》もあった。以伯は二人にいった。

「わたしの履物を足蹴にしたようですが、きちんと揃えて、元通りに並べていただきましょう」

二人は見上げていう。

「なんだ、お前は。何者だ？」

医者はもともと、髪を剃り、僧衣をまとっていた。江戸中期の京都の医者後藤艮山《ごとうこんざん》が髪を蓄えて束ね、平服を着用すると改めてから、幕府お抱えの医師こそいまでも頭を丸めていたが、町医はだいたい、頭を慈姑《くわい》に結って編綴《へんてつ》を着用した。以伯はというと髪を慈姑ではなく、総髪にして、編綴ではなく、平服を着用していた。にわかには何者と分からない。以伯はいった。

「履物を元通りに並べなさいといっているのです。何度もいわせないでください」

二人はがばと立ち上がり、以伯に向き直っていう。

「てめえ、喧嘩を売るのか」

「分からない人たちですねえ」

「分からしてもらおうじゃねえか」

「いいです。自分で揃えます」

「よかあない。何者かは知らねえが、言いがかりをつけられて黙っているわけにはいかねえ。表に出ろ」

以伯は薬箱を框においていわれたとおり、裏付を履いて表にでた。そこへ、一人がいきなり拳を固めて殴りかかる。以伯はするりと躱《かわ》し、腕をとって捩《ね》じった。

「イテテ」

男は腕の捩じれに合わせて身体を捩《よじ》る。

「この野郎！」

いま一人が以伯に摑《つか》みかかろうとする。以伯は捩じっていた男を突き放し、摑みかかってきた男の胸倉を摑むと、内股を掬《すく》ってどんと投げつけた。

「うん！」

唸《うな》って男は白目を剝《む》く。息が詰まったようで、立ち上がれない。突き放された男は意外な成り行きに腰を引いたまま、どうしたらいいか分からないようで立ち竦《すく》んでいる。白目を剝いた男はようようの体《てい》で立ち上がり、徳兵衛にいう。

「用心棒を雇ったのか」

徳兵衛も意外な成り行きに驚きながら応じる。

「そのお方は用心棒なんかではありません」

「まあ、いい。出直す。そこの用心棒」

以伯に話しかける。

「なんでしょう」

「覚えてろ」

「といわれましてもねえ。忘れるかもしれません。そのときはご勘弁を」

「礼はさせてもらう」

決まりきった捨《す》て台詞《ぜりふ》を吐いて、二人はすごすごとその場を後にした。

「先生」

徳兵衛は目を丸くして以伯に話しかける。

「なんでしょう？」

「先生は武術の心得もおありなのですか」

「ちいとばかり」

導引《どういん》という、体操によって〝気〟をめぐらせ、病を取り除く医療運動法があり、以伯は中神琴渓の孫弟子について医を学ぶ傍ら導引に励んでいた。そんなとき、京都の街角で、渋川《しぶかわ》流柔術指南と看板を掲げた道場を見かけた。導引で身体の動きは鍛えている。入門して、そこそこ腕をあげた。

以伯はは組の三下二人を叩きのめした。それを通りがかりの何人かが目撃した。洩れ聞けば叩きのめしたのは八丁堀の医者だという。その医者は名医と評判が高いのだとも。えらい医者もいるものだと、以伯の武勇伝はたちまちのうちに八丁堀はおろか、江戸中に知れ渡った。

三

　以伯は毎朝、食事をすませ、預っている子の宗太郎《そうたろう》を手習塾《てならいじゅく》に送り出すと、戸塚玄庵の家に顔を出し、その日、なにをやるかを仰せつかって、このところはおおむね代脈に出る。伊勢徳の門前で事件があってからは、物好きのご指名が少なくなく、ほぼそれに応じるという毎日になった。

　そんな朝、いつものように玄庵の家に顔を出すと、玄庵は玄関先で待ち構えていて、横にいる見知らぬ顔の男に目をやっていう。

「こちらは御用聞きの旦那だ」

　いうところの岡っ引である。以伯は聞いた。

「なにか？」

　岡っ引はいう。

「あっしは北の定廻り、三浦藤兵衛《みうらとうべえ》という旦那から手札を頂戴している御用聞きの吉五郎《きちごろう》という者です。あなたは先達《せんだつ》て、廻船問屋伊勢徳の門前では組の勘助《かんすけ》を投げ飛ばしましたね」

衆人環視の下でのことだから、否定のしようがない。以伯はいった。

「名は聞いておりませんが、ええ、たしかに二人のうちの一人を投げ飛ばしました」

「勘助は平人《ひらびと》という平の鳶ですが、二日後の朝、つまり昨日の朝です、死にました」

「ええ、本当ですか？」

「本当です。勘助の親はすぐに検視を願い、駆けつけた御役人は遺骸をあらためたのですが、どこかを切られたりとか、刺されたりとかはしておらず、尻から腰にかけてどす黒い痣《あざ》がある。勘助と一緒に伊勢徳へ押しかけたおなじ平の庄次郎《しょうじろう》という鳶に事情を聞くと、勘助はその日、あなたに投げ飛ばされたのだと。おそらく、そのことがきっかけで、勘助は死んだものと思われます。ですから、これから大番屋《おおばんや》にご同行を願います」

「二人は、覚えてろとか、礼はさせてもらうとかいって帰っていったのですが、勘助とやらの足取りはまあまあしっかりしておりました。わたしが投げ飛ばしたのが原因とは思えないのですがねえ」

「それについては大番屋で、旦那の三浦さんが質《ただ》されることでしょう。とにかく、ご同行ください」

思いがけないことだが、断るわけにはいかない。以伯はいった。

「同行しましょう。伺いますが、大番屋に泊められるということはないでしょうねえ」

「それは分かりません」

「わたしには手習塾に通っている子供がおります。そういうことなら、当座の金を渡しておかなければなりません。そちらに立ち寄らせてください」

「それはまあ、そうされるといいでしょう」

以伯は懐に全財産の十両ばかりを忍ばせていた。そのうちの三両を宗太郎に渡していった。

「十日くらい経っても帰ってこなければ、小網町二丁目の廻船問屋伊勢徳の徳兵衛さんを頼りなさい」

「そうします」

「じゃあ、まいりましょう」

以伯は吉五郎をうながした。

八丁堀の周辺には調番屋《しらべばんや》という被疑者を取調べる交番のような番屋が八ヵ所あり、定廻りなど町方の役人はそこへおかしなのを引きずり込んで取り調べた。その調番屋の親玉ともいうべき、仮牢付きの調番屋が八丁堀の北、日本橋川を背にした大番屋で、そこには小さいながらも御白洲《おしらす》のある調番屋が横並びに五つばかり設けられていた。

冠木門《かぶきもん》造りの門をくぐると、右手すぐに母屋ともいうべき仮牢があり、その先に調番屋はあった。障子戸に手をかけて、岡っ引吉五郎は声をかける。

「お連れしました」

突き当りが框になっていて、そこに町方の役人が御奉行よろしく座っており、入ってきた以伯にいう。

「町医師戸塚玄庵殿の通いの弟子、井上以伯殿でござるな」

「そうです」

「つかぬことを伺うが、貴殿の身分は？」

「武家《ぶけ》です」

たとえ医三世であろうと、元を辿ると百姓身分が多く、町医のほとんどは戸塚玄庵のように百姓身分である。三浦藤兵衛は首を捻《ひね》っていう。

「御武家？　間違いござらぬな」

「それも敵持《かたきも》ちです」

「敵持ち？」

「そうです」

「役所には届けてござるのか」

「もちろん」

敵討ちには決まりがある。まず主君から、「敵を討つのを許した」という趣旨の免状を、江戸の南北両御番所（町奉行所）、四寺社奉行所、両公事方《くじかた》勘定奉行所に送ってもらう。

許可を得た者は江戸に出て、南北の両御番所に出向き、言上帳《ごんじょうちょう》と敵討帳とに帳付けしてもらい、その旨の書替《かきかえ》（謄本）を頂戴する。そのあと、四寺社奉行所にも両公事方勘定奉行所にも出向いて、おなじ手続きをとる。そうやってはじめて正式に敵討ちと認められる。

「書替をお持ちか？」

「お調べと関係あるのですか」

「さよう。そうだ。先に、どちらの御家中かを聞いておこう。どちらでござる？」

「作州津山《さくしゅうつやま》の松平《まつだいら》家です」

十万石だ。

「拝見できますな」

「いいでしょう」

以伯は懐から油紙に包んだ書替を取り出して渡した。

「そういうことだと、蓆《むしろ》に座っていただくわけにもまいらぬ」

三浦藤兵衛の席の前に蓆が二枚敷かれており、被疑者はそこに座らせられるが、

「そこの腰掛にとりあえず、お座りいただこう」

三浦藤兵衛からいうと右手に腰掛がおかれている。

「拝見」

といって、三浦藤兵衛は書替に目をやる。

藩医、大名に仕えている医者はたいがい、医でもって藩に仕えている。したがってもとを正すと百姓身分というのが少なくないが、井上以伯の井上家は歴とした侍身分で、津山松平家から二百石の禄を頂戴していた。

以伯の祖父は学問がよくできた。学問ができる者の多くがそうするように祖父も、藩の許しを得て京都に遊学し、ついでに医を学ぶようになった。やがて儒よりも医の方が奥が深いと思うにいたり、いっぱしの医者となり、藩の許しを得て、京都で開業した。

祖父が学んだ師は、瀉法で名を上げた中神琴渓で、祖父は開業する傍ら、攻撃の薬

の研究に没頭し、やがて一冊分を書き上げ、書林《しょりん》（板元）と開板の交渉をはじめた。そんなある夜、不覚にも賊に忍び込まれて殺され、手許にあった五十両ばかりの金を奪われた。

祖父の妻と子は作州津山にいて、当時元服前だった父はすぐさま京都に向かった。

祖父の家には下男下女がいて、下男がいう。

「御奉行所の御役人様にも申し上げたのでございますが、賊は近所の薪炭屋《しんたんや》の、清吉《せいきち》という信州飯田《しんしゅういいだ》からやってきた配達の小僧です。物音に気づいて、誰だと叫ぶと、あわてて逃げたのですが、後ろ姿は間違いありません。清吉でした」

清吉はそのあとすぐに、欠落《かけおち》をしており、賊はいよいよ清吉に違いないということになった。

奪われたのは金だけではなかった。なぜか、『瀉法薬考《しゃほうやくこう》』と題した、開板を交渉中の原稿も奪われた。

こういう事例では、敵を討たなければ、父は井上家の跡を継げない。敵討ちを政庁に願った。政庁は許可した。

父にとっては母である祖母を親戚に預けて、父はまず京都に出た。なにはともあれ生活の足場を築かなければならない。京都に腰を落ち着けて、父（祖父）の師である中神琴渓の弟子について医を学んだ。五年、修業をしてなんとか一人前になり、生活の基盤ができた。そうなってようやく、医業の傍ら、信州飯田生まれだという清吉の跡を追いはじめた。

むろん、信州飯田には真っ先に出かけた。飯田は二万石、堀《ほり》家の城下町で、清吉の生家は城下を遠く離れた在《ざい》の水呑だった。水呑というのは小作といっていい。だいたいが田地田畑《でんちでんぱた》を持たない。そのうえ清吉は幼くして父母を亡くし、身寄りもいないこととて京都に丁稚《でっち》奉公にでたということで、実家は跡形もなかった。むろん、在にも城下にも清吉は帰っていなかった。

ならば、江戸だ。江戸は懐が深い。悪党でも人殺しでも誰でも受け入れる。だが、逆にそれだけ探しにくい。

京都に戻って一働きし、いくらか貯えができると江戸にでかけ、路用がつきるとまた京都に戻って稼ぐという暮らしをつづけていて、清吉を探し当てることができないまま父は早死にをした。

以伯は父が死んだときまだ十二歳だった。まず、やらなければならないことは、家督の相続ならぬ、敵討ちの相続である。敵を討たなければ、津山松平家に戻れない。津山にまで出かけて、〝敵討ちの相続〟の手続きをとり、江戸に出て、両御番所などに出かけて書替をもらいと、打つべき手を打って、京都に戻り、父の師匠の弟子、つまり中神琴渓の孫弟子について五年の修業をし、父とおなじように江戸と京都の往復をはじめた。

残念ながら父と同様、敵の清吉には出会《でくわ》さない。清吉が祖父を殺したのは三十年以上も昔のこと。とうにあの世に逝っている可能性はある。だから、無駄な探索をしているのかもしれないが、名を変え、五十両を元手にのうのうと生き延びているということだってないではない。

そこで、以伯は考えた。清吉は『瀉法薬考』という原稿をついでに持ち去った。なんだこんな物、とすぐに捨てたということもある。だが、飯田を訪ねた父が古老に聞いたところによると、清吉は利発な子だったということだから、何気なく目を通し、これは金になると考えるということだってありうる。つまり、医者になろうと思いつく。

それで、どんな医者になるか。攻撃の薬を処方して「実せば瀉す」の「瀉法」の巧みな医者にだ。そんな医者は……いる。父が清吉を追っていたときはまだ頭角を現していなかったが、以伯が清吉を追うようになったときはすでに頭角を現していた、薬箱持ち上がりの医者、八丁堀の戸塚玄庵だ。

以伯はすでに一人前の医者として京都で開業していたのだが、修業が終わったばかりの医者の卵ということにして、死んだ知人から子を預かっていたことでもあり、通いの弟子ということにしてもらって玄庵に入門した。

玄庵が攻撃の薬を処方する手並みは間違いない。中神琴渓流だ。祖父が著した『瀉法薬考』を読んで学び取ったに違いない。そう確信するのだが、『瀉法薬考』は焼却したかもしれず、すると証拠は摑めないということになる。なにより、玄庵は信州飯田の生まれではなく、越後長岡《えちごながおか》の生まれということになっている。人別帳ではそうなっており、雪深い越後長岡の在の話をよく語って聞かせる。

なんでも生まれ在所は水捌《みずは》けの悪い悪地で、毎年のように不作になるとかで、しかし、年貢は納めなければならないから、百姓は泣く泣く娘を女衒《ぜげん》に売り渡すことになり、中山道《なかせんどう》や日光例幣使《にっこうれいへいし》街道《かいどう》の飯盛女という女郎はたいがい越後長岡の近辺から売られた者たちだなどという話を聞かせられると、越後長岡の生まれというのを信じざるを得ない。

しかし、それでもやはり、玄庵こそ清吉ではないかと以伯は思い込んでいて、なんとか尻尾を摑もうと三年も踏ん張っていた。

一年前だった。玄庵は娘の婿にどうかという。思いがけないことだったが、敵の娘かも知れないのだ。冗談ではないとばかりに、やんわりお断りした。宗太郎に曰くなどないが、曰くのある子だから云々《うんぬん》と訳の分からぬいい加減な言い訳をした。

「なるほど」

三浦藤兵衛は書替を読み終えていう。

「そういうことなら、わざわざ津山松平家の江戸屋敷に問い合わせることもあるまい。貴殿はたしかに御武家でござる。蓆に座られるにはおよばない。そのまま腰掛に座っていただいて、これから取調べをはじめることにいたす。は組の平人の勘助の内股を掬って投げ飛ばしたのは事実でござるな」

「事実です」

「検死によると、それが死因になっているようでござる。『御定書《おさだめがき》』というのをご存知かな」

「いいえ」

「どんなことをしたらどんな罪に罰せられるかを書き上げている刑律書で、その七十四の条にこう書かれている」

　「けがにて与風《ふと》疵付《きずつ》け、その疵に而《て》相手死に候もの
　吟味《ぎんみ》の上、あやまちに紛《まぎ》れなく、幷《ならびに》怪我人の親類の存念《ぞんねん》相尋《たず》ね候上

中追放《ちゅうついほう》」

三浦藤兵衛は諳《そら》んじていて、そう語ってつづける。

「親類が『存念があります』、つまり、納得がいきませんなどといったら、中追放ではなく、重追放くらいを言い渡されることになるのだが、どっちにしろ中追放以上の刑を申し渡されることになり、御奉行からさよう申し渡しがあるまで、身分は御武家だということだから、小伝馬町《こでんまちょう》の牢の揚《あが》り屋《や》に入ってもらうことになる」

「わたしが投げ飛ばしたくらいで死ぬとは思えないのです。死因はほかにあるはず。たとえばありきたりの頓死《とんし》とか。そこらをしっかり調べていただけませんか」

「医者にも診てもらった。頓死は考えられないと。わたしはこれから御番所に出向き、貴殿を牢に送る手続きをとってくる。それまで、ここの仮牢に入っていただく。吉五郎」

「はい」

「この人を仮牢に入れておけ」

「承知しました」

以伯は思いがけなく、囚《とら》われの身となった。

四

「戸塚玄庵さんのところの通いの弟子井上以伯さんが小伝馬町の牢に入れられ、中追放を申し渡されるらしい」

伊勢徳の徳兵衛もすぐにそうと耳にした。きっかけは自分が作っている。自分が招いて、弾みでは組の若い衆を投げ飛ばし、それが死因とされて、以伯は小伝馬町の牢に放り込まれた。

徳兵衛は紋蔵《もんぞう》を誘って若竹に顔を出した。金吾もすでに顔を見せており、「実は……」と切り出した。一件はむろん、紋蔵も金吾も耳にしていた。徳兵衛はいう。

「わたしはこの目で、以伯さんが勘助とかいうは組の若い衆を投げ飛ばすのを見たのですが、あれが原因で二日後に死ぬとはとうていい思えない。だいいち、あれが原因なら、当日とか翌日はうんうん唸って苦しんでいなければならない。あと百両を寄越せと強請りをかけてきた連中のことです。黙っているわけがない。わたしのところはいうまでもなく、以伯さんのところにも押しかけて、療治代を寄越せとか見舞金を寄越せとか騒いだはず。そうしなかったということは、ぴんぴんしていたのに突然死んだからで、だったら死因は別にあるということになります。そこのところをお調べいただけませんでしょうか」

金吾がいう。

「なるほど、たしかにそうだ。あれを扱ったのは北の定廻り三浦藤兵衛さん。難しい人だが、曲がったことの嫌いな人だから、調べ直してもらえませんかといえば、聞き入れてくれるはず。分かりました。頼んでみましょう」

その翌日だった。強請りの片割れ、庄次郎が伊勢徳にやってきて、徳兵衛にいう。

「お耳に入ってるかどうか。この前、ここの表で投げ飛ばされた連れ合いが、投げ飛ばされたのが原因で、息を引き取りました。連れ合いにはお袋がおります。追加の百両とは別に、そっちにも百両も包んでやっていただけませんでしょうか」

徳兵衛はいった。

「たしかに投げ飛ばされたのが原因で亡くなられたのなら、百両を包むのはやぶさかではありません。だが、いろいろおかしな節がある。調べ直してもらっておりますので、真相が分かるまで、待っていただけませんか」

「ということはなんですか。亡くなったのは投げ飛ばされたのが原因ではないとおっしゃるのですか」

「わたしはそう思っております」

「投げ飛ばされたのが原因ですから、現に投げ飛ばした井上以伯とかいう医者は、医者とは驚きだったんですが、小伝馬町の牢に放り込まれている」

「取調べ中で、刑はまだ申し渡されておりません。どっちにしろ、この前の強請りといい、わたしも腹に据えかねております。なんだったら出る所に出てもいいんですよ」

「どうぞ、出てください。大金持ちのくせにけちだと、笑われるのはそっちです」

「お引き取りください。これでもわたしは忙しいんです」

「刑が申し渡されたら連れ合いのお袋に百両を包んでやっていただけるのですね」

「くどい」

実際、徳兵衛は忙しい。というより、火事以来、なにやかやと取り紛れていた。それで、多紀安叔元堅《たきやすとしもとかた》という医者を訪ねて祝いの言葉を述べるのもついつい先延ばしにしていた。

多紀安叔元堅の多紀家は元を辿ると中国後漢《ごかん》の霊帝《れいてい》にいきつくという恐ろしく古い名誉の家柄で、多紀家は代々、江戸の中期にできた医学館のいわば校長ともいうべき督事《とくじ》を務めていた。医学館は向柳原にあったのだが、背後に屋敷も与えられていて、多紀家は〝向柳原の多紀家〟といわれていた。ただし、元堅は妾腹《しょうふく》で、兄がおり、医学館に関わるのは難しい。そこで、なんと十七歳というのに家を飛び出し、町宅して町医になった。

元堅が本石町《ほんこくちょう》に町宅していた三年前の三十五歳のときのことだった。一帯で、食中毒が広がり、大勢が下痢や腹痛に悩まされるという事件があった。元堅はまとめてみんなを治療して、さすが多紀一族の医者だと大いに名を上げた。

その後、元堅は医者が軒を並べている矢ノ倉に転居したのだが、このほど若年寄《わかどしより》の林肥後守《はやしひごのかみ》より、医学館で講書《こうしょ》（講義）するようにと命が下った。幕府お抱えの医師は若年寄の支配を受けていた。元堅は無禄の町医ではあるが、幕府お抱えの医師の端くれとみなされて若年寄の林肥後守から命が下ったのだ。

医学館は兄が死に、甥の代になっていた。苦節十六年、やっとお里の医学館と関わることができるようになったということで、元堅は感慨も一入《ひとしお》だったが、徳兵衛は本石町時代から元堅と親交を深めており、このほど元堅が医学館に関わることになったと耳にした。なにはともあれ、祝いに駆けつけなければならない。人をやって、都合を尋ねた。この日は一日中家にいる、往診はしないということだったので、徳兵衛はいそいそと矢ノ倉に向かっている。

「やあ、よくこられた」

幕府から禄こそ貰っていないものの、医学館の多紀の係累だからと元堅は頭を丸めており、つるつるの頭を撫でながら迎える。座敷で向かい合って徳兵衛はいった。

「この度は誠におめでとうございます」

「四年前に死んだ兄はよほどわたしのことが煙たかったようで、とうとうわたしに声をかけてくれなかった。それは甥もおなじ。だから、若年寄の肥後守様より声がかかったので、甥もさぞかしびっくりしたことでござろう」

「いずれ、奥詰医師から奥医師へと進まれるのでしょう？」

幕府お抱えの医師は四百人くらいいるが、最高位は定員およそ二十人の奥医師で、奥医師になると法眼《ほうげん》の位が授けられた。

「そうなることを願っている」

「こんなときに妙なお願いをするのは気が引けるのですが、安叔様はは組の頭《かしら》と仲がよろしかったですよねえ」

人は親しみを込めて、やすとしとはいわず、あんしゅくといった。

「それがなにか？」

本石町も矢ノ倉もは組の縄張りで、頭のところへも元堅はよく出入りしていた。

「この前の湯島の火事で……」

とは組の二人が死罪となり、牧野家の家来が遠島となった経緯を語り、

「は組の若い衆がおかしな強請りをかけてくるのです……」

とおなじく経緯を語って、

「連中は頭に内緒で強請りをかけてきているに違いありません。頭がそんなことを許すはずがない。ついでのときで結構ですので、たしなめるようにいってやっていただけませんか」

「事実そのとおりなら、それはは組の名折れ。ついでのときに耳に入れておきましょう」

「それから」

「まだ、あるのか」

「八丁堀の戸塚玄庵先生のところの通いの弟子に井上以伯というのがおります」

「知っている。附子など攻撃の薬をよく処方する若手の医者だろう。耳にしておる」

「この前、以伯さんをお招きして……」

とまた経緯を語って、

「町方の旦那に調べ直していただくようにいってあるのですが、いくら投げ飛ばされ

たからといって、それが原因で二日後に死去するなど考えられない。なにか裏の事情があると思うのです。どう思われます？」

「それについては町方の調べを待ったほうがいい。は組の頭から突っつくと話がごたつく」

「分かりました。そうします」

「それより、戸塚玄庵のことについて尋ねたいことがある」

「なんでしょう？」

「医学館の講書を命ぜられて林肥後守様をはじめ若年寄の方々の屋敷に御礼の挨拶に出向いた。若年寄の一人に信州飯田の堀大和守《やまとのかみ》という方がおられる。先祖は織田信長《おだのぶなが》公に小姓から仕えて叩き上げたという由緒の家柄なのだが、大和守様がそれがしに問われるのに、戸塚玄庵という医者を知っているかと。ええ、攻撃の薬をよく処方することで知られておりますというと、家中の者によると、元は飯田の在の生まれの水呑だったと」

徳兵衛はいった。

「じゃあ、玄庵も大食らいだったんですね」

「ははは。かもしれない」

こんな狂歌のような駄洒落《だじゃれ》がある。

　飯鉢《めしばち》の掃除にきたか信濃者《しなのもの》

　　いやまたござる（まいります）江戸の御奉行

出稼ぎに江戸にやってくる信州人は大飯を食らうことで知られていた。元堅はつづける。

「大和守様のおっしゃるのに、だったら、努力の賜《たまもの》のえらい出世だ。小なりとはいえ、飯田を統《す》べる身としては褒美《ほうび》を遣わさねばならぬ。家来をやってしかじかだ、屋敷にくるようにというと、いえ、わたしは越後長岡の生まれです、信州飯田の生まれなんかではありませんという。飯田の生まれと耳にしていて余にしかじかですといった家来は、おかしいなあと首を捻る。そこで、そのこと、誰からどうやって耳にしたのだと聞いた」

　家来の曰く。

「ずっと昔のこと、飯田からやってきた中間《ちゅうげん》が薬箱持ちをしている男を町で見かけ、清吉でねえか、久しぶりだなあと声をかけたところ、男は、そうだなあと。そんなことがありました、昔馴染みがしかじかの医者の薬箱持ちをしておりましたと、中間は帰ってきてわたしの耳に入れました。その後、しばらく経って、しかじかの医者の薬箱持ちは身を興して医者になったと、またしばらく経って名医と評判を取るようになったと耳に入りました。ですから間違いないと思うのです。戸塚玄庵という医者は飯田の出身のはずです」

元堅はつづける。

「そんなわけで、大和守様はわたしに、おかしな話だと思わないかと。おぬし、どう思う？」

「薬箱持ちから身を興す、しかも名医になるなどということはめったにあるものではなく、人違いということはないと思うのですがどういうことなのでしょうねえ」

「大和守様はそのことについて、本当に越後長岡の生まれなのか、それとも事情があって信州飯田の生まれというのを隠して長岡生まれということにしているのか、隠しているとすればなぜなのか、なぜ生まれ在所を偽らねばならないのか。どうにも気になる。医者仲間に当たってみてくれぬかと。といわれてもわたしはこれから、往診の傍ら講書をせねばならぬので忙しくなる。さりとて、若年寄様ご自身からの何気ないとはいえ、頼み事だ。なんとか期待に添わねばならぬ。通いの弟子の井上以伯とやらはいま小伝馬町の牢にいるということだが、牢屋同心に袖の下を使うなどして以伯とやらに聞いてみてくれぬか。やつならなにかを知っているかもしれぬ」

「頼み事をしておいて、そっちの頼み事は聞けませんとは申せません。分かりました。お引き受けしましょう。それじゃあ、今日はこの辺で」

「またくるがいい」

「そうさせていただきます。失礼します」

五

「なんだとオ。それですごすご引き下がっただとオ」

「すごすご引き下がったんじゃ、ありません。刑が確定したら見舞金を払うというので、じゃあ、まあ、そうしてもらいましょうと引き取ったのです」

「馬鹿野郎！　この前、医者に投げ飛ばされてすごすご引き下がって帰ってきたことといい、お前たちは本当に役立たずだ」

「一口に金をせびるといいますが、容易なこっちゃないんです。なんなら親分がやってみるといい」

「口の減らねえ野郎だ。投げ飛ばされた二日後に死んだのはおかしいと言い出すやつがいないとも限らない。そうなったら、医者は無罪とされ、一文にもならなくなる。

踏んだくるのはいまのうちなんだ。もう一度、掛け合いに行ってこい」

日本橋の河岸の近くには魚の卸問屋だけでなく、乾物など海産物を商う店、朝の早い河岸の若い衆のために朝から店を開けている飲み屋、飯屋などが軒を並べている。

河岸の連中は気が荒い。だから、そんな連中がやっている店は敬遠して、爺さん婆さんとか、気の弱い夫婦者とかがやっている店から、一帯の地回り三五郎《さんごろう》は所場代《しょばだい》というかすりをとっていた。他にこっそり賭場も開いてテラもとっていたから、まあまあ稼ぎはあり、子分も五人ばかり抱えていた。

鳶の平人の給金は雀の涙である。普請などがあれば、働いた分の日当は貰えるが、仕事がなければ、月の手当ては職人の給金の二日分ほど。そうそう普請などがあるわけもなく、ふだんは鵜《う》の目鷹《たか》の目で、どこかにいい稼ぎの種は転がっていないかと探し回っている。

庄次郎や勘助もそうで、いつしか三五郎の所場代稼ぎの、かすり取りの手伝いをするようになった。そんなあるとき、火事場泥棒のタケとサブが死罪になり、小頭が徳兵衛に二人の女房子供に見舞金をと掛け合って、徳兵衛は百両を叩《はた》いた。

これを黙って見ている手はない。三五郎は庄次郎と勘助に指示した。

「百両じゃ足りねえといって、あと百両を踏んだくってこい」

二人は掛け合いに失敗する。だけでなく、素人の医者にあしらわれ、勘助にいたってはみっともないことに投げ飛ばされてしまった。

「腰抜け。カス。クズ。ボケ。死ね」

三五郎はありとあらゆる罵声を浴びせる。翌日もで、最後には必ずこういう。

「こんなところでぼやぼやしてないで、伊勢徳に掛け合いにいってこい。一文も負けるんじゃないぞ。しっかり百両を踏んだくってくるんだ。行け」

まる一日半罵《ののし》られて、二日後、勘助は頭がおかしくなった。

「行きたけりゃあ、てめえが行けばいい。おれは下りる」

三五郎は眉を吊り上げていう。

「なんだとオ。誰に向かって口を利いておる」

「おれらはは組のもんだ。おめえの子分じゃねえ。おめえとは五分だ」

「しゃらくせえ」

三五郎も地回りの親分になるような男だ。腕っ節は強い。勘助もそこそこは争ったが、三五郎には敵わない。三五郎は首を絞めつけ、気がついたら息の根を止めていた。そこで、また三五郎はずる賢さを発揮した。庄次郎にいった。

「勘助は医者に投げ飛ばされたのが原因で死んだことにする。見舞金として徳兵衛から、例の件とは別に百両を踏んだくってこい」

命ぜられるまま、庄次郎は伊勢徳に行って掛け合い、徳兵衛は「刑が確定したら払う」といった。それで、十分に用を果したはず。なのに、三五郎はいま一度、掛け合ってこいと尻を叩く。

庄次郎は表に出た。三五郎からは手当てを貰っているが、これも雀の涙。なのに、頭ごなしにあれこれ用を言いつけられ、挙句、さんざん罵られる。

「ふざけるな」

「馬鹿にするな」

怒りがふつふつと込み上げ、足は伊勢徳の小網町二丁目ではなく、八丁堀の北、日本橋川を背にした大番屋に向かった。そこがいわば警察署のようになっているのを江戸の者はみんな知っていた。大番屋にも門番がいる。

「あのオ」

声をかけた。

「なんだ？」

相手が町人と見てとるとどこの門番の応対も横柄になる。

「北の三浦藤兵衛さんにお会いしたいのですが」

「三浦様なら調番屋におられる。三浦様になんの用だ？」

「は組の勘助の件で自訴してまいりました。勘助は投げ飛ばされたのが原因で死んだのではなく、殺されたのであって、殺したのは日本橋の河岸に巣食う三五郎という破落戸《ごろつき》です。わたしは嘘の証言をしておりました」

事態は三浦藤兵衛から大竹金吾、金吾から徳兵衛と知らされ、徳兵衛は翌日の朝早くに小伝馬町まで出向いて以伯を出迎えた。徳兵衛は聞いた。

「戸塚玄庵先生は差し入れに見えましたか」

「いいえ」

「薄情な人ですねえ」

婿にならないかと迫ったのに、中追放以上の刑に処せられると知って、それならもう用はないと手の平を返したのだろう。

徳兵衛はいう。

「戸塚玄庵先生のことでちょっと話があるんですがねえ。朝のことですからどこも店はやっておりません。うちに立ち寄るということでよろしいですか」

「わたしはいっこうに」

伊勢徳の二階に上がって向かい合った。

「多紀安叔元堅というお医者さんをご存知ですか」

「よおく存じております。名門多紀の一族なのに町宅して町医をなさっているというお方でしょう」

「そのとおり」

「多紀先生がどうかなさったのですか」

「このほど若年寄の林肥後守様の命で、医学館の講書を命ぜられることになり、公儀お抱えの医師は若年寄の支配なものですから信州飯田の二万石堀大和守様の御屋敷にも挨拶に伺われたそうです。そのとき、大和守様がおっしゃるのに……」

と大和守が多紀元堅に語って聞かせたことを語って、戸塚玄庵は信州飯田の生まれのはずなのに、越後長岡の生まれといっている、なにか隠しているようで、だとしたらなぜ隠しているのかを知りたいと大和守様がおっしゃっている。こうつづけて、徳兵衛はいった。

「そのことについて、あなた、なにか知りませんか」

「なるほど、やはりそうでしたか」

「とおっしゃいますと」

「実は祖父が京都で……」

と経緯を語っていった。

「玄庵こそ信州飯田生まれの祖父の敵です。間違いありません」

「じゃあ、こうしましょう」

と徳兵衛がいい、以伯は玄庵に暇乞《いとまご》いして、徳兵衛の世話で、多紀元堅もいる矢ノ倉の一軒家を借家した。


道中師《どうちゅうし》という稼業の男がいる。旅は憂いもの辛いものという。旅はなにかと難儀する。とりわけ、難儀するのが山賊や追い剝ぎだ。駕籠掻きが追い剝ぎに急変するなどということはしょっちゅうある。そこで、山賊や追い剝ぎを撃退する、旅行付添人なる稼業が生まれた。徳兵衛は道中師を呼んでいった。

「信州飯田に出向いて、路用はそっくり持ちますからといって、しかじかの男を探して江戸に連れてきてくれませんか。その者が死んでいたりして見つからなければ、誰でもいい、他に幼馴染を探し当てて連れてきてください」

幸い中間をしていた幼馴染は健在で見つかり、ただで江戸見物ができるというので、その者は幼馴染をいま一人誘い、連れ立って江戸にやってきた。

道中師が飯田に向かっておよそ一ヵ月後のことで、この日、幼馴染の二人は伊勢徳の二階で、徳兵衛特注の仕出し料理に舌鼓《したつづみ》を打っていた。

徳兵衛は前日、戸塚玄庵のところへ使いをやって、以後、伊勢徳にも出入りしていただきたいので、とりあえず、明日のお昼頃、顔繋《かおつな》ぎにお越し願えませんかといわせた。廻船問屋伊勢徳といえば大店である。玄庵は二つ返事で応じた。

この日、駕籠でやってきた玄庵は二階に通された。

幼馴染の二人は、道中師や徳兵衛から清吉が戸塚玄庵という立派な医者になっていると聞かされていた。仕出し料理に舌鼓を打っていた二人は当の清吉が顔を出したので、立ち上がって口々にいう。

「清吉でねえべか」

「歳はとったが面影はある」

「偉くなったんだってなあ」

「見違《みちげ》えた」

「なんで知らせなかったんだ」

「おらたちも鼻が高い」

戸塚玄庵は真っ青になっていう。

「わたしは清吉なんかではない」

幼馴染はいう。

「なにをいうだ。泣き黒子《ぼくろ》がなによりの証拠」

以伯は隣の部屋に待機しており、顔を出していった。

「京都は四条河原町《しじょうかわらまち》の薪炭屋、丹波屋《たんばや》で配達の小僧をしていた清吉だな」

「以伯、お前は何者だ？」

「お前に殺され、およそ五十両を奪われた井上朴斎《ぼくさい》の孫だ。敵討ちの届けはしてある。表に出ろ」

反対側の部屋に、話を聞きつけて紋蔵も待機しており、顔を出して以伯にいった。

「わたしは町方の者です。敵討ちは思い止まりなさい」

「なぜです。父の分も加えると苦節三十数年になる。敵を討ってやっと作州津山松平家に帰参《きさん》が叶うのです」

「敵かも知れませんが、あのお人はかりにもあなたの師であり、主人だった人です。前後をいうなら敵討ちの方が先ということになりましょうが、主殺しというのが問題にされます。主殺しは〝二日晒《さらし》、一日引き回し、鋸引《のこぎりびき》の上磔《はりつけ》〟と刑としてはもっとも重い犯罪です。役所が黙っているわけがありません。かりに敵討ちが優先するとしても、主殺しであることに違いありません。あとあと、とかく後ろ指をさされます。ですから、敵討ちはあきらめ、そのお人を役所に引き渡しなさい。あなたのいったことが事実なら、そのお人は死罪ということになります。いくらか鬱憤《うっぷん》は晴れるでしょう」

「しかし、すると津山松平家に帰参は叶わない」

徳兵衛が口を挟む。

「あなたはとうに一人前の医者になっている。立派に飯を食っていける。帰参などされなくともいいじゃないですか」

紋蔵は金吾の手先二人を連れており、手先は玄庵にいった。

「ご同行願いましょう」

玄庵は肩を落として以伯にいった。

「たいした執念だ。恐れ入った」

手先はうながす。

「さあ」

飯田からやってきた二人はぽかーんと戸塚玄庵こと清吉を見送り、以伯は唇を噛みしめた。

火盗改死罪伺いの顚末

一

火盗改《かとうあらため》の小野左大夫《おのさだゆう》は焦っていた。

御徒頭《おかちがしら》だった小野左大夫が先手鉄砲頭《さきてつぽうがしら》を拝命したのはこの年、天保《てんぽう》三年の一月十一日。つづいて三月二日に当分加役《とうぶんかやく》を拝命した。

盗賊火付改、略して火盗改は御先手が兼務するから俗に加役といっていたが本役である。その職に専念した。ただ、秋から春にかけては火災や犯罪が増加するので、一人増員した。それが当分加役で、左大夫の場合は、上が、その年度は事件が少なく、当分加役をおくのを忘れていて、そうだとばかりに、左大夫を時節外れに任命した。

火盗改は本役も当分加役も与力《よりき》、同心《どうしん》を従えて火付け、盗賊、博奕打《ばくちう》ちを引っ括《くく》るのを任務としていた。働く場所は御府内《ごふない》（江戸）に限られておらず、関八州《かんはっしゅう》まで手を広げてもいいということになっていたのだが、関八州には八州廻りという巡回警察官のような役人がいて、ここはおれらの縄張りだと肩を揺すっていたから、いきおい、江戸の外には出ないようになった。

もっとも、江戸には南北に御番所（町奉行所）があり、手先といわれている岡っ引を大勢従えている廻り方の役人がいて、彼らがおなじく江戸はおれらの縄張りだと肩を揺すっていた。また火盗改が引っ括っていいとされていたのは火付け、盗賊、博奕打ちに限られた。だから、それだけに容易に手柄を立てることはできなかった。

くわえて、一年前、天保二年の春先に、博奕打ちや博奕好きを震え上がらせる事件があって、彼らは首を竦《すく》めて博奕に手を出さなくなったため、なおいっそう手柄を立てにくくなった。一年前の事件というのはこんな事件だ。

文政《ぶんせい》二年の十月から天保二年の五月まで、十二年も火盗改を勤めていたのに、松浦《まつうら》忠右衛門《ちゅうえもん》という男がいた。

火盗改の役高は千五百石（千五百俵）。松浦は本高が四百石だから、足高《たしだか》は千百俵。ほかに御役料が四十人扶《ぶ》持、御役扶持が二十人扶持。合計六十人扶持。一人扶持は五俵計算だから、六十人扶持は三百俵。本高以外に合計千四百俵。百俵はだいたい四十両だから、金にしておよそ五百六十両が与えられた。

そのおよそ五百六十両で、火盗改は捕物に関すること、取り調べに関すること、配下の与力同心への褒美、使っている手先に与える手当てなど、すべての賄《まかな》いをつけなければならなかった。だからつねに持ち出し。台所は火の車で青息吐息、のはずなのに、松浦忠右衛門はそんな御役を十二年も勤めていながら、涼しい顔をして持ちこたえていた。

大名屋敷と旗本屋敷はいわば治外法権。町方はそこへ御用と踏み込めない。そこで、大名屋敷と旗本屋敷にある中間《ちゅうげん》部屋が博奕場となり、御法度《ごはっと》の博奕が盛《さか》んにおこなわれた。部屋頭《へやがしら》がおおむね親分で、親分はテラ銭を掠《かす》めて太った。

そんな博奕打ちの親分の一人に、三之助《さんのすけ》という男がいた。三之助は千四百石を取る御先手弓頭《ゆみがしら》奥山主税助《おくやまちからのすけ》（この男は火盗改を兼務していない）の中間部屋に潜り込み、部屋頭となった。もちろん、用人にたっぷり賄賂《わいろ》を遣《つか》ってのことだが、あいにく屋敷が溜池《ためいけ》の近くの霊南坂《れいなんざか》と場所が悪い。周囲は大名屋敷や旗本屋敷だけだから、客は界隈《かいわい》のいつもピーピーしている中間ばかり。三之助の賭場《とば》はたいして盛っていなかった。

そんなところへ、火盗改の松浦忠右衛門が金に困っていると三之助は耳にした。松浦忠右衛門の住まいは下谷《したや》三味線堀《しやみせんぼり》。

下谷三味線堀といえば、周囲は武家屋敷だが、そのまた周囲は外神田《そとかんだ》から浅草《あさくさ》にかけて町屋が櫛比《しっぴ》している一帯だ。客に不自由はしない。しかも博奕打ちを取り締まる親方（火盗改）の屋敷内で公然と賭場を開くことができるというのだ。むろん、内容が内容だから、松浦忠右衛門と直《じか》に話し合うわけにはいかない。用人と話し合い、しかじかの謝礼を支払いますと約束して、三之助は松浦忠右衛門の屋敷に潜り込んだ。その謝礼で松浦忠右衛門は息をついていたのだ。

三之助は気風《きっぷ》がよかった。松浦忠右衛門家の用人に約束の謝礼を支払うだけでなく、出入りしている組下の与力同心、界隈を縄張りにしている町方廻り方の同心などにもせっせと賂《まいない》した。ほかならぬ紋蔵《もんぞう》の同輩も、三之助から賄賂を貰《もら》っていた。彼らにとっては程のいい小遣《こづか》い銭《ぜに》になる。むしろ、三之助の賭場が盛るのを歓迎した。

だが、天網恢恢疎《てんもうかいかいそ》にして漏《も》らさず。これほどの不届き不埒《ふらち》な振る舞いが世間に漏れないはずがなく、御用部屋（幕閣）の耳に入り、老中大久保加賀守《おおくぼかがのかみ》は当分加役の矢部《やべ》彦五郎《ひこごろう》を呼んでいった。

「三之助をひっ捕えよ」

松浦忠右衛門は矢部彦五郎にとって先輩に当たる。屋敷に踏み込んで御用とはやりにくい。先輩の顔を潰すことにもなる。矢部は一計を案じて、組下の者にいった。

「それがしは貧の病に悩まされている。ついては、松浦殿とおなじように三之助の力を借りたい。屋敷にくるようにいってくれ」

矢部は三百俵高（といっても旗本だ）で、当分加役になって二年と半年。持ち出しがきつくて金に困っているのを組下の者はよく知っている。矢部の言を信じて、三之助に話を持ちかけた。

矢部の屋敷も松浦忠右衛門の屋敷に近い下谷長者町《ちょうじゃまち》。結構な話である。話に乗りましょうと三之助は矢部の屋敷にのこのこ出かけていった。そこを矢部は御用と縄にかけた。

外神田御成道《おなりみち》で書肆《しょし》を営んでいた藤岡屋由蔵《よしぞう》が書き残した『藤岡屋日記』という膨《ぼう》大《だい》な記録がある。由蔵は三之助一件の判決が下るとすぐさま判決文を手に入れ、克明に書き留めた。

松浦忠右衛門にしろ、霊南坂の奥山主税助にしろ、事実を知っていて三之助を屋敷においていたということになると、幕府にとってこれほどの失態はない。二人とも事実を知らなかったということにして、松浦忠右衛門は御役御免に差控《さしひかえ》、奥山主税助は差控。彼らの罪は軽微ですんだのだが、三之助はそうはいかない。博奕の筒取《どうとり》、テラを掠める者は遠島《えんとう》ということになっている。遠島を申し渡された。

遠島はそのほか、松浦忠右衛門の家来が二人、奥山主税助の家来が一人。さらに松浦忠右衛門の家来二人が、存命ならば遠島とされた。ほかにも、北の同心一人と松浦忠右衛門の家来一人が重追放《じゅうついほう》。松浦家は家中の者ほぼ全員が関わっていたことになる。また三之助の片棒を担いでいたのだろう、町人が六人も重追放に処された。

そのほか、押込《おしこめ》、急度叱《きっとしか》り、過料《かりょう》、手鎖《てぐさり》、武家奉公構《ぶけほうこうかまい》と、大勢が罰せられた。なかには無構《かまいなし》（無罪）もいたが検挙された者は合計六十六人。このかつてない大量検挙に江戸者はこぞって目を丸くした。

江戸には博奕打ちだけでなく、博奕好きが大勢いた。女だって博奕を打った。それら博奕打ちや博奕好きは震え上がり、しばらく博奕は控えておこうということになった。ということは、新任の火盗改小野左大夫にとっては、それだけ獲物が少なくなったということになる。

当分加役の矢部彦五郎は三之助をとっ捕まえたのを賞されてその年十月に堺《さかい》奉行に栄転となった。小野左大夫はその後任となるわけだが、左大夫としては矢部と同様、早く手柄を立てて栄転しなければ、いつまでも持ち出しがつづく火盗改を勤めなければならない。焦りは募る一方だった。

二

　小野左大夫の住まいは山伏井戸《やまぶしいど》にあった。浜町河岸《はまちょうがし》から大川にかけての一帯におもに旗本や御家人《ごけにん》が軒を並べており、やや南に位置する一画が山伏井戸と俗称されていた。おそらく山伏に由来する井戸があったのだろう。

　当分加役を拝命しておよそ一月半後、小野左大夫は山伏井戸の屋敷に組下の与力五騎、同心三十人全員を集めていった。

「一年とちょっと前のことと、いささか旧聞に属するが、矢ノ倉《やのくら》に百俵五人扶持を取る伊藤進右衛門《いとうしんえもん》という御家人がいて、敷地内に四室ある長屋を建てて人に貸しておった」

　敷地の一部を貸したり、敷地に長屋を建てて賃貸ししていたのは八丁堀《はっちょうぼり》の与力同心にかぎらない。江戸の各地に住む旗本も御家人も同様に、土地を活用する副業にせっせと励んでおり、伊藤進右衛門もそんな一人だった。ちなみに、多紀元堅《たきもとかた》など医者が軒を並べている、俗称を矢ノ倉といわれている一帯は山伏井戸の北に位置しており、矢ノ倉と山伏井戸は目と鼻の先だった。小野左大夫はつづける。

「二丁《にちょう》まちに観音政《かんのんまさ》という顔役がいる。知っておろう？」

「はい」

組下の与力・同心は座敷にぎゅうぎゅう詰めで雁首《がんくび》を並べており、前にいる与力五人が代表してうなずく。

なお、左大夫がいう二丁まちというのも俗称で、中村《なかむら》座や市村《いちむら》座のある堺《さかいちょう》町と葺屋町《ふきやちょう》のことだ。観音政こと観音政五郎《まさごろう》はその二丁まちに足場をおいて江戸の演劇界を背後で牛耳《ぎゅうじ》っていた。左大夫はさらにつづける。

「観音政の身内の一人に熊蔵《くまぞう》というのがいて、伊藤進右衛門の長屋の一室を借りて賭場を開いた。御家人の長屋であろうと、そこに町方が断りなしに御用と踏み込むことはできない、間違っても捕まることはないと旦那衆を誘ってのことだ。知ってのとおり博奕は御法度《ごはっと》。そこでだ、熊蔵をとっ捕まえ、吐かせて、博奕に手を出した者全員をしょっ引き、小伝馬町《こでんまちょう》の牢に送る。すぐさまみんなで取り掛かってくれ」

「お言葉ですが」

筆頭与力の滝田吉右衛門《たきだきちえもん》が首を捻《ひね》っていう。

「博奕は掏摸《すり》とおなじ。その場で取り押さえなければならないということになっております」

現行犯でなければ逮捕はできないと。

「そんなこと、誰が決めた？」

「誰が決めたということではありませんが、でなければ、やっていないのに、やっていたと因縁をつけて牢に送ったり、強請《ゆす》ったりする手合がのさばりかねないからです」

「しかし、熊蔵が伊藤進右衛門の長屋で賭場を開いたのは事実だ。我が家の隣の屋敷の下男が嫌がってるのを無理やり誘い込まれ、有り金を残らずむしられたといっておった。事実は事実である」

「ですが」

手柄に逸《はや》る新米には困ったものだと滝田吉右衛門らは思うが、口には出せない。

「分かった」

と小野左大夫は妥協するようにいった。

「だったら、叩けば埃《ほこり》の出る身体に違いない。なんでもいい、理屈をつけてここへしょっ引いてこい。それがしが直々に叩いて吐かせてやる。よいな」

「へえ、まあ、しょっ引いてくるくらいはお安い御用です」

南北両町奉行、公事方《くじかた》両勘定奉行には立派な役宅がある。だが、火盗改に役宅はない。だから、自宅を急遽《きゆうきよ》役宅にした。小野左大夫もそうで、山伏井戸の屋敷を役宅にした。

役宅には、まず詰小屋《つめごや》といった仮牢を設けなければならない。これには目安があって、

高さ　九尺（およそ二・七メートル）
広さ　三間四方（九坪）

とされていた。

庭先や縁側に白洲《しらす》も設けなければならない。これにも、

広さ　二間に三間（六坪）

と目安があった。

そのほか腰掛なども設けなければならないとされていたが、南北両御番所の砂利を敷き詰めた広々とした御白洲に比べると、火盗改の白洲はたったの六坪。いたっておそ粗末なもので、江戸の人はこういってからかった。

「町奉行、勘定奉行は檜舞台。加役は乞食《こじき》芝居」

熊蔵はしょっ引かれてきて、小野左大夫の屋敷の縁側に設けられた、たった六坪の白洲の蓆《むしろ》に引き据えられた。左大夫はいう。

「熊蔵であるな？」

熊蔵は答える。

「さようでございます」

「住まいは？」

「それより、お聞きしますが、一体、わたしがなにを仕出かしたとおっしゃるのですか？」

「いいから答えろ」

「葺屋町の治右衛門《じえもん》店《だな》です」

「稼業は？」

「中村座の木戸番《きどばん》」

観音政の身内はみんな中村座か市村座の木戸番とか座布団配《ざぶとんくば》りとかということにしていたが、おおむね影富《かげとみ》といった私製の富を売って歩いていた。

「矢ノ倉に伊藤進右衛門という御家人が住まっておる。存じておるな？」

「さあて、御武家様とはお付き合いがありませんのでねえ。伊藤進右衛門様といわれましても」

「とぼけるな。面通しをすればすぐに分かることだ」

「とぼけてなどおりません」

「とぼけ通すことができると思ったら大間違いだ。嘉助《かすけ》」

といって小野左大夫は手をぽんぽんと叩く。

「へえ」

仮牢の陰にいた男が返事をして白洲に顔を出す。

「座って、そこにいる男の顔をよく見ろ」

隣家の下男の嘉助はあらかじめ小野左大夫から因果を含められており、言われたとおりに座って、熊蔵の顔を覗《のぞ》き見る。

「その男の顔に見覚えがあるな？」

嘉助は神妙にいう。

「ございます」

「どこの誰だ」

「矢ノ倉の伊藤進右衛門様の長屋を借りておられた、たしか熊蔵とおっしゃるお方です」

「なぜ、知っておる？」

嘉助は熊蔵が観音政の身内ということも知っており、ふつうなら、仕返しをされるから迂闊《うかつ》なことはいえないのだが、泣く子も黙るといわれている火盗改になられた隣の御屋敷のお殿様直々の命令だ。従わないわけにはいかない。嘉助はいった。

「熊蔵さんのお身内の方からかねて影富を買っておりまして、近くに賭場ができた、御直参《ごじきさん》の御屋敷内だから、御用と踏み込まれることはない、博奕は丁半《ちょうはん》の賽《さい》博奕、負けることもあるが勝つこともある、顔を出してみないかと誘われまして、へえ、誘いに乗って、丁に賭けたり半に賭けたりしました。いわれたとおり、たしかに負けることもあれば勝つこともあったのですが、最後はとうとう裸にされてしまいました」

「いくら負けた？」

「二分《ぶ》（二分の一両）とちょっとです」

熊蔵がきっとなっていう。

「勝つこともあるが負けることもあると承知して博奕をしたのだろう？　なにが裸にされましただ。しかもわずか二分ぽっち」

小野左大夫はすかさずいう。

「語るに落ちるとはこのこと。やい、熊蔵、お前はたしかに、伊藤進右衛門の長屋を借りて賭場を開いておった。どんな風に開いて、いくら稼いでおったのか、つぶさに聞かせてもらおう」

「ええい、こうなりゃ、火事場のうんこだ」

「どういう意味だ？」

「焼《や》け糞《くそ》ってことですよ。なんでも聞いてくだせえ」

熊蔵はすらすらと白状した。

三

紋蔵は重い足を引きずりながら、愛宕下《あたごした》の大名小路《だいみょうこうじ》にある越後《えちご》村山《むらやま》五万七千石、内《ない》藤佐渡守《とうさどのかみ》の屋敷に向かっている。用件は間違いない。文吉《ぶんきち》についてだ。

紋蔵は島送りになった遠藤庄助《えんどうしょうすけ》の子文吉をなんとなく預かるようになり、我が子のように育てた。その文吉は縁あって二千石の旗本内藤夢之助《ゆめのすけ》と知り合った。その内藤夢之助がひょんなことから本家の五万七千石越後村山内藤家の当主におさまった。

その後、内藤家でちょっとしたごたごたがあり、文吉は内藤家に日参《にっさん》するようになり、六百五十石取りの娘に見初められ、佐渡守となった夢之助の勧めもあって、娘の婿《むこ》になることを約束させられた。だが、気が進まなかったようで、三年、京に修行に出かけます、婿になるのはその後にしてくださいと佐渡守に断って、京に向かった、はずだった。

二丁まちの顔役観音政五郎は急死した不動岩《ふどういわ》こと岩五郎《いわごろう》の跡目を継いで親分になったのだが、不動岩には岩吉《いわきち》という子がいて、文吉とはガキの頃からの知り合いだった。岩吉は当然のように観音政の身内におさまっていた。京に向かったはずの文吉はそんな岩吉を頼り、岩吉とおなじように観音政の身内におさまった。

紋蔵はそんな文吉と偶然、さる店の表で出会い、しばらく話し合ったのだが、そのとき、紋蔵は愛宕下の佐渡守に挨拶《あいさつ》したのかと聞いた。「まだです」と文吉はいい、「早いほうがいい」と紋蔵は勧め、「そうします」と文吉はいったのだが、どっちにしろ、文吉は京に行かずに、佐渡守や娘との約束を反故《ほご》にした。

佐渡守の用件はそのことについて、話を元に戻すわけにはいかないだろうかという内容に違いなく、文吉はウンと言わないと確信しているから気が重く、足取りも重かった。

「やあ、よくきてくださった」

座敷に通されると待つ間もなく、佐渡守は奥方とともに姿を見せた。紋蔵は手をついていった。

「ご無沙汰しております」

「こちらこそ」

「ご息災でなによりです」

「ここ二、三日曇天《どんてん》がつづいているが梅雨《つゆ》に入ったのでしょうかねえ」

佐渡守は従五位下《じゅごいのげ》の大名。紋蔵は足軽身分というのに、佐渡守は紋蔵に敬語を使う。

「梅雨にはちと早いと思います」

「今年はわたしの御暇年《おいとまねん》で、かつわたしにとってはじめてのお国入り。梅雨に入る前に国に帰り着こうと思っているのです」

「それで梅雨を気にしておられるのですか」

「そうなんです」

梅雨は五月、参勤で江戸に向かう大名も、御暇で国に帰る大名も、いずれも梅雨に入る前、四月に移動する。

取り留めもない話にいらいらしていた奥方が口を挟む。

「藤木《ふじき》様」

「はい、なんでしょう？」

「この前、剣持忠三郎《けんもちちゅうざぶろう》さんから殿へ手紙が送られてきました」

文吉はいろいろあってそのころ御家人となり、剣持忠三郎と名乗っていた。

「手紙？　こちらにお邪魔したのではないのですか？」

「そうです」

顔を出すのは辛いから手紙ですませたということなのか。

「どんな内容だと思います？」

「想像はつきます」

「京へ修行に三年ということでしたが、京へは行かず、二丁まちというところにある、中村座という芝居小屋の木戸番をしているとありました。木戸番というとあなた、こう申してはなんですが、匹夫下郎《ひっぷげろう》の仕事でございましょう。これは一体、どういうことなのです？」

「手紙に理由は書かれていなかったのですか？」

「思うところがあってとしか書かれておりませんでした」

「文吉には、失礼、わたしはずっと文吉と呼んでおりましたものですから……、文吉には文吉の考えがあってのことだろうと思います」

「藤木様も、承知の上のことですか」

「知りませんでした。その後、なんとなく人伝《ひとづて》に聞いたのですが、文吉は性分が性分ですから、もう後戻りは利かないだろうと思って、そのままにしておいたところ、町で偶然出会い、どうしてなんだと聞きました」

「どうおっしゃったのですか？」

「小糠《こぬか》三合あったら婿に行くなといいます。婿になるのが嫌なのですと」

家付きの娘は当初はしとやかでも、やがては顎をしゃくって指図をするようにならないとも限りませんと文吉は付け足したのだが、それを言うのは差し控えた。

「またこうも言いました。家中の方々のわたしを見る目は冷ややかで、そのうち悶着を起こすに違いなく、するといやでも暇乞《いとまご》いをすることになります。早いか遅いかの違いですと。よそ者はよそ者ですからねえ」

「娘のことが好きでなかったというのなら分かります。好きでもないのに無理やり一緒になれとは言えませんからねえ。ですが、婿になるのが嫌だというのを理由にされるのは如何《いかが》なものでしょう。娘は玉《たま》というのですが、玉は、それはもう気立てのいい子で、家付きを鼻にかけるような娘ではありません。それは忠三郎さんが一番よく知っておられることです。また家中の方々が忠三郎さんを見る目は冷ややかだとおっしゃいますが、わたしが耳にするところでは、どなたも肝のすわった英傑だと声を揃えております。一人として悪《あ》し様《ざま》にいう方はおりません。だいいち、忠三郎さんはそんなことを気にかけるような度量の狭いお人ではない。そうではないのですか」

いわれてみればそのとおりで、紋蔵は言葉もない。

「どうでしょう。藤木様から忠三郎様に思い直して京に出かけてくれないかと勧めていただけませぬか。京で三年修行をして、それでも婿になるのは嫌だということなら、話はなかったことにさせていただきますが、いまのままではどうにも納得がいきません。わたしにはとんと腑に落ちません」

か。婿が嫌だからって、なにが悲しくって木戸番なんかをしなければならないのか。わたしにはとんと腑に落ちません」

文吉としてはまさか俠客《おとこだて》の道に入り、とりあえず影富を売って歩いておりますとは書きかねる。そこで木戸番をしていると書いたのだろうが、奥方にすれば、木戸番など、たしかに腑に落ちないということになる。

「殿は先ほど、今年は御暇年ではじめてのお国入りと申されました。そのとおりで、すでに公方《くぼう》様に御暇の拝謁《はいえつ》をすませ、先触《さきぶれ》もすませました」

江戸の伝馬《てんま》役所から、帰路の道中の宿場宿場に、何日の何刻ごろ通る、馬を何頭、人足を何人手配しておいてもらいたいと通知するのを先触といった。

「そこへ忠三郎さんから先ほど申した手紙が届き、それはもうびっくりなさって、とりあえず先触を半月ばかり先延ばししてもらって、忠三郎さんに思い直していただこうと、それには藤木様におすがりするしかないと、かようにお運びいただいてお願いする次第です。ねえ、藤木様、玉にはまだなにも話をしておりませんが、玉の気持ちを思いやっていただきたいのです。よろしくお願いします」

深々と頭を下げられ、無理だと分かっていながら紋蔵はいった。

「分かりました。翻意するよう説得しましょう」

四

前任の御奉行、南町奉行伊賀守《いがのかみ》は百二十俵五人扶持の御家人だった。町奉行および勘定奉行を二十年勤めると、永代五百石の知行取りに直してもらえるという慣例があり、おのれも五百石の知行取りに直してもらおうと伊賀守は仕事に励んだが、手柄を立てて地位を万全のものにしようと無理を重ねて道理を外したのを上に咎《とが》められ、十八年目にしてうっちゃりを食わされた。南町奉行を罷免《ひめん》された。

伊賀守と紋蔵とはいろいろあった。どちらかというと、逆恨みに近かったのだが、伊賀守はなにかと紋蔵に当たった。首にしてやると公然と口にしたこともある。

だが、奇妙なことに、大坂東町奉行から転じてきた後任の南町奉行壱岐守《いきのかみ》にこう言い置いたのだという。

「南には藤木紋蔵という生き字引のような物書《ものかき》同心がおります。何事も藤木に尋ね、あるいは藤木に確認して事を運ばれるとよろしい」

壱岐守は佐渡奉行を五年、大坂東町奉行を三年とそれなりに経験を積んでいたが、江戸の町奉行とは仕事の量も質も異なる。新人のつもりでいたから、年番与力でかつ筆頭与力の安藤覚左衛門《あんどうかくざえもん》、年番与力で次席の沢田六平《さわだろくへい》、南ではナンバースリーの吟味方《かた》与力蜂屋鉄五郎《はちやてつごろう》の三人を呼んでいった。

「伊賀守殿が、何事も藤木に尋ね、あるいは藤木に確認して事を運ばれるがよろしいといわれた。それがしは新人のつもりで赴任している。伊賀守殿の仰せどおり、のべつ藤木を呼んで尋ね、確認いたす。さよう承知しておいてもらいたい」

三人に異存があろうはずがない。声を揃えていった。

「承知いたしました」

そんなわけで、壱岐守が赴任してきて以来、紋蔵は例繰方《れいくりかた》の部屋に詰めるより、御奉行に呼ばれて諮問《しもん》されることのほうが多く、この日も、使いの若同心がやってきて言った。

「御奉行がお呼びです」

「承知した」

紋蔵は御奉行がいつも詰めている内座之間《ないざのま》に向かった。部屋は唐紙で仕切られており、次之間に座って声をかけた。

「藤木です。まいりました」

「入れ」

「失礼します」

唐紙を開けて中に入った。

壱岐守は切り出す。

「賭場開帳一件が当分加役の小野左大夫殿から上がってきたのだが、御家人が絡《から》んでいるので、評定所《ひょうじょうしょ》一座で審議されることになり、調書の写しが南にもまわってきた。まずは目を通してくれ」

「拝見します」

受け取って紋蔵は一読した。

熊蔵の賭場開帳一件で概要は以下のとおり。御定書に「博奕打筒取ならびに宿は遠島」とあるから、熊蔵は「遠島」。

おなじく御定書に、「廻り筒にて（順番に親になって）博奕打った者は過料」とあるから、客のうち、十三人は「過料」。

さらに御定書に、「廻り筒にて博奕を打つこと三度以上は中追放」とあるから、客のうち、八人は「中追放」。

長屋を貸した御家人の伊藤進右衛門は、「長屋を貸して、そこで博奕がおこなわれていたのに、等閑《なおざり》に放置していた。重々不届きである。右長屋の地面、五ヵ年の間取り上げ」。

以上のように申し渡して然《しか》るべしと、小野左大夫は伺っていた。紋蔵は言った。

「これは旧悪ですね」

「それがしもそう思う」

時効になる犯罪を旧悪といった。御定書にこうある。

「一逆罪のもの

一邪曲にて人を殺し候もの

一火付

一徒党を致し人家へ押し込み候もの

一追剝《おいはぎ》ならびに人家へ忍び入った盗っ人

一かつて公儀の御法度を（に）背き、死罪以上の科《とが》に行われるべきもの一悪事これ有り、永尋《えいたずね》申付け置き候もの」

「以上以外の犯罪は旧悪になる。十二月以上が経っていれば罰しない」

紋蔵はいった。

「三之助の事件、ご存じですか」

「いや、知らぬ。どんな事件だ？」

「三之助という博奕打ちの親分がおりましてねえ」

と概要を語ってつづけた。

「一件に裁断が下されたのは五月の下旬ですが、三之助らが続々と検挙されたのは二月から三月にかけてで、熊蔵の自白によると、検挙がはじまってびっくりし、とばっちりを食ってはかなわぬとばかりに二月一杯で長屋を解約し、以後賭場を開いておりません、もちろん、博奕は打っておりませんとあります。いまは四月です。優に一年以上が経っております。ですから、熊蔵らの博奕は旧悪ということになり、罪を問うことはできません」

「じゃあ、即釈放ということになるのか？」

「いえ、吟味は通常どおりに進め、『吟味詰りの口書』（自白書）を取り、仕置伺いを経て、刑罰も決定されます。そのうえで、『旧悪の儀につき、咎におよばず』と沙汰が下されます」

「なるほど。しかし総体、刑罰は苛酷で厳しい。なのに、旧悪の制度だけはやけに犯罪者にやさしい。なぜなのだ」

「聞くところによりますと、この条に関しては有徳院様《ゆうとくいんさま》（八代将軍吉宗《よしむね》）が殊の外《ことのほか》ご執心だったそうで、御心の裡《うち》を計り知ることはできませんが、この条がなければ、些細な事件が後から後から露見して、御番所はそれらの処理に追われて身動きがとれなくなってしまうと考えられてのことではないかと思います」

「些細な事件なら旧悪にしてもいいが、今度の事件のように遠島になる事件まで見逃されてしまうというのはのオ」

「それが旧悪の欠点といえばいえるでしょう」

「相分かった。ご苦労だった」

「失礼します」

紋蔵は例繰方の部屋に戻ったが、心は重く沈んでいる。佐渡守と奥方に、文吉が翻意するよう説得しますと約束したのだが、とても自信がなく、手を拱《こまぬ》いたままでいたからだ。

五

小野左大夫はこの日組下の与力同心を集めて言った。

「それがしは小納戸《こなんど》から徒頭と進んで、御先手になり、さらに当分加役となったから、法や律に暗く、旧悪という制度があるなどまるで知らなかった。おぬしらはどうだ？」

筆頭与力の滝田吉右衛門がいう。

「ご存じのように、御先手には弓が八組、鉄砲が二十組とあり、それぞれに与力が五ないし六騎、同心が三十人くらい配属されており、ふだんは平河御門《ひらかわごもん》、下梅林御門《しもばいりん》、坂下御門《さかした》、紅葉山下御門《もみじやました》、蓮池御門《はすいけ》などを警護していて、法や律などということにはとんと関わっておりません。旧悪などということははじめて耳にしました」

「一座の方々には常識だったようで、なんだそんなことも知らぬのかという顔をされ、大いに恥を掻《か》いてしまった」

評定所一座は寺社奉行四人、公事方勘定奉行二人、町奉行二人、つごう八人で構成されており、月に六日、二、十一、二十一日の式日《しきじつ》と、四、十三、二十五日の立合《たちあい》という日に集まって司法関係の問題を協議したり、評定所が管轄する公事訴訟を扱ったりした。小野左大夫はつづける。

「筒取、賭場を開いてテラ銭を取る者は無条件に遠島ということになっているのに、旧悪だから無罪とはまったく納得がいかぬのだが、決まりには従うしかない。といって、このまま手を拱いているわけにはいかぬ。当分加役に任ぜられてからおよそ一月半。これまでなに一つ手柄を立てておらぬ。捕まえたのはたった一人、コソ泥だけだが、コソ泥を捕まえるのは町方の仕事、加役の仕事ではないと町方から横槍が入って、持っていかれた。たしかにそうで、われらの仕事はコソ泥なんかを捕まえることではない。どうだ、なにかこう、でかくなくともいい、もっともらしい獲物を思いつかぬか」

「よろしいですか」

背後で手を挙げる者がいる。小野左大夫は聞いた。

「名前は？」

与力の名前は全員覚えたが、同心の名前はまだ覚えきれていない。

「山根《やまね》弥《や》三郎《さぶろう》と申します。同心です」

「申してみよ」

「熊蔵の博奕の客を洗っているときにおかしな話を耳にしました」

「どんな話だ」

「熊蔵にはたけという女房がいるそうですが、たけはかつて人の女房で、そのとき熊蔵と密通を働いていたというのです」

「密通だって、旧悪ということになろう」

「密通を働いた妻は死罪。相手の男も死罪。そう御定書とやらに書かれていると聞いたことがあります。旧悪について、わたしもへえー、そんな決まりがあるんだと知って、町方の知り合いに詳しく教えてもらいました。知り合いによると、『火付』、とか『邪曲にて人を殺したもの』とか、旧悪にならない例外がいくつかあるそうなのですが、こんなのもあるそうです。『かつて公儀の御法度に背き、死罪以上の科に当てはまる罪を犯したもの』。これは旧悪にならないと。密通は死罪です。ですから、密通も旧悪にはならず、熊蔵と女房に死罪を申し付けることができます。腹いせにといってはなんですが、熊蔵と女房は密通の廉《かど》で死罪と伺う、というのはいかがでしょうか。一座の方々の鼻を明かすことができると思うのです」

「一座の方々の鼻を明かす……か。悪くないな。よし、それでは全員総出で、二人の密通の証拠を摑《つか》んでこい」

その日から与力五騎、同心三十人は二丁まちを走りまわった。

同心山根弥三郎がいったとおりだった。

不動岩がまだ健在だったころ、観音政と双璧だった熊蔵はそれなりに羽振りがよく、馴染みの小料理屋で働く人の女房たけに粉をかけた。たけの亭主は市村座の下座《げざ》で三味線を弾いていたのだが、身体が弱く、いつしか寝込むようになり、たけは仕方なく小料理屋で働いていた。

たけは渋皮がむけたいい女で、たけを目当てに通ってくる客は少なくなく、競争相手は多かったのだが、貫禄が違う。金っぱなれもいい。熊蔵はたけを口説き落とした。

世の中にはお節介焼きがいる。なかば妬《ねた》みもあって、お節介焼きは病床の亭主の耳元でささやいた。

「おたけさんだがねえ。熊蔵と間男《まおとこ》してるぜ」

病床にあっても、気が萎えたわけではない。

亭主は店から帰ってきたたけを責めた。たけはしらばっくれる。ならばと、亭主は這《は》うようにして、熊蔵を家に訪ねて言った。

「密通は死罪だ。どう始末をつけてくれる」

熊蔵はとぼけた。

「邪推だ。間男なんかしてねえ」

「分かった。それじゃあ、恐れながらと訴えてやる」

密通は死罪と御定書には書かれているが、訴えがあってもお上は相手にしない。というより、そもそもそんな訴えがない。「間男七両二分」といい、ふつうは仲人《ちゅうにん》が間に入って、金で話をつける。

亭主はしつこかった。寝込んでいたというのに、毎日のように熊蔵の家に押しかけて喚《わめ》く。近所でも評判になる。熊蔵はたまらず、間に人を立て、五両で話をつけてたけと縁を切った。

亭主は半年も経たないうちに息を引き取った。誰憚《はばか》ることがない。熊蔵はたけを女房に迎えた。

界隈じゃ有名な話だから、たいがいの者は知っている。同心の山根弥三郎らはたけをお縄にして、屋敷内の仮牢に放り込んで責めた。一方、小伝馬町の牢に放り込んだままの熊蔵をも責めた。

たけも、熊蔵も白を切る。だが、間に入った男がいう。

「わたしが五両で話をつけました。二人が密通していたのに間違いありません」

小野左大夫は評定所一座に、熊蔵とたけを「密通の廉で死罪」と伺った。

六

一座には町奉行なら吟味方与力が、公事方勘定奉行なら評定所の留役《とめやく》が、寺社奉行なら吟味物調役が、背後にいて諮問に応じる。ほかに目付も同席するが、このところ南町奉行壱岐守は吟味方与力のかわりに紋蔵を背後に控えさせた。ふつうなら吟味方与力から不満の声があがるところだが、生き字引の藤木ならまあしょうがないか、目をつむろうということになっていた。

密通が御白洲で問題にされることはまずなかった。密通はほとんど「間男七両二分」。金で話をつけた。密通が御白洲で問題にされるのは、別の事件を吟味していて、たまたま密通が露見し、密通を裁かねば事件が裁けないというようなときに限られた。したがって、熊蔵とたけのような、かつて金で話がついている問題をなぜわざわざ騒ぎ立てて死罪と伺うのか。一体、小野はなにを考えているのかと、伺いが上がってきて、一座の面々はみんな苦虫《にがむし》を嚙《か》み潰《つぶ》した。

司会役は評定所の留役か吟味方与力がつとめる。この日は留役が司会役となった。

留役はいう。

「火盗改小野左大夫殿の伺いについて評議を願います。まずは小野殿から伺いの趣旨をお述べください」

「えへん」

と咳払いして小野左大夫は口を開く。

「熊蔵とたけの密通は仲人になった証人もおり、紛《まぎ》れもない事実です。御定書に、『旧悪に候《そうろう》とも、死罪以上の科に問われるべき犯罪は差し許さず』とあり、また御定書に人の女房との密通は死罪とあります。ですから、熊蔵もたけも死罪に処して然るべしと伺ったのでございます」

公事方勘定奉行の一人がいう。

「御定書にはこれとこれは旧悪にならないと、いくつか例外項目が記されておりますが、そのなかに密通は入っておりません」

小野左大夫が答える。

「ですから、いま申したはず。御定書には『旧悪に候とも、死罪以上の科に問われるべき犯罪は差し許さず』とあると」

「そうはありますが、わたしはわざと密通を外したと考えるべきではないかと思います。それに密通もいろいろで、間男が逃げた場合、妻は夫の心次第に罪を申し付けるとあります。夫が妻に死罪を申し付けるということはまずなく、またたけの場合、夫は死んでおります。ですから、この場合、密通だから云々《うんぬん》として罰するのは如何なものかと思います」

「おかしなことをいわれる」

小野左大夫が口を尖《とが》らせる。

「間男が逃げた場合といわれるが、この場合、間男は逃げていない。女の亭主におさまっている」

「妻は夫の心次第で、夫は死んでいるというのを重んじるべきではないかと申しているのです」

「それは屁理屈」

「小野殿」

北の御奉行が口を挟む。

「そもそも、熊蔵とたけの密通は五両という金で話はついている。蒸し返さなくともいいではないですか」

「いいですか。御定書にはこうあります。『かつて公儀の御法度に背き、死罪以上の科に行われるべきもの』は旧悪にならないと。まさに密通がそうじゃないですか。公儀の御法度に背く犯罪で、御定書に死罪とあります。方々は密通の死罪は別だとでもおっしゃるのですか。夫これある女の密通の科を旧悪に仕立てるというのは、御仕置をないがしろにすることに他なりません。そうではないのですか」

理屈ではそうなる。しばらく沈黙が支配して、北の御奉行が壱岐守に話しかける。

「壱岐守殿はいかが考えられる？」

壱岐守は紋蔵を振り返る。紋蔵は壱岐守に紙切れを渡してひそひそささやく。うんうんと肯《うなず》いて壱岐守は口を開く。

「延享《えんきよう》二年のことといいますから、いまを去る八十七年前のことです。おなじようなことがございまして、こんな覚書が残されたそうです。嚙み砕いて申しますとこうです。『吟味をしていて、密通のことが表沙汰になり、たとえそれが吟味の手掛かりになるとしても、密通のことは問題にしないように。ただし、このことは上からそうせよとも言いにくいし、下から書付にして伺うというのもいかがなものと思われる。そう思《おぼ》し召され候』。どなたがそう思し召されたと思われますか」

そういって壱岐守は面々を見渡す。面々はさあーとばかりに首を捻る。

「名前は書かれておりませんが有徳院様です。有徳院様がそう思し召されたのです」

御定書は八代将軍吉宗のお声がかりで編纂《へんさん》されており、延享二年という年は吉宗が将軍職を嫡男家重《いえしげ》に譲って大御所となった年である。壱岐守はつづける。

「覚書はこう念を押すように締め括られております。『右の趣に心得、罷《まか》りあり候様にと思し召され候事』。近年は吟味をしていて密通のことが表沙汰になったとき、密通を問題にするようになっているようですが、有徳院様のご意向からするとそれは間違っていることになります。それゆえ、小野殿の伺いは、すでに金銭で話はすんでいることでもあり、却下されて然るべしと存じます」

小野左大夫は顔を真っ赤にしていう。

「覚書は確かな物なのですか？」

「そうです」

「上からそうせよとも言いにくいし、下から書付にして伺うのもいかがなものかと思われる、とは、そうすることに躊躇《ためら》いがあるということではありませんか」

「まあ、そうです」

「そんなものを出してこられても困ります」

「されど、有徳院様のご意向がそうであることに変わりない」

「壱岐守殿をはじめ皆さん方はなんとかしてわたしを負かそう負かそうとなさってい

る」

「そんなことはありません。わたしをはじめ方々はあなたが無理に犯罪人を拵《こしら》えようとなさっているから、無理をなさってはいけませんよと、老婆心ながらお諫《いさ》めしているのです」

「いいえ、わたしを負かそうとなさっている。伺いますが、壱岐守殿の背後にいて、壱岐守殿に知恵をつけておられる仁《じん》、名を伺おう」

紋蔵はびっくりして小野左大夫に目をやった。壱岐守はいう。

「藤木紋蔵という物書同心ですが、それがなにか？」

「その藤木紋蔵という仁の許《もと》で長年《ちようねん》過ごした文吉という者が、熊蔵の親分観音政の身内になっている。藤木、相違ないな？」

熊蔵とたけについて、あれこれ調べまわっていた組下の与力同心は文吉のことも、ついこの前まで御家人だったこと、南の物書同心藤木紋蔵に長年養われていたこと、藤木紋蔵はいま新任の御奉行のお気に入りで、つねに傍《かたわ》らにあってなにかと諮問に応じていることなどを聞き込んできて左大夫の耳に入れた。だから小野左大夫は、壱岐守の背後にいて諮問に応じてひそひそささやいたのは藤木紋蔵に違いないと見当をつけたのだ。

「どうなんだ、藤木」

念を押されて紋蔵はいった。

「文吉を長年面倒みたのは事実ですが、文吉は三年の間、京に修行に行くといって家を出ました。その後のことについては存じておりません」

「そんなはずはない。文吉と熊蔵はおなじ釜の飯を食っている。いわば同輩。だから、貴殿は文吉に頼まれるかして、古証文のような覚書を引っ張ってこられたのだろうが、そうまでしてわたしを負かしたいのですか」

紋蔵は壱岐守に伺った。

「言葉をお返しししてよろしゅうございますか」

壱岐守は軽くうなずく。紋蔵は言った。

「これはさるお人から耳にしたのですが、文吉は意外や京には行かず、二丁まちの中村座とかで木戸番をしていると。そんなはずはない。間違いだろうと思ってまだ確めにまいっておりませんが、観音政とかいう人の身内になっているなど初耳です。なにかの間違いでしょう」

話がおかしな方に飛んで、一座の面々は興味深げに耳を傾けている。そこへ御城の九つ（正午）の御太鼓が鳴り、司会役の留役が言った。

「これからお昼の弁当を遣っていただくとして、その間に、観音政と文吉に使いを走らせて御白洲に呼び、文吉は観音政の身内かどうか、文吉が藤木殿に、密通について熊蔵に有利になるように取り計らってもらいたいと働きかけたかどうかを確かめるというのはいかがでしょう。そうすれば小野殿も納得がいくと思うのです」

壱岐守がいう。

「そこまでしなくとも」

小野左大夫がいう。

「いえ、ぜひそうしてください」

一座の面々は口々にいう。

「小野殿の納得がいくようにするのがいいんじゃないんですか」

「では、そうさせていただきます」

と留役がいって、お昼になった。

七

観音政は日中だいたい家にいる。そこへ、評定所からの使いがやってきていう。

「評定所の御留役有野《ありの》伴五郎《ともごろう》様からの使いです。あなたとお身内の文吉殿への言伝で、いますぐ評定所へくるようにと」

観音政は南鐐（二朱銀）一枚を握らせて言った。

「どういうことなのか。お分かりだったら教えてくれませんか」

「詳しいことは存じませんが、文吉殿がたしかにあなたのお身内かどうかを確かめるためとか。評定所内ではそうひそひそささやかれておりました」

「分かりました。すぐに駆けつけます」

熊蔵とたけが密通の廉で取り調べを受けているというのは観音政の耳にも入っている。それに、どう文吉が絡んでいるのか。どっちにしろ、二人揃って評定所にというのは穏やかでない。観音政は身内を走らせ、文吉を呼びつけて言った。

「お前とおれが評定所に呼びつけられた。お前がおれの身内かどうかを確かめるためだとか。熊蔵に関してのようで、これはおれの勘だが、ただ事ではないような気がする。そこで、先手を打つことにして、お前は身内ではなかったことにする。お前はまだ十五のガキだし、身内であることのほうがおかしい。身内でなくったってちっとも不思議ではない。だから、即刻二丁まちから消えろ」

文吉は目を丸くして言った。

「そんな。いきなりそんなことを言われましても」

「ほとぼりが冷めるまでだ。お前はこれまで藤木紋蔵とかいう人の世話になっておったのだろう。また、しばらく厄介になるがいい。岩吉のところには挨拶に行くな。行くとややこしくなる。いいな」

「分かりました」

そう答えるしかなく、観音政の家の大部屋で寝泊まりしていた文吉はわずかしかない荷物の片付けにとりかかった。

観音政は支度をして評定所に向かった。辰《たつ》ノ口《くち》に近い評定所は幕府の最高司法機関である。南北両町奉行所よりもなおいっそう厳《おごそ》かに造られている。観音政は門番に声をかけた。

「二丁まちの政五郎と申します。お呼びがあったので、まいりました」

「ちょっと待て」

やがて、取次の者が出てきていう。

「御白洲で待っているようにとのことだ」

評定所にもむろん御白洲がある。貸してもらった蓆を敷いて観音政は座った。留役の有野伴五郎は一座の面々に声をかけてまわった。

「御白洲にお運びください」

紋蔵は壱岐守に近づいて伺った。

「わたしは遠慮したほうがいいのではないのですか」

壱岐守は言った。

「いや、同席していてくれ。なにが起こるか、分からぬのでのオ」

御白洲では上段畳敷きに、左からコの字形に月番の町奉行、非番の町奉行、御目付、四人の寺社奉行、二人の公事方勘定奉行と座る。火盗改の小野左大夫は縁側右。左に留役の有野伴五郎。全員が席に着いた。有野伴五郎が観音政に問いかける。

「二丁まちの観音政五郎であるな」

「さようでございます」

「文吉はどうした？」

「と申されますと？」

「一緒にくるようにと使いを出したはず」

「といわれましても、文吉なる者がふだんどこでなにをしているのか存じませんので……」

「どういうことだ？」

「いま、申したとおりです。文吉なる者がどこでなにをしているのか存じません。ですから、そちら様で用がおありなら、そちら様から文吉なる者に御差紙《おさしがみ》をおつけになるのがよろしいんじゃないんですか」

「文吉はおぬしの身内ではないと申すのか」

「そんな者は身内にはおりません」

「やい、観音政」

小野左大夫が割って入る。

「文吉がおぬしの身内であることは二丁まちの者なら誰もが知っておる。だから、それがしの耳にもそうと入ったのだ」

「なぜ、そんなことがあなたの耳に？」

「うっ」

と左大夫は詰《つま》る。熊蔵とたけのことで、組下の者を走りまわらせた結果、知ったなどというわけにいかない。苦し紛れに言った。

「これでも火盗改だ。いろんなことが耳に入る。文吉はまだ十五だというのに、おぬしの身内になって影富を売って歩いている」

「影富って、なんです？」

観音政はとぼけた。

「影富というのはなあ……。ええい、そんなことはどうでもいい。文吉が身内かどうかと聞いておるのだ」

「だから、身内ではないと申しているのです」

「そんなこと、あるものか」

「そりゃあ、わたしのように、芝居関係の世話をあれこれしている者には、見知らぬ者までもが家に入ってきて勝手に台所で飯を食ったりしております。おおかた文吉なる者もそんな一人で、世間では身内のように振る舞っているのかも知れませんが、断じて身内ではありません。いま伺えば、歳は十五とおっしゃいました。十五といえばまだ子供です。なにが悲しくて、そんな子供を身内にしなければならないのですか。観音政五郎はそこまで落ちぶれておりません」

有野伴五郎が小野左大夫にいう。

「この問題はこれでけりをつけ、部屋に戻ってさっきの続きをはじめましょう」

小野左大夫はやけになったようにいう。

「もういい。熊蔵とたけの死罪の伺いは取り下げます」

「それじゃあ、皆様」

有野伴五郎は面々を見渡していう。

「今日はこれでお開きということでよろしゅうございますか」

「異議なし」

声が返ってきて、面々はぞろぞろと引き上げた。

八

紋蔵は壱岐守の後につづいて役所に戻った。七つ（四時）の鐘が鳴った。紋蔵はそそくさと役所を後にして、二丁まちに向かった。

文吉の兄貴分岩吉の家は知っている。かつて訪ねたことがある。

「ご免」

声をかけて障子戸を開けた。

「これは」

岩吉は晩飯の支度の手を休めて応対する。

「文吉のことでお見えになったのですね」

「さよう。さっき、熊蔵という者に関わる件で、観音政五郎さんが評定所に呼ばれた」

「聞いてます」

「小野さんという火盗改が、文吉やわたしのことを知っておって、熊蔵さんに有利になるように取り計らってもらいたいと、文吉がわたしに頼んだと訳の分からぬことを申す。そこで、文吉と政五郎さんを評定所の御白洲に呼んで事実かどうかを確かめようということになり、使いを出したところ、政五郎さんだけがやってきて、身内に文吉なる者はいないという。評定所で一座の面々を相手にそう断言したということは、文吉は政五郎さんの身内ではなくなるということで、どうしているのだろうと気になっておぬしを訪ねたというわけだ。文吉はいまどうしている?」

「さあ、そのことです。さっき、親分に呼ばれて聞かされたのですが、二人して評定所に呼ばれるのはおかしい、熊蔵に関してだろうがなにかがある、そう予感して、文吉は身内ではないことにした。だけでなく、二丁まちから即刻消えろ、藤木紋蔵さんとやらにまた厄介になれと言ったと。そのうえ、岩吉には会うなとも言ったと。会えば、わたしが世話を焼いたりしてややこしくなるからだとも」

「じゃあ、消息を知らない?」

「ええ」

「文吉が頼るとしたらおぬしだろうと思ってやってきたのだが、おぬしの仲間の誰かを頼ったということは？」

「親分から、二丁まちから消えろと言われてますからねえ。それはないでしょう」

「有難う。なにか耳にしたら知らせてくれ」

「そうします」

「じゃあ」

　待てよ。八丁堀に向かいながら、紋蔵は考えている。文吉が観音政から暇を取らされたのはむしろいいことではないのか。文吉は身を寄せるところがない。そこで、あらためて京へ行くように勧める。内藤佐渡守は相手の娘玉に文吉のその後のことは知らせていないのだという。三年、京都で過ごせば文吉も気が変わるかもしれない。佐渡守に翻意するよう説得しますといったが、約束を果せるかもしれない。なにがなんでも文吉を探そう。探して京へ行かせよう。紋蔵は八丁堀に急いだ。

　観音政は藤木紋蔵さんを頼れといったというが、性分からして文吉がおのれを頼るはずもなく、すると誰を頼るのだろうか。十軒店《じつけんだな》の嵐月《らんげつ》という人形屋の倅《せがれ》久太郎《きゆうたろう》はどうだろう。久太郎は八丁堀小町のちよを挟んで文吉とあれこれあったのだが、その後友だち付き合いをしており、文吉の誘いに乗って、町人というのに武家風に髷《まげ》を結って愛宕下の内藤佐渡守の屋敷に通っていた。久太郎の親は大分限者《だいぶげんしゃ》でもあり、久太郎なら当座の面倒を見てくれるかもしれない。そう考えて頼るということはありうる。紋蔵は足の向きを変えて十軒店に向かった。

久太郎は家にいた。愛宕下にはもう通っていないのだろう。町人髷に髪を結い直していた。

「文吉殿が家にですか。いいえ、きてませんよ。この前、道でばったり会ったとき、二丁まちの観音政とかいうお人の家に転がり込んだといってましたから、探されるのなら、二丁まちじゃないんですか」

「文吉はわけあって、観音政のところを去ることになった。そこで、おぬしを頼ったのではないかと思って訪ねたのだが、そうか、頼っていなかったか」

「いまのところは、ええ、きておりません」

「きたら、こっそり知らせてくれないか。文吉が京都に行くことになっていたのは知ってるだろう」

「知ってます」

「説得して京都に行かせようと思うのだ。文吉にとってはそれが一番の選択になる」

「分かりました。こっそりお知らせしましょう」

あと、頼るとしたら、手習塾《てならいじゆく》市川堂の師匠青野《あおの》又五郎《またごろう》だ。

「いいえ、きてませんよ。なにか」

と青野又五郎は首を捻る。

ちよの義父金右衛門《きんえもん》を頼るはずもなく、大竹金吾《おおたけきんご》を頼るはずもなく、やはり、我が家を頼ったか。いまごろは家で晩飯を食っているか。紋蔵は思い直して家に向かった。

「ただいま」

「お帰りなさい」

迎えた里《さと》に言った。

「文吉は？」

「なんですか。藪《やぶ》から棒に」

「文吉が帰ってきているはずなのだが」

「いいえ。帰ってきてませんよ」

「おかしいなあ」

「なにがあったのです」

「いや」

すると苦し紛れに若竹《わかたけ》を訪ね、金右衛門さんらと談笑しているか。

「ちょっと出かける」

紋蔵は若竹に向かった。

「こんばんは」

声をかけて若竹の敷居を跨《また》いだ。

「いらっしゃい」

と迎えたのは、大竹金吾、金右衛門、ちよ、はな、それに徳兵衛《とくべえ》の常連だ。紋蔵は聞いた。

「文吉は？」

ちよが素早く反応する。

「文吉さんがくることになってるんですか」

「いや、そういうことではないんだ」

思い直して京に行くわけもなし、どこに身をひそめたのだろう。金吾が話しかける。

「今日は評定所でえらい手柄を立てたそうじゃないですか。さすが藤木紋蔵だと、御奉行は手放しで誉めておられたとか。詳しいところを聞かせてくださいな」

「手柄などとなにかの間違いだよ」

「こんばんは」

声をかけて男が入ってきていう。

「鍛冶《かじ》屋の鉄松《かねまつ》ですが、藤木さんはおられませんか」

紋蔵は声を返した。

「いるよ」

「ちょっと話があるんです」

鉄松には文吉とおなじように、引き取って育てた勘太《かんた》が奉公している。勘太のことで、なにかあったのかもしれない。

「分かった」

連れ立って外に出た。

「お宅に伺ったところ、ここではないかと奥方がおっしゃるものですから」

鉄松こと松次郎《まつじろう》はそう前置きしていう。

「あなたのところで、勘太の兄として育った文吉というお子が勘太を訪ねてきて、一晩泊めてもらいたい、そう親方に断ってくれと」

そうか。文吉は勘太を頼ったのか。

「お泊めするのはいっこうにかまわぬのですが、えらく深刻な顔をなさっている。それで、藤木さんのお耳に入れておいたほうがいいと思って、はい」

「わたしは文吉を探しておったのです。よく、知らせてくださった。引き取らせていただきます。ご一緒させてください」

潜りから家に入った松次郎はやがて、文吉を連れて出てくる。紋蔵は聞いた。

「飯は？」

「松次郎さんからもそう聞かれたのですが、ずうずうしいのですませたといいました」

「じゃあ、まだなんだな？」

「そうです」

「若竹で食おう」

金右衛門とちよとはなは飯を食い終わったとかで、若竹を後にしていた。ちよがいると話がややこしくなる。いたら話は家でしようと思っていた。

「子供に飯と、おかずを適当に見繕《みつくろ》って」

と板場に頼んで紋蔵は話しかけた。

「この前、佐渡守様から声がかかって愛宕下に出かけた。奥方からそれはないでしょうと、さんざんに苦情を言われた。それはそうだ。六百五十石の婿の話を擲《なげう》って中村座の木戸番になるなど、とても納得がいくものじゃない。だから、玉という娘さんにはまだそのことは話しておらず、なんとか翻意するよう説得してもらいたいとのことだった。観音政は評定所で、お前のことを身内ではないときっぱりいった。岩吉によると、観音政はお前に、即刻二丁まちから消えろといったとも」

「ほとぼりが冷めるまでという話でした」

「じゃあ、それまでどこで何をするのだ？」

「お待ちイ」

飯やおかずを載せた盆が運ばれてきた。

「いただきながら聞きなさい」

紋蔵は金吾が勧める酒を猪口《ちよこ》で受けながら言った。

「奥方によるとだ。玉という娘は気立てがよく、家付きを鼻にかけるような娘ではないということだ。家中の方々の目は冷ややかだとお前はいっておったが、奥方の曰《いわ》く。わたしが耳にするところでは、どなたも肝のすわった英傑だと声を揃えていい、一人として悪し様にいう方はいないということだ。一体、なにが不服なのだ」

文吉は箸《はし》をおいてぼそっという。

「棚から牡丹餅《ぼたもち》のような生き方がどうにも我慢ならないのです。男一匹、自分の力で生きたいのです」

「思い直して、三年の間、京に行ってくれぬか」

「口から出任せに京に修行になどと言いましたが、端《はな》っからそんな気はなかったのです。抹香《まっこう》くさい生き方など真っ平というのが本音です」

「じゃあ、これからどうやって生きるのだ。観音政のところでだって三下だ。その歳で男を張って生きることはできない。家に戻ったとしても、仕事はなにもない。ぶらぶらしていられても困る。かといって勘太のように奉公にでるわけにもいかぬ。観音政の身内だったことが仇《あだ》になる」

「じゃあ、こうしませんか」

と徳兵衛が割って入る。徳兵衛はずっと聞き耳を立てていた。

「しばらくうちで働きませんか」

「おたくで?」

紋蔵は鸚鵡《おうむ》返《がえ》しに聞いた。

「うちで、船乗りになるといい。このお子はいい面構えをしている。立派な船乗りになれる」

「このお人は」

と紋蔵は文吉に言った。

「小網町《こあみちょう》二丁目の廻船問屋伊勢徳《いせとく》の徳兵衛とおっしゃる親父さんだ。三年、徳兵衛さんとこで飯を食わせてもらって、京で三年修行をしましたといって帰ってくるのも悪くない」

「腰掛は……」

といって徳兵衛が笑い、紋蔵も苦笑して言った。

「駄目ですか」

「まあ、いいとしましょう。そのうち気が変わって、船から下りたくなるということだってなきにしもあらずです」

「そのときはそのときのこととして、文吉、徳兵衛さんのところで世話になるか」

文吉は顔を上げ、徳兵衛に向かっていう。

「正直、明日からどうやって暮らせばいいのか、思案に暮れておりました。お世話をおかけします」

「じゃあ、今日からうちにきなさい。いいですね、藤木さん」

「異存はありません。それから、文吉」

「なんですか？」

「愛宕下には、木戸番は辞めました。心を入れ替えて京に修行に行きますと知らせておくように。嘘も方便だ」

三年が経ったら状況は大きく変わるということだってある。黙って聞いていた金吾がつぶやくようにいった。

「御家人、六百五十石の婿、俠客の卵、船乗り。文吉の生き様はなんだかすさまじい」

徳兵衛が立ち上がっていう。

「飯も食い終わったようだし、文吉、行くぞ」

紋蔵は文吉の背中に声をかけた。

「達者でな」

底抜けの出来損ない

一

なかは働き者だ。昼は新場《しんば》の一膳飯屋でおさんどんをやり、夜は茅場町《かやばちよう》の一杯飲み屋で、おなじくおさんどんをやっていた。後家《ごけ》で十《とお》になる男の子が一人。そのくらい働かないと人並みの暮らしができないからで、脇目も振らずに働いていたのだが、出来損ないに隙を突かれた。

一杯飲み屋にたまにくる客が一緒に帰ろうといい、途中で「どうだい」と声をかける。後家を立てると突っ張っていたわけでもないが、ずいぶんと男日照りがつづいていたせいもあり、また出来損ないが色白で人畜無害のような男だったものだから、出会い茶屋についふらふらとついていって身体を許してしまった。

むろんそのときはそれきりで、後腐れなく別れるつもりだったのだが、事が終わったあと、出来損ない、清次郎《せいじろう》がいう。

「実は、おれ、宿がないんだ」

なかは首を捻《ひね》って聞いた。

「宿がないって、どういうこと？」

「泊まるところがないっていう意味だ」

「いままではどうしていたの？」

「知り合いのところを、あっちこっち泊まり歩いていた」

「うちの店に何回も見えてたけど、いつも一人。知り合いって人と一緒ではなかったわよねえ」

「知り合いはよぼよぼの爺《じい》さんとか、下戸《げこ》とか、酒に縁のない連中ばかりだからだよ」

「飲み歩くお足はどうやって稼いでたの？」

「小博奕《こばくち》でしのいでたんだが、それも底をついた。ほぼ文無し。ここの宿代もない」

「宿代もないのに、わたしを誘ったの？」

「まあ、そういうことだ」

「わたしは子持ちよ。子供がいい顔をするわけがない。家《うち》には無理よ」

「もう、他人じゃないんだし、泊めてくれたっていいじゃないか。なあ、頼むよ」

といって抱きついてきた。なかは三十過ぎの熟《う》れ頃。火がついた身体はまだ火照《ほて》っていて我慢がきかない。またも身体を重ねることになり、しぶしぶ清次郎を家に連れて帰った。

倅《せがれ》の正太《しょうた》は親の仕事が仕事だから、昼夜《ひるよる》ともに自炊で、なかの帰りを待っている。たまに、なかが店の残り物を竹の皮などに包んで持って帰ることがあり、そんなときは飯を食い直す。

「ただいま」

なかが声をかけて障子戸に手をかける。正太はおかしな気配に障子戸に目をやった。なかはいう。

「お客さんよ」

「お客さん？」

男は入ってきていう。

「清次郎ってんだ。よろしくな」

正太はなかに聞く。

「家に親戚はいなかったはずだけど」

「この人はこれからあなたのお父さんになる人なの」

正太は目を丸くしていう。

「じょ、冗談じゃない。こんなのが家に入ってくるのなら、おいらが出ていく」

清次郎がいう。

「まあ、そんなに突っ張るな。これからずっと一緒なんだから」

「おいらあ、やだ。ほんとに出ていく」

家を飛び出そうとする正太の首根っこを摑《つか》まえて清次郎はいう。

「いく当てもないくせに、そう尖《とん》がるな」

「この野郎」

正太は清次郎の手に嚙《か》みつく。

「痛え。乱暴なガキだな」

「放せ」

「放してやるから大人しくしてろ」

「今日一晩、泊めてやるが台所で寝るんだぞ。おれらの部屋に入ってきて、おかしな真似をしたらただおかねえ」

「馬鹿。おれとおなかさんは夫婦《めおと》になるんだ。台所で寝るのはお前だ」

「なにイ！」

「正太」

なかが呼びかける。

「なんだイ」

「清次郎さんがいうとおり、わたしたちは夫婦になるの」

「夫婦になるのはいいけど、もちっとましなのはいなかったのか」

なかが清次郎にいう。

「夫婦になるからにはそれなりに形をつけなければなりません。清次郎さん、あなた人別《にんべつ》は？」

「ない」

「ないって、どういうことなの？」

「誰かがおれをどこかに産み落としたようで、生まれたときからずっと人別なんかない。神田《かんだ》で育ったから、さしずめ神田無宿《むしゆく》ってとこかな」

「どうやって育ったの？」

「爺さん婆《ばあ》さんに拾われて育ったんだが、この坊主とおなじ歳のころ、爺さん婆さんが相次いであの世に逝《ゆ》き、後は薦《こも》を被《かぶ》って生きてきた」

「よく生き延びられたわねえ」

「なんとかなった」

「しかし、人別がないんじゃご近所の方にお披露目のしようもない」

相長屋《あいながや》の者を呼んで、ささやかながらも馳走を振る舞って顔を見知ってもらい、そのあとなかの人別に入るのだが、人別がなければ入れようがない。

「人別のことは、いずれそのうちといって誤魔化しておけばいい」

「それじゃあ、手に職とかもない？」

「ない」

「これから、どうするの？」

「さしずめ、おなかさんの紐《ひも》になって生き延びる」

「やだよ、そんなの」

「飯さえ食わせてもらえればいい」

「炊出《たきだ》し屋って知ってる？」

「聞いたことはあるが、よく知らない」

「御城の周りに見附《みつけ》が三十六あるんだけど、そこに詰めて警護するお大名のご家来さん方に朝昼晩と弁当を作って運ぶのが炊出し屋で、三十六も見附があるものだから、飯炊きとかおかず作りとか弁当運びとか仕事はいくらでもある。炊出し屋の番頭さんと懇意にしているから口を利いてあげる。炊出し屋さんで働きなさい」

「働くのは、まっぴら」

「おめえ」

と正太。

「たまげたものぐさだなあ」

「自慢じゃないが、箸《はし》より重い物を持ったことはない。まあ、小遣いくらいは自分で稼ぐから心配しねえでくれ」

その日から、なかい、正太、清次郎のおかしな暮らしがはじまった。

二

「こんばんは」

声がかかって里《さと》がいう。

「どなたかしら？」

紋蔵《もんぞう》、里、妙《たえ》。たった三人になってしまった家族のさみしい夕飯の最中だった。紋蔵が言った。

「わたしが出る」

小さいながらも式台のある玄関に出た。男がぺこりと頭を下げていう。

「久太郎《きゅうたろう》です。この前はどうも」

十軒店《じっけんだな》の人形屋嵐月《らんげつ》の総領息子《そうりようむすこ》だ。紋蔵は言った。

「なにか？」

「文吉《ぶんきち》さんの居所ですが、分かりましたか？」

「ええ」

「どこに？」

「いまのところ、小網町《こあみちよう》二丁目の廻船問屋伊勢徳《いせとく》に居候《いそうろう》をしております。これといった船が品川《しながわ》に着いたら、それに乗って、船乗りになるそうです」

「船乗りにですか。こりゃあ、びっくり」

「文吉になにか？」

「二丁《にちよう》まちの岩吉《いわきち》さんがわたしを訪ねてきて、文吉の居所を知らないかと」

「岩吉がまたなんの用で？」

「文吉はひょんなことから二丁まちを出ていくことになったのだが、せめて餞別《せんべつ》くらい呉《く》れてやりたいとのことです」

「餞別ねえ」

「船乗りになるのなら、今度はいつ会えるのか分からない。わたしも餞別を渡さねばならぬようです。岩吉さんと一緒に訪ねます。失礼します」

二日後の朝だった。久太郎がやってきていう。

「おかしなことになりました」

紋蔵は聞いた。

「というと？」

「あの翌日、というのは昨日です。愛宕下《あたごした》の内藤佐渡守《ないとうさどのかみ》様の御屋敷で、わたしたちと一緒に剣術の稽古をしていた仲間の一人、栗木健太郎《くりきけんたろう》というのが我が家にやってきて、剣持忠三郎《けんもちちゆうざぶろう》殿の消息を知らないかと。なぜ、そんなこと聞くんだと尋ねると、御《ご》前様《ぜんさま》（奥方）にこういわれたのだと。忠三郎殿はいま中村座《なかむらざ》で木戸番《きどばん》をしておりま す。忠三郎殿を訪ねて、愛宕下に顔を出すように言ってください」

紋蔵は文吉に、嘘も方便、心を入れ替えて京に修行にいきますと愛宕下に知らせておくようにと言ったのだが、文吉はまだ知らせておらず、奥方は痺《しび》れを切らして、栗木健太郎というのを中村座に送ったようだ。

「それで、栗木健太郎は中村座を訪ねたのだそうですが、木戸番にそんな男はいないといわれた。それで、おぬしなら、わたしのことです、おぬしなら居所を知ってるかもしれないと思って訪ねたのだと。わたしは文吉さんが御家人《ごけにん》を辞め、なぜ、観音政《かんのんまさ》の身内になったのかの経緯《いきさつ》を知りません。町で会ったとき、どうしてだと聞いたのですが、いろいろあったが打ち明けるのは勘弁してくれといって教えてくれませんでした。しかし、御前様が栗木健太郎を中村座に送ったことにはなにか複雑な事情がありそうで、素直に教えたものかどうか一瞬迷ったんですが、藤木《ふじき》さんから消息を聞いたばかりだったのでついこう言ってしまいました。船乗りになるとかで、小網町二丁目の廻船問屋伊勢徳にいるそうだよって。まずかったですかねえ」

「うーん」

文吉の手紙と行き違いになっていたら嘘も方便がばれてしまう。それよりなによりなんで船乗りなんかになるんだろうと奥方や佐渡守が訝《いぶか》る。至急手を打たねばならない。

「久太郎さん。わたしはこれからすぐ文吉に会い、文吉の身の振り方について話し合わなければなりません。わざわざ知らせてくれて有り難う」

「なにか余計なことをしてしまったようで……」

「そんなことはありません。それじゃあ」

紋蔵は南の三番組に属している。三番組の仲間のところに里をやり、今日は休ませてもらいますと届けさせて、朝飯を掻《か》きこむと伊勢徳に走った。

三

「お早《はよ》うございます」

声をかけて伊勢徳の敷居を跨《また》いだ。顔見知りの番頭が迎えていう。

「えらく早くからまたなんです？」

「徳兵衛《とくべえ》さんに」

番頭が取り次ぎ、徳兵衛が顔を出していう。

「はじめての船ですから、できるだけ大きな船に乗せてやろうと思っているんですが、まだそんな船はやってこず、毎日船具を磨かせております」

「文吉に話が……」

「それじゃあ、二階に上がってください」

「お邪魔します」

声をかけて二階に上がった。文吉は手を拭きながら上がってきていう。

「朝早くにお出でになる。ただごとではないことが起きたんですね」

「そうなんだ。まあ、座んなさい」

徳兵衛が部屋に入ってきていう。

「聞き耳を立てるのもなんです。傍《そば》で話を聞かせてもらっていいですね」

「どうぞ。遠慮なく」

紋蔵は徳兵衛に軽く会釈《えしやく》をして、

「実はなあ、文吉」

と久太郎が語って聞かせたことを語って言った。

「この前、嘘も方便だと言って、愛宕下にしかじかと知らせておくようにと言った。知らせたのか」

「まだです。もっといい方便があるはずだと思案しておったところです」

「それはよかった。こうなれば仕方がない。わたしが愛宕下に行って、本当のことをお伝えする」

「旦那様」

番頭が階段を上ってきて障子越しに話しかける。

「なんだい？」

「小島玉《こじまたま》というお女中がお見えになって、剣持忠三郎様にお会いしたいと」

紋蔵と文吉はぎょっと顔を見合わせた。

「そんな方はいませんよと申したら、ここでは違う名を名乗っておられるかもしれません。歳のころ、十五、六の方ですと。すると、剣持忠三郎という方は文吉ということになりそうなのですが、そうなのですか？」

紋蔵が答えた。

「そうです」

「いかが取り計らいましょうか？」

「文吉」

徳兵衛が話しかける。

「この前、若竹《わかたけ》で、うすうすの経緯は洩《も》れ聞いた。お嬢さんにはお嬢さんの言い分があってのことだろうし、聞いてあげて、そのうえで、お前の気持ちをはっきり伝えなさい。そうしたほうがお互いにすっきりする」

「分かりました。そうします」

番頭が小島玉を案内する。玉は部屋に入ってきて、紋蔵ら三人に三つ指をついて挨《あい》拶《さつ》する。

「越後《えちご》村山《むらやま》内藤家の家来小島頼母《たのも》の娘小島玉と申します。突然、朝早くにお邪魔して恐縮です。忠三郎様がここにおられるというのを昨日、御前様から伺《うかが》いました。忠三郎様はどうやらわたしから逃げようとなさっておられるようですが、本当のところを教えていただこうと思ってまいりました。忠三郎様」

「なんです？」

「忠三郎様はわたしのことがお嫌いなのですか？」

文吉は答える。

「好き嫌いをいうなら、嫌いではありません。むしろ好ましく思っております。ただ、わたしは、性分ですが、棚から牡丹餅《ぼたもち》のような生き方がどうにも我慢ならないのです。男一匹、自分の力で生きていきたいのです」

「嫌いだといってもらえば諦めもつきます。そうではなく、男一匹自分の力で生きたいとおっしゃいました。御武家の世界でも男一匹、皆さん自分の力で生きておられます。どこの世界で生きようと、それはおなじではないのですか」

小島玉は必死だ。

「どうなのですか？　忠三郎様」

「わたしはお話ししたことはありませんが、遠島者《えんとうもの》の子です。氏素性《うじすじよう》が怪《あや》しく卑《いや》しい。わたしが婿入りすると、家老筋の小島家の家名に傷がつく」

「内藤佐渡守家だって本《もと》を正せば越後の一土豪《どごう》にすぎず、わが小島家はその家来です。威張れるほどの家柄ではございません」

言い終わって小島玉はぽろりと涙を流す。

「文吉」

紋蔵は話しかけた。

「思い直してみないか」

文吉はうなだれる。紋蔵は玉に向かって言った。

「申し遅れました。わたしは文吉の養父で藤木紋蔵と申します」

「文吉」

徳兵衛も話しかける。

「どう考えたってお嬢さんのおっしゃることのほうが筋が通っている。それとも嫌いなのか。嫌いなら嫌いだとはっきりいいなさい。諦めがつくとお嬢さんはおっしゃってる」

徳兵衛も玉に向かっていう。

「わたしはこの家の主人《あるじ》です。徳兵衛といいます」

文吉が顔を上げ、誰にいうともなく言った。

「わたしはガキの頃から俠客《おとこだて》の世界と縁があり、だけでなくその世界の水が肌に合い、佐渡守様をはじめ皆さん方には、京へ修行に行くと嘘をついて俠客の世界に入りました。つまりわたしは、佐渡守様、御前様、玉殿、玉殿のお父上、皆さん方を裏切ったのです。裏切り者なのです。覆水《ふくすい》盆に返らずと申します。裏切り者に、話を元に戻す資格はありません。だいいち、どの面《つら》下げて、佐渡守様、御前様、玉殿のお父上のお顔を拝することができるというのです」

玉がいう。

「佐渡守様は今日出かける前に、わたしにこうおっしゃいました。忠三郎殿は五万七千石越後村山内藤家を背負って立つ男だ。掛け替えのない人材だ。なんとしてでも戻ってくるように説得するのだぞと」

文吉は唇《くちびる》を強く嚙み締めて言った。

「これは父上にも言ったことですが、わたしが京へ修行に行くと言ったのは口から出任せで、端《はな》っからそんな気はありませんでした。抹香臭《まっこうくさ》い生き方などまっぴらというのが本音です。その気持ちはいまも変わりありません。したがって、わたしは裏切ったただけでなく、嘘をついたことになります。わたしはそんなくだらない、見下げ果てた男なのです。玉殿、あなたには大変申し訳ないことをいたしましたが、そんなわけです。話はなかったことにしてください」

「分かりました。あなたから、はっきりそうおっしゃっていただいて、むしろすっきりしました。はい、話はなかったことにさせていただきます。失礼します」

「お見送りします」

「いえ、結構です」

かわりに紋蔵が見送った。

「文吉」

徳兵衛が話しかける。

「はい」

「おぬし、成り行きで船乗りになるなどといってるが、本心はそうではないのだろう。幡随院長兵衛《ばんずいいんちょうべえ》のような侠客になりたいのだろう。だから、六百五十石というたいそうな俸禄を棒に振って観音政の身内になったのだろう?」

「幡随院長兵衛のような侠客になれるかどうかはともかく、さっきも申しましたとおり、あの世界の水が肌に合ってるんです。それに、できたらずっと江戸にいたい」

「するとだ、船乗りのことは考え直さねばならぬことになる。俠客の世界に未練を残して船乗りになったって碌《ろく》な船乗りになれぬ。帆を張ったり、帆柱に登ったりするのだが、気持ちがふらついていると大怪我をする。これといった落ち着き先を探せ。それまでは家にいていい」

「そうさせていただきます。有り難うございます」

四

「起きろ。いつまで寝てるんだ」

手習塾《てならいじゆく》から帰ってきた正太が枕を蹴飛ばさんばかりの勢いで怒鳴る。清次郎は目をこすりながらいう。

「昨日は朝帰りだ。もう少し寝かせてくれ」

「居候の身で朝帰りが聞いて呆《あき》れる。とっとと起きろ。起きたら、どこへでもいい。出かけろ。学問の邪魔だ」

「お前なあ。学問、学問といつも机に齧《かじ》りついておるが、どうせ、そこらの店の小僧とか職人の弟子になるしかない身分なんだろう。なにが学問だ。子供は精一杯遊んでればいい。馬鹿」

「燕雀《えんじゃく》安《いずく》んぞ鴻鵠《こうこく》の志を知らんやだ。おめえみたいな薦被りに意味は分からんだろうから教えてやる。耳をかっぽじって、よおく聞け。おめえみたいな出来損ないに、おいらの高邁《こうまい》な志は理解できないという意味よ」

「へえー。えれえ難しい言葉を知ってるんだ。御《お》大師《だいし》さんがそうおっしゃったのか」

「御大師さん？」

「弘法大師《こうぼうだいし》様よ」

「唐土《もろこし》の遠い昔のお偉いさんがおっしゃったのよ」

「おいらの高邁な志といったなあ？」

「言った。それがどうした？」

「せいぜいがそこらの店の小僧か職人の弟子になるしかない身分だといったろう。偉そうなことをほざくんじゃない」

「いいか。よく、覚えておけ。おいらん家《ち》はなあ、三代前まで武士《さむれえ》だったんだ。事情があって爺さんが浪人したんだが、おいらは武士の子。いずれ仕官《しかん》して武士になるんだ。だから、そのときに備えて学問をしておかねばならぬのだ。分かったか。分かったら、邪魔をしないでとっとと出て行け」

「はははは」

「なにがおかしい」

「お前はやはり子供だなあ」

「なにがいいたいのだ？」

「仕官など、できると本気で思っておるのか。二階から目薬をさすより難しい」

「有為な人材は世間が放っておかぬ。学問で名を挙げ、然《しか》るべき御大名家から三顧の礼で迎えられる。そういうことになっておるのだ。そのときは、そうだなあ、草履取《ぞうりと》りにでも使ってやる」

「気持ちはいただいておくが、どうだ、今日は懐が暖かい。鰻《うなぎ》を奢《おご》ってやるからついてこい」

「鰻を？」

正太は目の色を変える。

「そうだ」

「いやいや、誘惑には乗らぬ」

「鰻が誘惑か？」

「鰻につられて学問を怠《おこた》ったら、やがてはそれが災いして仕官をし損なう」

「たかが鰻じゃねえか。なにを御大層なことを言っておる。ついてこい」

「じゃあ、まあ、そこまでいうのなら、食ってやろう。どこで食う？」

「ここいらだと新場のうなよしだな。覗《のぞ》いたことは？」

「ない」

「鰻を食ったことは？」

「あるに決まってるじゃねえか」

と偉そうにいったが、正太はしがない鰻屋で一度しか食ったことがない。それもなかと半分ずつだ。

「おなかさんは、昼間は新場の一膳飯屋で働いているということだが、店の名を知っておるか」

「知らぬ。必要がないから聞いておらぬ」

「新場に行ったことは？」

「ない」

「なぜ、新場というのか知っておるか？」

「知らぬ」

「必要がないからか？」

「そうだ」

「学問もいいが、ちいとは世間を知らぬと馬鹿になる。日本橋《にほんばし》川左岸に、日に千両落ちるといわれている魚河岸《うおがし》があるのは知っておるな？」

「江戸で知らぬ者はいない」

「新場《しんば》も魚河岸だ。楓川《かえでがわ》沿い西の河岸、江戸橋《えどばし》寄りにあり、日本橋の魚河岸に対して新肴場《しんさかなば》といわれていたのだが、略して新場といわれるようになった」

「薦被りにしては詳しい。『おやんなせえまし』と手を出して、新場もうろついていたのか」

「まあ、そんなところだ」

八丁堀《はっちょうぼり》からだと楓川に架かっている中ノ橋《なかのはし》を渡る。

「ここだ」

二階建ての構えの大きい店だ。

暖簾《のれん》を掻き分けると、使用人が大勢いて、あちこちから声がかかる。

「いらっしゃいませ」

「あら、若旦那。お久しぶり」

恰幅《かっぷく》のいい、中年の女が清次郎に声をかける。正太は女と清次郎を交互に見た。女はいう。

「あいにく一階の個室は塞《ふさ》がってます。二階の大部屋でよろしゅうございますね」

「結構」

「後で、ご挨拶に伺います」

正太らは大部屋に案内された。茜襷《あかねだすき》の女が茶を運んできていう。

「なにになさいますか」

「松を二人前。それに熱燗《あつかん》を一本つけてもらおう」

「承知しました」

「やい、清次郎」

正太は呼びかけた。

「なんだ？」

「てめえ、おれら母子《おやこ》に隠し事をしておったな」

「隠し事なんかしておらぬ」

「嘘付け。さっきの女が、あら、若旦那、お久しぶりといっておった。どういうことだ？」

「そういうことだ」

「おれらには、爺さん婆さんに拾われて、おいらとおなじ歳のころから薦を被ったといっておった」

「薦被りも同然で育ったといったのだ。細かいことにいちいち目くじらを立てるな」

「細かいことじゃねえ。若旦那とはただ事ではない。おれら母子をおちょくってるのか。知ってのとおり、お袋は昼も夜も働いている。若旦那がそんなお袋におんぶにだっこで、のほほんと暮らしていいのか」

「そう難しく考えるな」

「鰻はご馳走になってやる。食ってやる。そのあと、お前はとっとと消えろ」

「おれとおなかさんは夫婦なんだぞ。相長屋の人たちへの披露目もすませておる。おれがおなかさんの家に戻るのは当然のことではないか」

「お前には家があるのだろう。どうやら、たいした身代《しんだい》らしい家がだ。そしてそこに女房もいれば子供もいる。図星だろう。なんで、いいかげんなことを言って、おいらたち母子の世話になるのだ。許せねえ」

「許せないからって、どうする？」

「おいらが通っている市川堂《いちかわどう》という手習塾に文吉という喧嘩の強いお人がいた。そのお人はいま、二丁まちの侠客観音政という人のところで修行をなさっている。文吉さんにわけを話して、お前を懲《こ》らしめてやる」

「観音政五郎《まさごろう》さんなら、わたしもよく知っている。だが、文吉という身内は知らぬ」

「観音政を知っている？」

「知ってるとも」

「口から出任せをいうんじゃねえ。お前みたいなへなちょこがお付き合いできる相手じゃねえ。名前を聞きかじっている程度だろう」

「なんなら、鰻を食ったあと、政五郎さんを訪ねてもいい。それとも時間が無駄になるから、帰って学問をするか」

「うーん」

正太は唸《うな》って言った。

「お前は一体、何者だ？」

「お前のお袋さんの亭主だ」

「お待ちどおさま」

鰻は出来上がるのに時間がかかり、それまでに匂いをさんざんに嗅がされる。腹は十分に迎える支度ができている。正太は鰻にかぶりついた。

五

嵐月の久太郎は伊勢徳の敷居を跨いで言った。

「わたしは十軒店の人形屋嵐月の倅で久太郎と申します。ここにおられる文吉さんの友達です。ほかにも友達がいて、送別の宴ならぬ、送別の飯でも食おうということになって伺いました。文吉さんにそう声をかけていただけませんか」

番頭が応対していう。

「文吉に聞いてきます」

番頭と一緒に店先に顔を出して文吉は久太郎にいう。

「お久しぶり」

久太郎が聞く。

「岩吉さんも一緒だ。出られるね？」

「うん」

岩吉はすぐ近くの思案橋《しあんばし》の上で待っていていう。

「ゆっくり話ができるところがいいが、どこにしよう」

久太郎がいう。

「新場のうなよしの二階がいいんじゃないか。この時刻は混んでねえし、あそこでならゆっくり話ができる」

岩吉がいう。

「そうしよう」

歩きながら久太郎が文吉に聞く。

「一騒動あったのかい？」

文吉はうんと頷《うなず》く。

「おれがうっかり口を滑らせてしまったばかりに……、悪いことをした」

岩吉が聞く。

「それで、どういうことになったのだ？」

「断った」

「そうか。しかし、それにしても六百五十石を棒に振るとは思い切ったことをしたもんだ」

「毎日、上下《かみしも》を着て畏《かしこ》まらなければならない。鼻毛も抜けない、屁もこけない、息の詰まるような暮らしはまっぴらだ」

「しかし、藤木さんとこでそうやって暮らしてたんじゃないのか」

「あそこでは息苦しい思いをしたことがない」

江戸橋を渡るとすぐだ。

「いらっしゃい」

声に迎えられ、二階の大部屋に通された。

「あれ」

と文吉がいう。

「正太がいる」

岩吉が聞く。

「知ってるのか？」

「手習塾で一緒だった」

「そういえば向かいで食ってるのは清次郎さんじゃねえか」

岩吉は声をかけた。

「清次郎さん」

清次郎は顔を上げていう。

「これは岩吉殿。お珍しい。そうだ、岩吉殿」

「なんです？」

「向かいで食ってるガキが……」

といおうとするのを遮《さえぎ》って正太がいう。

「文吉さん」

文吉は応える。

「なんだい？」

「向かいで食ってる出来損ないは家の居候なんだが、生意気にも観音政五郎さんを知っている、知り合いだという。懲らしめてやってください」

「はははは」

岩吉が笑っていう。

「出来損ないとはひどいが、清次郎さんはたしかに政五郎親分の知り合いだ。それも三百両ばかり金を用立ててもらっていまだに返さないたいした知り合いだ」

「三百両」

正太は目を丸くして岩吉に聞く。

「この出来損ないは一体、何者なんですか？」

「大伝馬町《おおでんまちょう》の老舗《しにせ》の木綿問屋《もめんどんや》三河屋《みかわや》の総領息子さんだ。ただし、勘当されていて、あっちこっち知り合いのところを泊まり歩いていたが、そうか、いまはお前のところに潜り込んでいるのか。でも、坊主、よく聞け。勘当が解けたら、たいした身上の旦那になる。出来損ないなどといわずに、大事におもてなしをすることだ」

「正太」

清次郎がいう。

「うろたえるなよ。政五郎さんに借りた金の始末は、そのうち親父がつけてくれるだろうが、勘当が解けることは決してない。大金が転がり込むなどということは間違ってもない。大金持ちが我が家に転がり込んだなどとゆめゆめ浮かれるんじゃないぞ」

「ふん、誰がそんなけちなことを考えるものか。おいらはさっきも言ったとおり、学問をして武士になるんだ」

岩吉がいう。

「それじゃあ、清次郎さん。おれらはあっちの隅で」

「政五郎親分によろしく」

「いっときます」

文吉らは正太らとは反対の隅に座った。注文を終えて岩吉がいう。

「熱燗を二本。久太郎さんも飲《や》るんだろう？」

「まあね」

文吉は十五でまだ酒は飲まないが、ともに十八の岩吉と久太郎はすでに酒を飲みはじめていた。

「それで」

と岩吉。

「婿になるのを断って、船乗りになるのかい？」

「そうするしかないと諦めていたら、伊勢徳の親父さんに腹を見透かされ、落ち着き先が決まるまでは家にいていいが船乗りにはならなくていいと言われ、肩身の狭い思いをしながら居候している。その後、政五郎親分はおいらのことでなにか言ってなかったですか」

「評定所《ひょうじょうしょ》で、火盗《かとう》改《あらため》の小野《おの》左大夫《さだゆう》に親分はこう啖呵《たんか》を切ったそうだ。いま伺えば、歳は十五とおっしゃいました。おぬしのことだ。十五といえばまだ子供です。なにが悲しくて、そんな子供を身内にしなければならないのですか。観音政五郎はそこまで落ちぶれておりませんと。だから、おぬしが二丁まちに戻ったというのが小野左大夫の耳に入ったら、親分の立場がなくなる。ほとぼりが冷めるまでは二丁まちには帰ることはできぬ。だが、待てよ。下谷《したや》広小路《ひろこうじ》の黒門《くろもん》の潮五郎《ちょうごろう》親分。知ってるよな」

「知ってます」

「死んだ親父とは五分の兄弟だった。潮五郎親分に、しばらく面倒を見てやっていただけませんかと頼んでみるか。政五郎親分に断ったうえで、そうすることにしよう。肩身の狭い思いをしているのなら早いほうがいい。鰻を食ったらすぐにも二丁まちから下谷広小路へと出かけることにしよう」

「あいすみません」

清次郎が顔を出していう。

「それじゃあ、岩吉殿。おれらはこれで」

「また」

といって、岩吉は文吉にいう。

「それにしてもさっきのガキ、えらく威勢がよかった」

「鼻っ柱は強いんですが、あれで読み書き十露盤《そろばん》ができるだけでなく、四書五経《ししょごきょう》など難しい本と首っ引きです。変わったやつです」

「だから、出鱈目《でたらめ》をやっている清次郎さんなど、馬鹿に見えて仕方がないんだ」

「お待ちどおさま」

先に酒が運ばれてきた。鰻も運ばれてきて、食い終わると、岩吉が言った。

「じゃあ、まず二丁まちに行こう」

久太郎とは表で別れて、岩吉と文吉は二丁まちに向かった。

観音政は岩吉の進言を聞き終わって言った。

「そうだな。その手もあったな。じゃあ、すぐにも添え状を書いてやろう」

政五郎は黒門の潮五郎に宛てて添え状をすらすらと書いた。

岩吉は文吉を従えて下谷広小路に向かった。黒門の潮五郎は添え状に目を通していう。

「分かった。しばらく家で飯を食ってろ」

文吉は小網町二丁目の廻船問屋伊勢徳に戻り、徳兵衛に礼を言って、振分《ふりわけ》にしたわずかな荷物を肩に紋蔵の家に向かい、里に挨拶をした。そのあと、南の御番所の門前で紋蔵の帰りを待ち、紋蔵に挨拶をして、その夜から潮五郎の家で寝泊まりするようになった。

潮五郎一家のおもな収入源も影富《かげとみ》である。一家は所帯持ち、部屋住み、合わせて五十人ほどだが、下っ端の三十人ほどが走り回って影富を売り歩いていた。影富を売り歩くのには慣れている。翌日から文吉も影富を売って歩いた。

六

「こんばんは」

徳兵衛だ。紋蔵は玄関に出て言った。

「文吉のことでは、たいそうお世話をかけました」

「なにをおっしゃる。それより、若竹でいかがです」

と猪口《ちょこ》を傾ける真似《まね》をする。

「いいですねえ」

紋蔵は脇差を差して、里に言った。

「出かける」

「いってらっしゃい」

若竹には大竹金吾《おおたけきんご》、金右衛門《きんえもん》、ちよ、はなと常連がいて、迎える。金吾がいう。

「文吉は結局、どうなったんですか？」

紋蔵が答えて言った。

「しばらく下谷広小路の黒門の潮五郎という親分のところで厄介になることになっ

た」

「愛宕下の内藤家には」

「まだ挨拶に行っていない。頭の痛いことだ」

徳兵衛が割って入る。

「しかし、そもそもなんで文吉は気の乗らぬ、結局は断ったそんな約束をしてしまったのですか」

「わたしが佐渡守様の奥方に話を持ち掛けられ、蜂屋《はちや》さんにも相談して、文吉次第ということになって、文吉にどうだ？　と意向を聞いたところ、頑として首を縦に振らない。一方、文吉はわたしや蜂屋さんにとって幼い孫である千鶴《ちづ》の婿という形をとって御家人になっておりました。御家人は大名家の家来の養子にはなれません。そこで、御家人の株を手放して文吉を浪人身分にさせなければならないということになって、株を手放す段取りに手をつけたところ、そちらの話はとんとん拍子に進んで、文吉は浪人身分になりました」

「どうぞ」

徳兵衛が酒を勧める。紋蔵は猪口を傾けてつづけた。

「そこで、あとはそちら様の説得次第ですと佐渡守様と奥方に下駄を預けました。その頃、文吉は事情があって佐渡守様の愛宕下の屋敷に日参しており、佐渡守様とりわけ奥方様は毎日のように文吉を掻き口説く。たまらず文吉は首を縦に振って、三年、京に修行に行かせてくださいと条件をつけた。三年も経《た》てば話はあやふやになるだろうと考えてのことで、文吉は端から京都になど行く気はなく、観音政の身内になった。元はといえば、文吉にまるでその気はなかったのに、御家人の株を売って強引に話を進めたわたしに非があります。御家人の株を売られてしまったら、文吉には行き場がなくなってしまいますからねえ。もっとも、六百五十石です。まさか棒に振ることはあるまいと考えて取り計らったのですが、わたしが浅はかでした。文吉の性分はよく知っていたはずだったんですがねえ」

「そうだったんですか」

「藤木のおじさん」

ちよが口を出す。

「いまのお話にわたしのことがでてきません。そうですねえ」

「い、い、ちよちゃんは別口だ」

「本命のわたしを差し置いて別口はないでしょう。藤木のおじさんと蜂屋さんが強引に文吉さんを千鶴ちゃんのお婿さんにしたから、文吉さんの立場を考えてわたしは身を引いた。ですが、文吉さんが千鶴ちゃんの婿でなくなったら、文吉さんとわたしの仲はすぐに元に戻り、近い将来夫婦になると誓い合わなければなりません。なのに、藤木のおじさんたちはおかしな娘を割り込ませる。藤木のおじさんはわたしや文吉さんのことをなにも考えていない。ちょっとひどすぎるんじゃないんですか」

「そうかもしれない。文吉は黒門一家では新参者でいまはバタバタしているだろうが、一月も経てば落ち着く。暇があったら会いに行ってあげるといい」

「下谷広小路の黒門の潮五郎親分のところですね」

「そう」

「まいりますとも」

「さあ、わたしたちは引き上げよう」

金右衛門が促して、ちよ、はなの三人は帰って行った。見送って徳兵衛がいう。

「わたしは湯島天神下《ゆしまてんじんした》の沢村主水正《さわむらもんどのしょう》という御旗本の屋敷の一部を借地して隠居所を建てていたのですが、この前の火事でほぼ全焼し、あらたに建て直した、というのはご存知ですよねえ」

「伺っております」

「最近はここ若竹で皆さんとご一緒させていただいて、あれこれ四方山《よもやま》話に花を咲かせるのが楽しみで、隠居所のことは放ったらかしにしておりました。今日です。久しぶりに訪ねると、浪人らしき男が三人、住み着いていて、ここはさるお人の持ち物で、頼まれたから留守番をしているのだと言います。持ち主はわたしです、さるお人ってどちら様ですかと聞いても、それは言えないと」

徳兵衛は手酌で飲《や》りながらつづける。

「地主は地続きの御旗本沢村主水正様です。沢村様からわたしは地面を借りて建物を建てたのです。沢村様にきていただいて、わたしの建物だというのを証明してもらいますといったら、どうぞ、ご自由にという。そこで、沢村様をお訪ねすると、中風《ちゆうぶう》を患《わずら》っておられて、身体の自由が利かない。口も満足に利けない。沢村様のご子息に、かわって口を利いていただけませぬかとお願いすると、ご子息のおっしゃるのに、なにやらおかしなのが住み着いているようですが、わたしは関わりたくないとおっしゃる。どうすればいいのでしょう？」

「勝手に住み着いたのですか？」

「そうです」

「狙いはなんなんです？」

「わたしも聞いたのです。狙いはなんですかと。すると、狙いなんか知らない、さっきも言ったとおり、さるお人から頼まれたから留守をしているのだと。そんなわけです。恐れながらとお上《かみ》に訴えたら、立《た》ち退《の》かせてもらえるのでしょうか」

「黙って人の家に住み込むというような事件はこれまでにもありましたが、だから立ち退かせてもらいたいというような訴えは過去一度もありません。なんともお答えしかねるのですが、理不尽な振る舞いですから、ふつうは立ち退きを命じることになると思います。ただ、あなたは町人で、町人が御旗本の屋敷を借地していることがひっかかります」

「御武家様が地面を他人に貸すということはよくあることでございましょう？」

「わたしたちもそうで、当たり前のように地面を他人に貸しておりますが、それは公に認められていることではありません。ですから、訴えを取り上げると、御旗本が地面を町人に貸しているというのを問題にしなければならず、事実上は認めていることでも、事は面倒なので、訴えは棚上げされるかもしれません。要は訴えてみなければ分からないということです」

「じゃあ、力ずくで奪い返すしかないということですか？」

「浪人らしき男が三人とおっしゃいましたよねえ？」

「ええ、そう言いました」

「力ずくということになるとそれなりに腕の立つのを三人以上は集めなければならない。骨ですねえ」

「じゃあ、金で話をつけることに？」

「それも癪《しゃく》でしょう。頭《かしら》に相談されるのがいいんじゃないんですか」

江戸にはいたるところに火消し人足の頭がいて、双方の頭どうしが話し合って揉《も》め事を収めるということがよくあった。

「そうしましょう」

「わたしはこれで」

と金吾が言ったのをきっかけに三人は引き上げた。

七

「起きろ！」

手習塾から帰ってくるなり、正太は清次郎を怒鳴りつけた。清次郎はぼそぼそいう。

「昨日も朝帰りなんだ。ただし、今日は素寒貧《すかんぴん》だから、鰻を奢るわけにはいかない」

「誰も奢ってくれなんていってねえ。鰻を食わなくったたって死ぬわけじゃない」

「死にはしないが、美味《うま》そうに食ってたじゃないか。米一粒残さずだ」

「米を粗末にすると罰が当たる。お前のいう御大師様、弘法大師様は糞壺《くそつぼ》に落ちた米粒を拾って洗って食べたというからなあ」

「本当か？」

「嘘だ」

「なんの話をしてたんだっけ？」

「鰻だ」

「金はないが付けで食おう」

「まだ鰻のことをいってやがる。まったくおめえは、始末に負えない出来損ないだなあ」

「ご免よ」

声をかけて家に入ってきたのは文吉だ。正太はびっくりして聞いた。

「これはまた、なんの用です？」

「この前、お前とも顔を合わせた岩吉兄イから言いつかったのだが、そこにおられる清次郎さんに用があってきた。清次郎さん」

「なんだい？」

「あなたのお父《と》っつぁんは危篤《きとく》だそうです」

「親父が危篤？」

「そうです。勘当の身とはいえあなたにも知らせなければならないということになったそうなのですが、誰もあなたの居所を知らない。そこで、かねてお付き合いのある方々に問い合わせることになり、そのお一人、観音政五郎さんにも問い合わせた。たまたま岩吉兄イが政五郎さんと打ち合わせをしており、こう言った。清次郎さんならこの前、新場の鰻屋で会いました、文吉の知り合いと一緒だったから、文吉なら知っているかもしれない。そんなわけで、おいらんとこに知らせがあり、こうやって駆けつけた次第です」

「危篤といわれても、勘当されてる身だからなあ」

「呆れた」

正太が眉をひそめていう。

「勘当されてる身だからったって、血を分けた親子なんだろう」

「そうだよ」

「実の親の死に目だぜ」

「やはり、行かねばならぬか」

「本当に底抜けの出来損ないだなあ」

「よし、じゃあ、行くとするか。文吉殿、いまは素寒貧で礼ができぬが、どさくさにまぎれて金をせしめる。どこに届ければいい」

「そんなの、気にしないでくだせえ。それじゃあ、これで」

「遠路はるばる有り難うございました」

と頭を下げる正太に向かって清次郎はいう。

「鰻を食い損なったな。はは」

「まだ、そんなこと言ってやがる」

「今日は遅くなるとおないかさんに言っといてくれ」

「今日だけじゃねえ。ずっと遅いじゃねえか。なんならそのまま帰ってこなくていいんだぜ」

「そうはいくか。ここほど居心地のいいところはない。じゃあなあ」

清次郎は急ぐでもなく、大伝馬町に足を向けた。

表がなにやらばたばたと騒がしい。人がしきりに出たり入ったりしている。顔見知りの早物屋《はやものや》もいる。すると……と思ったとおりだった。間に合わなかった。危篤の父親は死んでいた。

「この親不孝者め！」

叔父が叱りつける。といわれても、勘当の身。家には寄り付けなかったんだから、間に合わなくともしょうがなかんべ、と口をもごもごさせながら枕元に座って手を合わせた。

叔父がいう。

「お前、方々から借金をしているようだが、いくらある」

「数えたことがないからよく分からないが、千両は超すと思う」

「なんでそんな大金を借りまくったのだ？」

「博奕とか女とかだ」

「兄が生きてたら、たとえ勘当されていようと、いずれ兄が始末をしてくれるだろうからと、貸した連中は鷹揚《おうよう》に構えていたろうが、死んだとなればそうはいかない。追込みがきつくて、下手《へた》をすると命を取られることになる。どうするのだ？」

「そのときはそのときです」

「相変わらず能天気《のうてんき》だなあ、お前は」

「通夜《つや》は今夜。葬礼《とむらい》は明日ですね」

「そう。それで、書置《かきおき》（遺言状）を開くのは、ふつうは初七日《しょなぬか》がすんでからとか、四十九日がすんでからとかだそうだが、早めにやろうということになった。跡目を継ぐのはお前のすぐ下の腹違いの弟に違いないが、妹が二人、妾宅《しょうたく》に男の子が二人といて、所務《しょむ》分《わ》けや形見分けを心待ちにしていることだろうからというわけで、葬礼の翌日、朝の四つ（十時）におこなうことになった。お前にもおこぼれがあるかもしれぬ。顔を出せ」

日が暮れると通夜の客が大勢詰めかけた。清次郎は焼香をすませるとさっさと帰った。

明暦《めいれき》の大火があって、市中の寺は郊外に追いやられた。だから、市中の者にとって葬礼は一日がかりになる。木綿問屋三河屋の檀那寺は麻布《あざぶ》にあった。位牌《いはい》を持つ腹違いの弟を先頭に、後妻、娘二人、妾《めかけ》、妾腹の倅二人、親戚一同とつづいて勘当者の清次郎は殿《しんがり》。そのあとに近所の者、商売関係者と、行列は二百人を超えた。

帰りはてんでに行列を離れる。葬礼にかこつけて、帰りに岡場所に立ち寄って嬶《かかあ》と揉めるというのは落語のネタだが、金もないこととて清次郎はまっすぐ八丁堀に帰った。正太はいいた。清次郎は紙包みを正太に渡して言った。

「土産《みやげ》だ」

「土産？　葬式饅頭《まんじゅう》か」

「そうだ」

「昨日、今日と出かけたが、おこぼれはあったのか？」

「ない。うろたえるなといったはずだ」

「大店の総領息子というのに哀れなものだ」

いつもなら、素早く言葉を返すのにこの日、清次郎は黙りこくった。

八

町火消しはいろは四十八組からなり、四十八組はまた一番組から十番組に編成されていた。

小網町二丁目は火消しの規模としては一、二を争うは組の縄張りで、は組の頭はわ組の頭に徳兵衛の話を持ち込んだ。

わ組の頭というのはほかならぬ黒門の潮五郎で、潮五郎がわ組の頭も兼ねていた。わ組は八番組に属しており、潮五郎はそちらの頭も兼ねていた。したがって、潮五郎は黒門一家の子分のほかに、八番組に属する三百人を超す火消しをも束ねていた。

まずは本人から話を聞かなければならない。潮五郎は文吉を呼んで言った。

「小網町二丁目に伊勢徳という廻船問屋がある。そこへ走って、徳兵衛という旦那をお呼びしてこい」

文吉はびっくりして聞いた。

「わたしはついこの前まで、徳兵衛さんの世話になっておりました。わたしのことが関係しているのですか」

「お前は徳兵衛さんの世話になっておったのか」

「はい」

「世の中、狭いのオ。お前のことは関係ない」

「行ってまいります」

文吉は徳兵衛を案内した。

しかじかですと徳兵衛は打ち明ける。潮五郎はいう。

「そういうことでしたら、わたしが表に出たほうがいいでしょう。ご一緒しましょう」

潮五郎と徳兵衛は文吉を伴に湯島天神下の沢村主水正の屋敷に向かった。

「ご免よ」

潮五郎は徳兵衛の隠居所に入って声をかける。

「これは親分」

三人はびっくりして迎える。

「また、なんの御用ですか？」

「ここはこちらの廻船問屋伊勢徳の徳兵衛さんの屋敷なんだ。お前たち、なんで居座っておる？」

「さるお人に留守を頼まれておるのです」

「さるお人とは？」

「名を明かさないでくれといわれてるんですが、親分が相手だとそうはいきますまい。申しましょう。池之端《いけのはた》の丸徳《まるとく》さんです」

「金貸しの丸徳だな？」

「そうです」

「これから、丸徳にいって事情を聞く。おぬしらはきちんと掃除をして、立ち退け」

「そうします」

沢村主水正の屋敷から池之端の丸徳の家まではすぐだ。

「ご免よ」

潮五郎は声をかけて丸徳の敷居を跨いだ。

「これは親分」

丸徳は迎えていう。

「また、なんの御用です？」

「湯島天神下の沢村主水正様の地面に建てられている建物のことだが、界隈《かいわい》の浪人者三人に留守番をさせておる。なぜだ？」

「大伝馬町の木綿問屋三河屋の若旦那がわたしのところに金を借りにこられて、百五十両ばかり融通《ゆうずう》しました」

潮五郎がいう。

「三河屋の若旦那って、清次郎とかいうやつのことか？」

「そうです。よく、ご存じで」

「おれが懇意にしている二丁まちの観音政五郎さんも三百両ばかり貸しているといっていた。清次郎っていうやつはあっちこっちから金を引っ張っているのだ」

「百五十両をお貸しした日は湯島天神喜見院《きけんいん》の富の当たりを決める日で、わたしも若旦那も富を買っておったものですから、じゃあ一緒に見に行こうと向かいました。あの辺りも御旗本の屋敷の多いところで、さる御旗本の屋敷でとんてんかんとんてんかんとやっている。若旦那は足を止めて、大工とひとしきり話し合っていたのですが、戻ってきてわたしに、普請の状況を聞いておったのです、あれはわたしが建てている建物ですと。なぜ、こんなところに？　と聞くと、小指を立てて、こいつを住まわせるためですよと。建物はいかにも妾宅のようなので、すっかり信用しました」

潮五郎がいう。

「あれはこちらの小網町二丁目の廻船問屋伊勢徳の徳兵衛さんが建てたもので、建てたものの忙しかったので、しばらく放っておかれたということだ」

「わたしとしてはその後、若旦那から音沙汰がなく、大伝馬町の三河屋さんを訪ねると、清次郎、若旦那のことですがね、清次郎は勘当している、居所は知らないとのこと。これは一杯食わされたと居所を探したんですが分からない。それじゃあ、せめてあの建物でも押さえて叩き売ろうとしたんですが、御旗本の地面を借地しての建物ですから、沽券《こけん》のようなものはなし、売り渡し証文の作りようがなくて買い手がつかない。それよりなにより、若旦那が先に売ってしまいかねないと、それが心配で知り合いのご浪人さん方に留守をお頼みした次第です」

「売り渡すについては地主の承諾がいるだろう。地主の沢村主水正様に挨拶はしなかったのか」

「沢村様は中風を患っておられて話ができません。ご子息は話すのを嫌がられる。そんなわけで、若旦那がいわれたのを鵜呑《うの》みにしてしまったのです。申し訳のないことでした」

框《かまち》に腰を下ろして聞いていた文吉がいう。

「清次郎さんの居所なら知ってます」

「なぜ、お前が？」

潮五郎が不審げに聞く。

「手習塾で一緒だった年下の子供の家に転がり込んでます」

丸徳が聞く。

「本当かい？」

「ただ、昨日、三河屋の旦那は危篤になられたそうで、亡くなっておられたら、清次郎さんは勘当の身ですから、遺産は一文もないということになります」

丸徳がいう。

「親父さんがしっかりしておられたら、それでもなんとかなると思っていたのだが」

潮五郎もいう。

「政五郎さんもおなじで、いまごろは慌てていなさるだろう」

文吉が丸徳に言った。

「清次郎さんの家ならご案内しますよ」

「そうだねえ、案内してもらおう」

潮五郎がいう。

「文吉」

「はい」

「念のため、政五郎さんにも清次郎の家を教えてあげるといい」

「そうします。伊勢徳の旦那はどうなさいます？」

徳兵衛が答える。

「あれこれやらなければならないことがある。隠居所に寄る」

「お気をつけなすって」

「世話をかけた」

九

道すがらだから、文吉は丸徳と一緒に観音政を訪ねた。政五郎が丸徳にいう。

「三河屋の旦那が亡くなり、今日、葬礼があったと聞いた。清次郎が勘当されているというのは知っておられるね」

勘当は、親もしくは兄あるいは親戚が、家主《いえぬし》五人組に知らせ、名主に届けて証文に加判してもらい、主立った親戚にも加判してもらい、家主五人組に同道してもらって御番所に出向き、久離勘当帳《きゆうりかんどうちよう》に帳付けしてもらうという手続きをとる。なかなかに難しい手続きだが、以後一切家とは縁が切れ、当人がどんな罪を犯そうと、どれほど借金を背負おうと、家はなんらの責任を問われない。

ただ、それでも親が資産家で生きていれば、知らぬ顔はできない。それなりにけりをつける。政五郎はそうしてもらうつもりでいた。だから、清次郎の居所が知れなくなっても慌てずにいたのだが、親が死んだとなると話が違う。丸徳に言った。

「わたしも一緒する。文吉、案内しろ」

清次郎は葬礼から家に帰ったばかり、大伝馬町に行って行列にくわわり、麻布までてくてく歩き、帰ってしおたれているところだった。

やってきたのは金を借りている二人。政五郎がいう。

「親父さんが亡くなったんだってねえ」

「そうなんです」

「始末はどうつけなさる」

「こうなりゃ、首を括《くく》るしかありません」

「あんたに首を括ってもらったところで、わたしは一文の得にもならない」

「そうですとも」

と丸徳。

「皆さん方」

正太が口を出す。

「この出来損ないは、いちおうおいらの父親ということになってます」

「文吉」

と観音政。

「この子供がそうか」

「そうです。手習塾のちびっこです」

「名は？」

「正太といいます」

「正太」

政五郎が話しかける。

「いちおうお前の父親になっているからなんなんだ。なにが言いたいのだ？」

「おいらの父親である以上、おいらがけつを拭きます」

「けつを拭く？　どういうことだ？」

「おいらが始末をつけるといってるんです」

「おい、おい。二文や三文じゃあないんだぞ」

「男に二言はありません。明日、けりをつけます」

「気は確かか」

「触れているように見えますか」

「そうか、突然、怖いのが二人してやってきたから、気が動転してあらぬことを口走ってしまったのか。そうだな？」

「明日の四つに三河屋さんの店先にきてください。間違いなくわたしが始末をつけます。もちろん、証文を持ってきていただきます」

「丸徳の、どうする？」

「この子、狐《きつね》が憑《つ》いているんじゃないですか」

「狐が、か？」

正太は突然立ち上がり、肘《ひじ》を曲げて両手を前に伸ばし、手首を下にたれて、ぴょんぴょん跳ねて声高にいった。

「コン、コン」

「やはりだ。ここは化物屋敷だ」

丸徳は青ざめた顔でいう。観音政も目を丸くする。正太が笑っていう。

「冗談ですよ」

丸徳が観音政にいう。

「狐にばかされたと思って、明日の四つに三河屋にまいりましょう」

「うむ、狐の正体を見てみるのも悪くない。そうすることにして、文吉、帰るぞ」

帰り道で政五郎は文吉に言った。

「潮五郎さんに、おれからの頼みだと断って、明日はお前もやってこい。狐が憑いているのか、それともほかにどんな仕掛けがあるか、見物《みもの》だからなあ。お前も見たいだろう」

「へえ、おっしゃるとおりです」

十

書置は自筆で認《したた》め、封をして判を押すが、念のため家主五人組にも加判してもらうことがある。清次郎の父親の書置は家主五人組にも加判してもらったもので、当日は家主五人組はいうまでもなく、親戚一同もおこぼれを期待して雁首《がんくび》を並べている。清次郎は末席。どういうわけか、正太となかも清次郎に同行している。

「よせ、みっともない。ついてくるな」

と叱りつけるのだが、構わずについてきて、清次郎の後ろに座る。この日は名主も顔をだしていて、上座に座っている一人がいう。

「わたしは月行事《がちぎょうじ》の佐左衛門《さざえもん》です」

家主五人組の一人が交代で月行事となり、五人組を代表する。

「これは」

と紙包みを高々と掲げてつづける。

「故三河屋清右衛門《せいえもん》さん自筆の書置です。つい先だって書き直されたばかりなのですが、むろん内容についてはどなたもご存じなく、ご本人が封印し、わたしたち家主五人組が加印しております。このとおりです」

佐左衛門は封印と加印を指さす。

「これより開封します」

佐左衛門は鋏《はさみ》を入れて開封し、折り畳んである巻紙を開いて、みんなが見えるようにこれまた高々と掲げていう。

「読み上げます。跡式《あとしき》は次男清三郎《せいざぶろう》に譲る」

清三郎は当たり前だという顔をして、満足げに笑みを浮かべる。

「両替屋には一万両余を預けているが、娘二人、堀留町《ほりどめちょう》に住まわせているしめの子二人にそれぞれ五百両ずつを与える」

娘二人も妾の子二人もそれなりに満足そうにうなずく。

「親戚の誰には……」

いくら、彼にはいくら、名主さんにはいくら、家主五人組の皆さんそれぞれにはいくらとつづけ、それぞれも満足そうに頷いているところへ、佐左衛門ははたと詰まる。

「なんだ、こりゃあ」

「どうしました？」

五人組の面々が書置を覗こうとする。

「八丁堀は水谷町《みずたにちょう》二丁目河太郎店《かわたろうだな》なか・正太の母子に三千両を譲り渡す」

といって佐左衛門は声を荒げる。

「誰だ、この母子は？　何者だ？」

「わたしたちです」

なかが立ち上がって名乗る。

「お前は何者だ？」

「わたしは昼夜とおさんどんをして働いている者です」

「清右衛門さんの囲い者におさんどんなんかいるわけがなし、清右衛門さんとはどういう関係だ」

「うちにいる居候は旦那様のご長男です。そういう関係です」

「ご長男って、清次郎のことか」

「そうです」

「名主さん」

佐左衛門が話しかける。

「こんなのって、ありですか」

「清右衛門さんはやはり長男の清次郎のことを気にかけておられ、勘当している手前もあり、また清次郎が底抜けの出来損ないなので、無駄遣いをしないようにと、同居人のなか・正太の母子に譲り渡すとされたのだろう。こんなの、ありかと聞かれたら、ありなんだろうなあ」

なかが聞く。

「三千両はどういう形でいただけるのですか？」

次男の清三郎がいまいましげにいう。

「両替屋で三千両分、名義を書き換えます。番頭さん、すぐに手配をしてそこの三人には即刻引き取っていただきなさい」

番頭がなかにいう。

「それではまいりましょう」

表に出ると、観音政、丸徳、その他何人かの金貸しが待ち構えていて、正太が誇らしげに言った。

「約束を果たします。ついてきてください」

観音政は連れてきている岩吉に言った。

「後はお前に任せる」

二丁まちの顔役が金貸しと並んで金を受け取るのは格好悪いと思ってのことだ。

「分かりました」

岩吉は答えて、文吉に言った。

「お前はどうする？」

正太が聞きつけて言った。

「文吉さんもぜひ。清次郎はこの前のお礼をしておりませんのでね」

文吉が怒鳴った。

「馬鹿。おれのことを安く踏むな」

品川・骨董屋の正体と枝珊瑚

一

「おっす」

と声をかけて入ってきた男、岡っ引の嘉七《かしち》は懐の十手《じって》をちらつかせながらいう。

「おめえ、平吉《へいきち》だな」

独り者の平吉は朝飯の支度をしており、手を休めていった。

「そうですが、なにか」

「番屋《ばんや》までできてもらおう」

「番屋って？」

「調番屋《しらべ》だ」

「八丁堀《はっちょうぼり》にある番屋ですか？」

八丁堀の周辺八ヵ所に調番屋という被疑者を取り調べる番屋があった。

「そうだ」

「なんのお疑いですか？」

「かたりだ。思い当たる節があるだろう？」

平吉は首をひねっていう。

「ありません。これから浅草《あさくさ》のボロ市に出かけなければなりません。申し訳ありませんが、お引き取りください」

平吉は骨董商《こっとうしょう》だが、まだ店を構えるまでにいたっていない。

「大番屋《おおばんや》の仮牢か、ことによっては小伝馬町《こでんまちょう》の牢に直行ということになるかもしれねえ。だから、朝飯を食うくらいは待ってやる。さっさと食いな」

「一体、わたしがなにを仕出かしたとおっしゃるのです？」

「だから、いってるだろう。かたりだと」

「身に覚えがありません」

「火を貸してもらうよ」

嘉七は腰から抜き取った煙管《きせる》に刻みを詰め、平吉が鍋をかけている七輪に顔を寄せて火をつけ、框《かまち》に腰を下してぷかりと煙を吹かす。

「かたりとおっしゃいました。なにを仕出かしたのか、はっきりおっしゃっていただけませんか」

「二重売りだ」

「二重売り？」

「そうだ」

「なにを二重売りしたとおっしゃるのですか？」

「枝珊瑚《えださんご》の置物だ」

木の枝の形をした珊瑚を枝珊瑚といった。

「枝珊瑚はたしかに売りましたが、二重売りなんかしておりません」

「お前の同業に徳蔵《とくぞう》というのがいるよな」

「そうか、やつが旦那におかしな垂れ込みをしやがったのか」

「詳しいところは番屋で聞かせてもらう。早く飯を食え」

「この場ですむ話です。なんでも聞いてください」

「聞き分けのないことをいってると、縄をかけてしょっぴくぞ」

「じゃあまあ、飯を食わせてもらいます」

箱膳の上に飯、味噌汁《みそしる》、目刺し、納豆、香の物を載せ、平吉はゆっくり箸《はし》を動かしはじめた。

二重売りとは言い掛かりもはなはだしいが、片はつけておかなければならない。平吉は飯を食い終わるといった。

「お供しましょう」

昔、そこに吉原《よしわら》があったことにちなんで高砂町《たかさごちょう》と難波町《なにわちょう》辺りに大門通《おおもんどお》りという通りがあり、銅物商《かなものしょう》、武具馬具商《ぶぐばぐしょう》、骨董商、道具商《どうぐしょう》などが軒を並べていた。平吉はやがては大門通りに店を構えるのだと骨董商《あきな》いに精をだしていて、大門通りに近い高砂町の裏店《うらだな》に住まっていた。

岡っ引の嘉七は平吉を従えて鎧《よろい》ノ渡《わた》しを舟で渡ると、坂本町《さかもとちょう》二丁目の調番屋に入っていった。そこには框があって、取り調べる岡っ引や、大竹金吾《おおたけきんご》ら町方廻り方の役人が腰を下し、土間に敷いてある蓆《むしろ》の上に被疑者を座らせて取り調べる。嘉七は框に腰を下していった。

「座れ」

陽気のいい時季だからヒヤッとはしないが、それでも地べたのひんやりとした冷たさが蓆越しに伝わってくる。座り心地はよくない。

「平吉」

嘉七は呼びかける。

「はい」

「お前は枝珊瑚をどこの誰から買った？」

「市ケ谷《いちがや》八幡宮門前《はちまんぐうもんぜん》のボロ市に並べられている物を買いました。売主の名は存じません」

「いくらで買った？」

「売値は十八両でしたが、十五両で買いました」

「十五両もの買物だ。売主の名前くらい聞いておくものだろう」

「ボロ市ですからねえ。お互いに名乗りはしません」

「そのあとすぐ、徳蔵がお前の家にやってきて十七両で買いたいといって三両の手付けをおいていったのだな」

「十七両で買いたい、手付けを三両おいていくと申しましたが、すでに買い手がついていて、売値の交渉をしていたところでしたので、断りました。徳蔵が帰ったあと、ふと仏壇に目をやると三両がおいてある。すぐにも返さねばと思っておったのですが、忙しさに取り紛《まぎ》れて預かりっぱなしになってしまったのです。三両は手付けではありません」

「預かって何日後に徳蔵はやってきた？」

「ヒイ、フウ、ミイ……、五日後です。残金の十四両を手にやってきて、例の物を引き渡してもらおうといったのですが、すでに人手に渡していたものですからそれはできないというと、えらく立腹して、難しいことになるぞと。手付けの三両を返そうとしたのですが、受け取らずに帰っていきました」

「徳蔵がやってきて売ってくれといったとき、売値の交渉をしていたとのことだが、話が壊れたら徳蔵に売ろうと思って、三両を受け取ったのではないのか。仏壇にあったなどと申すが、三両はじかに徳蔵から受け取ったのだろう。徳蔵はじかに渡したと申しておる」

「だったら、徳蔵はわたしから請取《うけとり》を取っているはず。そのこと、徳蔵はどういっているのです？」

「わたしたちは信用で商売をしております。いちいち請取の遣《や》り取《と》りなどしませんと」

「徳蔵とはそんなに親しくしておりません。三両といえば大金です。請取がなければとぼけられる虞《おそれ》があります。だから、必ず受け取るはず」

「とぼけられる虞があると申した。お前がとぼけるのか」

「たとえばの話ですよ」

「どっちにしろ、三両は受け取っているのだな」

「仏壇においてあったのです」

「それで、誰にいくらで売った」

「そのことは関係ないと思うのです」

「お前は二重売りをしておるのだ。関係ないということがあるか」

「二重売りなどしておりません」

「徳蔵から三両の手付けを受け取って枝珊瑚を売る約束をした。それで、徳蔵には売らず、他の者に売った。これが二重売りでなくて、なにが二重売りだ」

「徳蔵に売る約束などしておりません」

「よし、突っ張るなら突っ張るがいい。これから町方の旦那にお願いして、入牢証文《じゅろうしょうもん》をいただいてくる。それまでしばらく、そこに入っておれ」

調番屋にも小さな牢があり、年寄りの牢番がいた。

「そんな言い掛かりに近い罪状に入牢証文など出るわけがありません。かえって恥を掻《か》くことになりますよ」

「まあ、待ってろ」

思いがけなく入牢証文は出され、平吉は小伝馬町の牢に送られた。

二

小網町《こあみちょう》三丁目の旅人宿《たびにんやど》上総屋《かずさや》の手代が階下から声をかける。

「文左衛門《ぶんざえもん》さん」

「なんですやろ？」

文左衛門は二階から声を返した。

「伊勢徳《いせとく》の徳兵衛《とくべえ》さんが表でお待ちです」

「おおきに」

文左衛門は羽織を羽織って、階段を下りていった。伊勢徳の主人《あるじ》徳兵衛はいう。

「三宅島《みやけじま》の船頭宅蔵《たくぞう》さんが昼過ぎに品川《しながわ》に着かれたそうで、明日の七つ（四時）に、浮世小路《うきよこうじ》の百川楼《ももかわろう》にと言伝《ことづて》ておきました。よろしいですね」

「お世話をおかけします」

「じゃあ、明日」

本拠は大坂《おおさか》だが、文左衛門も廻船問屋《かいせんどんや》の主人である。

徳兵衛は、千両はする弁財船《べざいせん》を二十艘ばかり、内海船《うつみぶね》とよばれる廻船を三十艘ばかり。そのほか荷足《にたり》、茶船《ちゃぶね》などの瀬取《せど》り船《ぶね》を数知れず所有していて資産は十万両を超すのではないかといわれていた。たいしたお大尽《だいじん》だったが、文左衛門も徳兵衛に負けず劣らずのお大尽だった。

この冬、文左衛門の持ち船、文栄丸《ぶんえいまる》が浦賀《うらが》番所を出て、いつものように上方《かみがた》へ向かおうとして相模灘《さがみなだ》にさしかかったときのことだった。にわかに雲行きが怪しくなり、海上は大時化《おおしけ》に時化て激しい風雨が文栄丸を襲い、舵が利かなくなって船は海上をさまよい、航路から大きく外れて式根島《しきねじま》の岩礁《がんしょう》にぶつかって大破した。

乗組員は六人。六人のうち四人は海に投げ出されて行方知れず。二人は海岸に打ち上げられたものの、一人は溺死《できし》、一人だけが息もたえだえ、意識不明だったがなんとか生き残った。

式根島には三宅島の船頭宅蔵の持ち船天徳丸《てんとくまる》がいち早く逃げ込んでいて、宅蔵らは陸《おか》から、文栄丸が大破する子細の一部始終を見ていた。二人が打ち上げられるありさまもだ。風雨はまだ激しかったが、助けなければと宅蔵は三人の水主《かこ》に声をかけ、浜辺に向かった。

息があったのは金太《きんた》という水主で、金太を避難小屋に抱え込み、布団で冷え切った身体を温める一方、雨が上がると、島役人に断って仏になっていた水主を丁重に葬った。

天徳丸は月に一度くらいの割で江戸と三宅島を往復していた。島にこれといった産物はない。薪《たきぎ》や柴《しば》、季節によっては干物などを積み送り、帰りは米や古着などを積んで帰るということを繰り返しており、命を助けられた金太は次の江戸行きの天徳丸に乗せられた。

「江戸からはどうなさる？」

宅蔵が聞き、金太はいった。

「小網町二丁目の廻船問屋伊勢徳さんを頼って、上方行きの船のどれかに乗せてもらいます」

伊勢徳が世話をして金太は無事大坂に戻り、文左衛門に事の次第を詳しく報告した。むろん、船を失ったのは痛い。積み荷は江戸からの帰りだと空荷のようなものだから被害はなかったが、熟練の船頭と水主四人を失ったのも痛い。だが、それでも一人が生きて帰ってきた。

三宅島の天徳丸は月に一度の割で江戸と三宅島を往復しているのだと金太はいう。

文左衛門は江戸の徳兵衛に、天徳丸はだいたい月のいつごろ江戸にくるのかと問い合わせ、頃合を見計らって江戸にやってきた。

江戸ではいつも伊勢徳に泊めてもらっていた。だが、今度は他にも用があって何日の逗留《とうりゆう》になるか分からない。伊勢徳に近い小網町三丁目の旅人宿上総屋に草鞋《わらじ》を脱いだ。そして、天徳丸がやってきて、船頭の宅蔵と明日の七つに浮世小路の知られた料理屋百川楼で顔を合わせることになった。

文左衛門は徳兵衛とともに早めに出かけていって待った。

「お越しになられました」

女将《おかみ》がいい、障子に手をかけた。

「お邪魔します」

と日焼けしたたくましい男、宅蔵が入ってくる。

「どうぞ」

文左衛門は床《とこ》を背にした席を勧めた。

「いやあ、そこは」

高すぎるといって、宅蔵は入ったところに座ろうとする。文左衛門はいった。

「あなたはお客さんです。床を背に座っていただかないと座が落ち着きまへん」

「さあさあ」

女将が腰を押して、宅蔵は肩をすぼめながら席についた。文左衛門は名乗った。

「わたしは大坂の廻船問屋天満屋《てんまや》の主人文左衛門だす」

「わたしは三宅島の天徳丸の船頭宅蔵です」

「このたびはご足労をいただき、恐縮でおます」

「このような結構な店にお招きいただき、こちらこそ恐縮します」

「文栄丸遭難の件ですが、金太を助けていただだいただけやのうて、忠助《ちゅうすけ》を丁重に葬っていただいたそうで、感謝の言葉もございません。有難うさんでございました」

「船乗りとして当たり前のことをしただけです」

徳兵衛が口を挟《はさ》む。

「大変な時化だったそうですねえ」

「ええ、二百十日の嵐のようで、大時化に時化て、わたしたちはいち早く式根島に逃げ込んだから助かったんですが、半刻《はんとき》（一時間）も遅れていたら式根島に逃げ込むことができず、おたくの文栄丸とおなじようにわたしの船天徳丸も木《こ》っ端微塵《ぱみじん》になっていたことでしょう」

「お待たせしました」

女将がいい、三人の仲居が吸物《すいもの》と口取肴《くちとりざかな》を運んでくる。

「どうぞ」

勧めて文左衛門も徳兵衛も箸をとった。

中身は吸物が鯛《たい》の切り身にふきに三葉《みつば》。口取肴は熨斗《のし》アワビと卵焼きに酢の物。前菜だけでこれだから、後はなにが並ぶのか。文左衛門は徳兵衛にいった。

「さすが百川楼でんなあ」

うなずきながら徳兵衛は宅蔵に聞く。

「三宅島という島はどんな島ですか？」

「自慢にはなりませんが、島送りになった者が送られてくる島です」

「そうでした」

「あと、山が時々思い出したように火を噴きます」

「火山があるのですか」

「ええ。ほかに、これといって特徴はありませんが、魚は美味《うま》いです。残念ながら江戸には遠くて送ることができません。大島《おおしま》の人たちのように送ることができれば、島も少しは豊かになるのですが……」

料理がすべて運ばれ、一段落したところで、文左衛門は懐から紙包みを取り出していった。

「ここに三十両ございます。金太を助けていただき、忠助を埋葬していただいたお礼でおます。納めておくんなはれ」

「そんな。滅相もありません」

「気持ちです。納めておくんなはれ」

「では、式根島の方に世話になったことでもありますし、式根島の方と折半ということで頂戴《ちょうだい》し、島の費用に使わせていただきます。後日、島役人から礼状を送らせていただきます」

「島のお役に立つんでしたらなによりでおます」

「じゃあ、そろそろ」

と徳兵衛がいい、文左衛門がいった。

「宿は品川でしたねえ」

「品川といっても木賃宿《きちんやど》です」

「駕籠《かご》を手配しております。乗っていってください」

「そんな。足は達者です。歩きます」

「そう、おっしゃらず」

むりやり宅蔵を駕籠に押し込んで、文左衛門は徳兵衛にいった。

「船乗りは気難しいのが多いですが、見かけによらずさっぱりしとられましたなあ」

「そうでしたねえ」

「これで、気分もすっきりですわ」

「ときに、このあとすぐに帰られるのですか。だったら、船の手配をしなければなりません」

「山陽筋のさるお大名にご用立てした金子《きんす》の返済がややこしくなりまして、勘定方《かんじょうかた》のお偉方が近く出府《しゅっぷ》してこられるそうなので、話がつくまで逗留ということになりそうです。話がついたら船の手配をお願いします」

「承知しました」

三

「こんばんは」

紋蔵《もんぞう》は声をかけて若竹《わかたけ》の暖簾《のれん》を掻き分けた。

「こんばんは」

金右衛門《きんえもん》、ちよ、はなが声を返す。いつものように夕飯を食いにきているのだ。徳兵衛と文左衛門も小上がりの座敷に同席している。

「金吾は？」

若竹で待っていると声がかかったから顔を出したのだが……、金右衛門が答える。

「まだです」

「藤木《ふじき》さん」

徳兵衛が話しかける。

「なんでしょう？」

「紹介しておきます。こちら、大坂の廻船問屋天満屋の文左衛門さん」

「文左衛門だす。よろしゅう」

「こちら、南の御役人の藤木紋蔵さん」

「藤木です」

「まあ、おかけなさい」

徳兵衛に勧められて紋蔵は腰を下した。紋蔵はいった。

「天満屋さんとおっしゃいましたよねえ」

「ええ、申しました」

「大坂町奉行所の与力《よりき》や同心《どうしん》の皆さんは、わたしたちが八丁堀にひとかたまりになって住んでいるように、天満という所にひとかたまりになって住んでいると聞いております。その天満と関係あるのですか？」

「ええ、そもそもはその天満の出身なので、天満屋と名乗っとるのです」

「遅くなっちまった」

声をかけて金吾が入ってくる。

「皆さんお揃いですが、ちょっと込み入った話がありますので、紋蔵さんと二人きりにさせていただきます。紋蔵さん、こっちへ」

樽《たる》を椅子《いす》がわりにおいてある席で向かい合った。

「紋蔵さん」

「なんだい？」

「あんた昨日、奥田重五郎《おくだじゆうごろう》さんから、さることを尋《たず》ねられたそうだね？」

「ああ、奥田さんに呼ばれて、あれこれ聞かれた」

奥田重五郎は吟味方《ぎんみがた》与力だ。

「それが、どうしたのだ？」

「そのことで、こっぴどく叱《しか》られた」

「すると嘉七はおぬしの手先？」

「そうです。紋蔵さんは奥田さんにどういったのです？」

「平吉という骨董商が二重売りの嫌疑で嘉七に挙げられ、小伝馬町の牢に送られた。そうだよなあ」

「嘉七はそういってます」

「でも、それはおかしい。二重売りを調べる前に、平吉と徳蔵との間で、枝珊瑚の売買が成立していたかどうかを調べなければならない。するとそれは出入物《でいりもの》ということになる」

　出入物とは民事事件のこと。

「つまりまず徳蔵が平吉を相手取って御番所に、手付けを三両打っているのに、平吉は枝珊瑚を売り渡してくれません、どうか、売り渡すように申し渡してくださいと訴える。それに平吉が御白洲《おしらす》で、いえいえ、そもそも売る約束などしておりませんといって争う。そういう運びにならなければならない。なのに、いきなりしょっぴいて小伝馬町の牢に放り込むなど乱暴すぎる。出入物になるとかく時間がかかる。だから、吟味物にして、早々に片をつけようとした。徳蔵が嘉七に袖《そで》の下を遣《つか》ってのことではないのですか。そう、わたしは奥田さんにいった」

吟味物とは刑事事件のことで、御白洲で訴えた者と訴えられた者が争うということはなく、お上が一方的に裁きをつける。

「なるほど、だから今日、わたしと嘉七が奥田さんに呼ばれて、嘉七が、どういうことなんだ、鼻薬を利かせられてのことなんだろうと締め上げられたのだ。嘉七は袖の下など貰《もら》っておりませんと突っ張る。多少は貰っていたかも知れないが、ここはそう突っ張るしかない。それはさておき、奥田さんのおっしゃるのに、二重売りの問題の前に、売買が成立していたかどうかを争うのが筋である、平吉をすぐさま小伝馬町の牢から解き放ち、そのうえで徳蔵に、枝珊瑚を売ってもらう約束をしていたのに、売り渡してくれません、売り渡すように申し渡してくださいという訴訟を起こさせろ。それが筋だと」

「そういうことなら、どなたかは知らないがあっさり入牢証文を出したお方も軽率であると叱られたに違いなく、また恨みを買ってしまったようだ」

「嘉七としてはですよ、手柄を立てたのだから、お褒めの言葉があるとばかり思っていたのに、とんだ成行きで、がっくり頸《くび》を垂れてます」

「どんな男なんだ。嘉七というやつは？」

「岡っ引としての腕はいいほうなんですがねえ。ここしばらく手柄を立てていないから功を焦ったのかもしれません」

「腕がいいのならだ。二重売りを問題にする前に、徳蔵と平吉の間で売買が成立していたかどうかを調べなければならぬということに気づくはず。やはり、嘉七は徳蔵に鼻薬を利かされていたのだ。徳蔵というのはどんなやつだ？」

「平吉とおなじように店を持たない骨董商だそうですが、よく知りません」

「ちょっとよろしおますか」

文左衛門が割って入る。紋蔵が聞いた。

「なんでしょう？」

「さっきから、枝珊瑚と何度かおっしゃるのを小耳に挟んだんですが、それはいまどこにありますのや」

金吾が答える。

「それが、分からないんですよ」

「とおっしゃられますと？」

「売主が誰に売ったかを明かさないのです。盗んだ品などというものではありませんから、無理に口を割らせるわけにはいきませんし。ただ、二重売りということがはっきりすれば、口を割らせることができます。でも、なぜそんなことをお聞きになるのですか？」

「ちょっと気になることがあるもんで……。枝珊瑚はそうそうあちこちにあるもんやないですからねえ」

「お持ちの枝珊瑚が盗まれたとでもおっしゃるのですか？」

「そうやないんですが……。もし、誰が所持しているかお分かりになったら、教えていただけませんか」

「どちらにお住まいなのですか？」

「いまは小網町三丁目の旅人宿上総屋に泊まっておるんですが、大坂に帰ってしまったときは徳兵衛さんにそうと伝えといていただけませんか」

「承知しました」

「お願いします」

金右衛門、ちよ、はなが立ち上がる。

「そろそろですねえ」

と文左衛門が徳兵衛にいい、徳兵衛も立ち上がる。

「お先に」

五人がてんでに紋蔵と金吾に声をかけて店を出ていき、紋蔵は金吾に話しかけた。

「文左衛門さんと枝珊瑚はどう繋《つな》がってるんだろう？」

「盗まれたんじゃないということだが、なにか訳がありそうですねえ」

「どっちにしろ、枝珊瑚がどういう経路で平吉の手に入り、いま誰が所持しているのか、調べてみる必要がありそうだ」

「嘉七に調べさせましょうか」

「そうだな。名誉挽回で頑張ってくれるかも知れぬ」

四

紋蔵の助言どおりに事は運ばれ、徳蔵が平吉を相手取って訴訟を起こした。

出入物はとかく話が込み入っており、また面倒だから、訴訟しても役人は容易に取り掛からないのだが、今度の件は奥田重五郎みずからがそうせよと勧めており、またどんな成行きになるか興味がないわけではないから、訴状が出されるとすぐに審理に入った。

問題は徳蔵が三両を手付けとして平吉に渡したのか、勝手に仏壇においていって手付けを渡したと主張しているのかで、どっちかが嘘をついているのだが、互いに一歩も譲らない。

平吉はいう。

「徳蔵に売る気は端《はな》からなかったのです。だから、手付けなど受け取るわけがありません。徳蔵が仏壇に三両をおいていったのは縛りをかけようと考えてのことです」

徳蔵はいう。

「三両といえば大金です。それを黙って仏壇においていくなど常識では考えられません。わたしはそのとき、手許《てもと》に十七両という金がありませんでした。ですから、二、三日中に作ってくる、三両を手付けとして受け取ってくれといって渡したのです。もっとも、残りの金、十四両を作るのに五日もかかってしまって、ようやく平吉のところに持参したところ他所《よそ》へ売ったと。買い戻して売ってくれといったのですが、それはできぬと。それで、顔見知りの嘉七さんに二重売りだと訴えたのです。そう訴えれば買い戻して売ってくれるかもしれませんからねえ」

奥田重五郎は平吉に聞く。

「徳蔵がやってきて売って欲しいといったのは、お前が市ヶ谷八幡宮門前のボロ市で枝珊瑚を買って帰った何日後だ？」

「二日後です」

「徳蔵、お前はどうして平吉が市ヶ谷八幡宮門前のボロ市で枝珊瑚を買ったというのを知った？」

「わたしが出入りしている大門通りの道具屋菱屋《ひしや》さんに平吉がやってきて、こんな物を買ったんですがといって枝珊瑚を見せ、いくらぐらいするのだろうかと聞いたそうです。わたしはさるお得意さんから変わった置物があったら持ってきてもらいたいといわれておりましたので、また菱屋で平吉は十五両で買ったといっていたと聞いたものですから、平吉を訪ねて、二両を乗っける、十七両で売ってもらいたいといって手付けを打ったのです。いざとなったら三両くらい乗っけてもいいと思っておりました」

「平吉」

「へい」

「道具屋菱屋にいって値踏みをしてもらったというのは本当か」

「本当です」

「いくらと値踏みされた？」

「十八、九両。二十両は厳しいかなといわれました」

「徳蔵、お前、さるお得意さんから変わった置物があったら云々《うんぬん》ということで、平吉のところへ押しかけたと申した。そうだな?」

「申しました」

「だったら、なにも平吉の枝珊瑚にこだわることはない。三両を返してもらって、他の物を探せばよかった」

「さるお得意さんにしかじかですというと、それは珍しい、縁起物だ、頂こうではないかということになったのです。ですから、なんとしてでも平吉から枝珊瑚を売り渡してもらわなければならないのです」

「平吉」

「はい」

「お前は枝珊瑚を誰に売った」

「それが、見知らぬ人なんです」

「どういうことだ?」

「枝珊瑚を買って帰った日の夕刻です。見知らぬ人が訪ねてきて、あなた、今日、市ヶ谷八幡宮門前のボロ市で枝珊瑚を買いませんでしたかとおっしゃる。ええ、買いましたよと申しますと、わたしもあれに目をつけておりまして、ちょっと目を離した隙にあなたに先を越されてしまいました。どうか、あれをわたしにお譲りくださいと。

いくらでというと、二両を乗っけます、十七両でと。これは二十両くらいまで吊り上げることができると考え、駆け引きをしているところへ、徳蔵がやってきたのです。ですから、お分かりのように、わたしが徳蔵に枝珊瑚を売り渡す約束などするわけがないのです」

「いつ、いくらで売った」

「四日後に二十両で売りました」

「その男はお前が買ったというのをどうして知ったのだ？」

「わたしはあちこちのボロ市に顔を出しており、高砂町の平吉といえば知る者は知っております。買ったのは高砂町の平吉だと聞いてやってきたということでした」

「お前が十五両で買った物を、その男は二十両で買ったのだな」

「そうです」

「お前に名乗ることもなく」

「売り証文などというのは必要ありませんからねえ」

「徳蔵も枝珊瑚にこだわる。見知らぬ男がわざわざ平吉を訪ねて二十両で買っていく。その枝珊瑚はなにか曰《いわ》くがありそうだが、話を戻そう。手付けの件だ。平吉、どう考えても、徳蔵が三両を黙って仏壇においていくなどあり得ない。手付けとして受け取ったのだな？」

「いまも申したとおり、さるお人を相手に値を吊り上げる交渉をしていた最中です。手付けを受け取るなどあり得ません」

「じゃあ、なぜ、追っかけて返さなかった」

「ですから、忙しさに取り紛れてと申しているじゃありませんか」

「徳蔵は手付けの話をして帰っているのだ。仏壇に三両があれば、こいつはややこしいことになる、すぐにも返しておかなければと追いかけて返しておくのが筋ではないか」

「そういわれればそうですが」

「お前は、徳蔵がわたしに縛りをかけるためとも申しておった。そう認識していたのなら、たとえ、お前のいうとおり徳蔵が仏壇においていったのだとしても、それはやはり手付けと認めざるを得ない。この件は手付けだと断定する。今日のところは引き取れ」

手付けと断定して、それで問題が解決したわけではない。

『御定書《おさだめがき》』には概略こうある。

「代金を受け取り、品を渡さず、他へ二重売り致し候もの

　金子は十両以上　死罪
　　十両以下　入墨敲《いれずみたたき》」

『御定書』どおりだと、平吉は死罪ということになるが、手付けの三両は『御定書』にある「代金を受け取り」の「代金」に該当するかどうか。

「おぬし、どう思う？」

奥田重五郎は紋蔵に尋ねた。紋蔵は答えた。

「前例はありませんし、わたしには判断がつきかねます」

下手な判断を下すわけにいかない。奥田重五郎は両者に内済《ないさい》（和解）を勧めた。徳蔵は断固として突っ張る。

「やはり、二重売りで平吉を罰していただくのが筋でしょう」

「だが、のオ」

と奥田重五郎。

「『御定書』にはこう但《ただ》し書《が》きがある。商品を渡すか代金を返すかしたら、十両以上は江《え》戸払《どばらい》、十両以下は所払《ところばらい》。罪はずっと軽くなる。お前は十七両と値をつけたが、払ったのは手付けの三両だけ。だから、三両を返せばそれですむ。それにそもそも手付けの場合、倍返しで解約できるというのが世間の常識。だから、三両は手付けとみなして、平吉が徳蔵に倍返しの六両を支払うということでけりをつけるというのはどうだ」

「そんな」

平吉は口を尖《とが》らせる。

「じゃあ、なにか。三両を返して、所払を食いたいのか」

「分かりました。徳蔵に六両を支払います」

「徳蔵、文句はないな」

「枝珊瑚はどこかへ消えてしまったことでもありますし、それでけりをつけます」

翌日、奥田重五郎は大竹金吾を呼んでいった。

「例の枝珊瑚だがな。どうにも気になる。市ヶ谷八幡宮門前のボロ市で売った男は誰から買い取ったのか。平吉は誰に売って、いま誰が所持しているのかを突き止めろ」

五

「親方」

若い衆が奥へ声をかけてつづける。

「藤木の旦那がお見えになりました」

人宿八官屋《ひとやどはちかんや》の親方捨吉《すてきち》が框に出てきていう。

「呼び立ててすまぬ」

「いつも暇にしている」

「上がってもらおう」

長火鉢《ながひばち》を挟んで向かい合った。捨吉は煙草《たばこ》に火をつけながらいう。

「この前、文吉《ぶんきち》が挨拶《あいさつ》にきた」

「文吉には悪いことをした」

「文吉はやはりあの世界が性《しょう》に合ってるんだろう。生き生きしておった」

「むりやり御家人にしてしまったのが間違いのはじまりだった」

「成行きだ。しょうがない」

「用はそのことか？」

「関係があるといえばある。佐渡守《さどのかみ》さんから頼まれ事をした」

「本当は御屋敷に出向いてきちんと挨拶しなければならないのに、敷居が高いから手紙ですませた。怒っておられるのだろうなあ」

「おぬしの頼みで、武家奉公人を一式、後払いで、佐渡守さんの御屋敷に何度も送り込んだのがきっかけで、以後佐渡守さんと懇意《こんい》にさせてもらっておる」

二千石の分家の内藤家《ないとうけ》の当主だった夢之助《ゆめのすけ》が、本家の越後《えちご》村山《むらやま》五万七千石内藤家本家の跡取りとなるに当たっては重役の反撥《はんぱつ》があり、佐渡守となった夢之助はいじめに遭《あ》った。

大名になったら、権門勢家や親戚筋あるいは同席などに廻勤御《かいきんお》礼《れい》といって挨拶回りをしなければならない。それには六尺手廻りをはじめ、武家奉公人一式を雇わねばならないのだが、重役連が嫌がらせをして武家奉公人一式を雇う金をけちった。

紋蔵は佐渡守に泣きつかれて、竹馬《ちくば》の友《とも》の捨吉に後払いということで武家奉公人一式を送ってもらった。それがきっかけで、以後捨吉の八官屋は佐渡守の屋敷に出入りするようになり、盆暮れには自身が屋敷に出向いて佐渡守に挨拶していた。

「三日前だった。佐渡守さんから屋敷にきてもらいたいと言伝があり、でかけていった。すると、剣持忠三郎《けんもちちゅうざぶろう》殿、文吉のことだ、剣持忠三郎殿と藤木さんにえらい迷惑をかけてしまった。ついてはお詫びがしたい。わが屋敷へはきにくいだろうから、谷山《やつやま》の観潮亭《かんちょうてい》でというのはどうだろうかと。

佐渡守は文吉の件で御暇年をとうとう一年延ばしてしまった。ここしばらくは朔《さく》望《ぼう》、一日と十五日の登城日以外の日は空いている。日にちを決めてもらえば、こちらで予約をしておくと」

同席のお大名衆へ挨拶されるのに格好の料亭ですよと観潮亭を佐渡守に紹介したのも紋蔵だった。

「気が重いなあ」

「そういうだろうと、佐渡守さんにいった。すると、それは重々承知。堅苦しく思わないで、ただ、気楽に飯を食いにと考えてもらえばいいと。おれも誘われた。せっかく御大名と親しくなれたのだ。縁を切ってしまうのは惜しいぜ」

「二、三日、考えさせてくれ。それはそうと」

と飾り棚に目をやっていった。

「結構な物が飾ってある。あれは本物か？」

「本物だとも。正真正銘の銀の茶釜に銀の壺だ」

「銀類の取り扱いはとかくうるさい」

三十年にはならないがそれに近い昔のこと、こんな御触《おふれ》が出された。

「灰吹銀《はいふきぎん》や潰銀《つぶしぎん》などは、銀座ならびに下買《したがい》の者どもにしか売ってはならない。銀道具類をこしらえるため、銀の下げ渡しが必要な者は銀座でしか買ってはならない。その旨、先だって触れたがなおざりになっている。ふたたび達する」

幕府は江戸の中期から銀貨を、実質価値以上に価値のある主要通貨にしたため、銀地金《じがね》を厳重に管理しはじめ、銀の売買に関して厳しく制限するようになり、御触はこう拡大解釈された。

「銀類は銀座ならびに下買業者のほか、他所で売買してはならない」

そのため、小間物屋を相手の売買はともかく、古鉄買、古道具屋、骨董屋などを相手の売買は事実上禁じられ、銀でできた煙管、簪《かんざし》、帽子針《ぼうしばり》、耳掻《みみかき》、鎖などを所持していたら、岡っ引から「どこで買った？」「どうやって手に入れた？」と厳しく詮索された。捨吉はいう。

「どうやって手に入れた？ と聞きたいんだろう」

「まあ、そうだ。どうやって手に入れた？」

「近くの骨董屋をなにげなく覗《のぞ》いたら、親父が、親方、ちょっと、とささやいていう。掘出し物があります、銀類ですから、店には並べていないんですが、ご覧になりますかと。見せてもらおうといって買ったのがあれだ。銀鍍金《めっき》なんかじゃない。ぴかぴかの本物だ」

「いくらした？」

「三十両。なんでも品川のしけた骨董屋においてあったのを二十七両で買ったそうで、おれは三両を乗っけた」

「銀類だから店に並べられないといったそうだが、盗品だから店に並べられなかったんじゃないのか」

「おいおい、おかしなけちをつけないでくれ」

「『御定書』にこうある。盗品と知らずに物を買った場合、持主が分かれば品物を返さなければならない。その場合、買主が不注意だったのだから、代金は払ってもらえない。買主の丸損だ」

「いまさら、返すというわけにはいかぬ。盗品だったらそれはそのときのこと。それまでたっぷり目の保養をさせてもらう」

「よし、決めた」

「なにを？」

「佐渡守さんに会う日だ。次の次の非番の日、十三日というのはどうだ？」

「いいだろう。佐渡守さんにそういっておく」

「五つ半にここに寄る。一緒に出かけよう」

「結構」

「それじゃあ」

六

「まず、市ヶ谷八幡宮門前のボロ市で枝珊瑚を平吉に売った男の証言なんですがねえ」

と金吾はいつもの若竹で、紋蔵を相手に切り出す。

「売りにきた男は黒光りに日焼けした日傭取《ひようと》りのような男だったそうです。なぜ、そんな男が枝珊瑚なんかを持ってきたと怪しまなかったのかと聞くと、ここはボロ市です、売主をいちいち詮索していたら商売になりませんと。ボロ市ならなにを売っても買ってもいいのかと質《ただ》すと、そうです、なにを売っても買ってもいいのですと」

「並ぶのはほとんどがボロだからなあ」

「それで、売主はこういいました。枝珊瑚を持ってきた男に、いくら欲しいんだと聞いたら、十両くらいにならないかと。どう安く値踏みしても十五両はする。ですから、二つ返事で買いましたと」

「買値は十両か」

「そういっておりました」

「それで、最後に買った男の行方は？」

「ボロ市に出ているのに目をつけて、目を離した隙に平吉に先を越されたというので、売主に当たりました。どんな様子の男だったかと。これまた日焼けした小揚《こあげ》のような男だったと。平吉もそういっておりました」

河岸《かし》で米などを担ぐ人足のことを小揚といった。

「そんな男が四日もかけ、二十両も叩《はた》いて枝珊瑚を買い取る？　どういうことだ」

「平吉に聞きました。なにやらおかしいと思わなかったのかと。おかしいとは思ったのですが、商売ですから、値を吊り上げることばかりを考えていて、そっちへは気がまわりませんでしたと」

「徳蔵だが、なにゆえ平吉が買った枝珊瑚に執心した？　さるお得意さんと約束してしまったということだが、さるお得意さんとは？」

「大事なお客さんだからいえないと」

「嘉七は徳蔵と心安くしていたのだろう」

「嘉七は大門通りの一帯を縄張りにしており、骨董商いをしていて、あちこちの店に出入りする徳蔵とは道でときどき顔を合わせる程度で、とくに親しくはしていなかったのだと」

「鼻薬の件は？」

「頭を掻いて、二分（二分の一両）もらいましたと。二重売りの廉《かど》で訴え、枝珊瑚を手に入れることができたら、あと二分をもらう約束でしたとも。結局のところ、誰が損をしたというわけでもなく、また殺しとかの事件が絡んでいるわけでもないから、この辺で手を引こうと思います。奥田さんにもそう断ります」

「そういわれればそうだ」

「こんばんは」

徳兵衛だ。例の三人に声をかける。

「金右衛門さん、ちよちゃん、はなちゃん。こんばんは」

「こんばんは」

金右衛門らも声を返す。紋蔵らと席は別で、徳兵衛は紋蔵と向かい合う席に座っていう。

「いかがでした？」

「『御定書』にこうあるのは徳兵衛さんも先刻承知のとおりです」

　「廻船荷物、出売り出買いをいたし候もの
　　買主売主とも　重き過料

但し、荷物代金ともに取り上げ、荷物は問屋へ相渡し申すべき事　」

「そう決まったのは寛保二年のことですが、そのとき同時に『出売り出買いの儀触書』という触がでております。写しをお渡ししますので、目を通しながら聞いてください」

紋蔵は徳兵衛に写しを渡していった。

「近年、品川沖より湊内《みなとうち》まで諸廻船懸《か》かりおり候ところへ」

江戸前の海は浅瀬になっており、上方や伊勢湾沿岸からやってくる廻船は品川沖周辺にしか船懸かりできなかった。そんな廻船に、

「出買いの小舟が数多《あまた》乗りだし、廻船乗組の水主と馴れ合い、積荷の商売物を隠し買いしておる。それゆえ、積荷が不足するようになり、船頭や問屋がはなはだ難儀していると申し出た。以後、なんであれ、買い取ることを固く禁じる。以上が前半。後半はこうです。出買いの他に出売りの小舟もあり、不埒《ふらち》なる振る舞いに及んでいる」

食料や日用雑貨を売るほか、女を乗せていて売春させる者もいた。

「以後、荷物を瀬取りする茶船、水を売る水船、風呂がわりの湯船のほかは一切、諸廻船に近寄ってはならない。右の趣、町中に残らず触れ知らせる」

徳兵衛がいう。

「『御定書』より、触のほうがより具体的ですねえ」

「そうですねえ」

「ということはなんですか」

と金吾。

「またぞろ、出買い出売りの小舟が増えはじめたということですか」

「そうなのです。積み荷が抜き取られるようになったのです。そりゃあ、たとえば米を百俵積んでいれば、一俵や二俵の抜き取りくらいならわたしらも目をつむります。最近はそれが五俵六俵、ひどいのになると十俵二十俵と抜き取って、問い詰めると打ち荷をしたと言い逃れる」

難破しそうになったとき、船を軽くするために荷物を海上に投げ捨てるのを打ち荷といった。

「すべては、昔のように出買い出売りが横行するようになったことに原因があります。それで、また出買い出売りの連中は盗品をも遣り取りするようになったそうです。江戸の物を遠方に、遠方の物を江戸に運んで売れば足がつきにくいですからねえ」

捨吉のところにあった銀類も出買いの小舟が廻船の水主から買い取った盗品かもし

れない。

「どうしてお上は、『御定書』どおり、また触どおりに取り締まらないのでしょうか？」

「出買いはともかく、出売りにはそれぞれ事情があります。饅頭《まんじゅう》やむすびや酒や煙草や煮物を売って暮らしを立てている者、なかには洗濯物を掻き集め、洗って干して届けるなどという者もいて、杓子定規《しゃくしじょうぎ》には取り締まれないのです」

「出売り出買いの区別はつかないから、出買いの小舟は出売りの隙を衝《つ》く？」

「まあ、そうです」

金吾がいう。

「恐れながらと訴えたらどうなんです？」

「内々の恥をさらすことにもなりかねませんし、船頭や水主の恨みを買うことにもなります。出買い出売りを元通り厳しく取り締まってもらうのが一番なのですが、そうもいかぬのですか」

「上の耳に入れてはおきましょう」

「話がおすみになりましたか」

金右衛門が割って入る。

「どうぞ」

徳兵衛が譲る。

「内藤佐渡守様から予約が入り、肩がこらぬように、わたしにも同席されませんかと誘いがありました。わたしは一向に構いませんが、よろしいんでしょうかねえ」

「いいんじゃないんですか」

「じゃあ、わたしはこれで」

と徳兵衛がいい、それを汐《しお》に紋蔵も金吾も引き上げた。

七

「帰りに三四《さんし》の番屋に寄ってください」

と金吾から言伝があった。本材木町《ほんざいもくちょう》の三丁目と四丁目の間にある三四の番屋も八丁堀周辺に八ヵ所ある調番屋の一つで、とりわけ三四の番屋は「泣く子も黙る」と恐れられていた。

「ごめんよ」

声をかけて覗いた。

竹竿《たけざお》を手にし、盗っ人の類《たぐい》を叩いていたところのようで、金吾は手先の一人に、

「牢に放り込んでおけ」

といって、紋蔵にいった。

「近くの一膳飯屋でいいですね」

「わたしはどこでも」

金吾は牢番にいう。

「手先が戻ってきたら、前の一膳飯屋にいるといってくれ」

「承知しました」

金吾は店に入って注文する。

「やっこ、キスの天麩羅《てんぷら》、菜っ葉のおひたし、熱燗《あつかん》。紋蔵さんは？」

「おなじで結構」

金吾はおもむろに切り出す。

「昨夜、徳蔵が金杉橋《かなすぎばし》で殺されたそうです。見つかったのは今朝」

「徳蔵が金杉橋で？」

「得物は匕首《あいくち》のようで、背中をぶすりぶすりと三ヵ所も」

「なぜ、仏が徳蔵と分かった？」

「懐の紙入に質札があったそうです」

「暮らしは楽ではなかったのか」

「思うのですがね、徳蔵はお得意さんに枝珊瑚を売る約束をしたと申しておりました」

「そう聞いている」

「そのお得意さんのところに無心にいって、揉《も》めて殺されたのではないのでしょうか」

「ありうるが、場所が金杉橋とはなあ。やつが住んでいる大門通り界隈《かいわい》と離れすぎていないか」

「それはともかく、あらためて徳蔵の周辺を洗う必要があると、嘉七らを走らせているところです。おっつけ駆けつけてくるはず」

「こんばんは」

声をかけて嘉七が入ってくる。

「徳蔵に関してですがねえ、たいしたことは分かりませんでした」

「順に話してもらおう」

「難波町で生まれて育ち、手習塾を終えると大門通りの骨董屋矢島屋《やじまや》に丁稚《でっち》奉公に出たそうですが、使い込みをやって首になり、あっちこっちの骨董屋に出入りして御用聞きのようなことをやっていたそうです」

「家族は？」

「おりません。独り者です」

「暮らし向きは？」

「まああのようです」

「質屋通いをしているのだろう？」

「暮らしに困ってというのではないようなのです」

「というと？」

「三年ほど前から、これはという骨董を骨董屋に持ち込むようになったそうです。大門通りの骨董屋はどうしてあのような骨董をやつは仕入れられるようになったのだろうと不思議がっていたそうで、質屋に入れた物も、ちょっとやばそうな品、窩主買《けいずかい》からでも買ったような書画だったものですから、骨董屋は買うのを控えた。質屋は、そんな品ではありません、怪しい品ではありませんといっておりますがねえ」

「三年ほど前からこれはという骨董を骨董屋に持ち込むようになったと申すのか」

「そうです」

「紋蔵さん」

金吾は紋蔵に話しかける。

「どう思います？」

「徳兵衛さんがおっしゃったことを思い出したのだろう」

「そうなんです」

「嘉七」

紋蔵は話しかけた。

「徳蔵の知り合いに瀬取りの茶船に乗っているやつとか、品川沖に出かけて出買い出売りしているやつとかいなかったか」

「いるかもしれませんが、耳にしておりません」

「肝心の、枝珊瑚を二十両で買うことになっていたお得意さんというのは分かったのか」

「分かりません。骨董屋や道具屋を軒並み聞いて歩いたのですが、みんな知らないと」

「紋蔵さん。徳蔵の骨董の出処《でどこ》は出買いの連中が廻船の水主から買い取った物ということになるのでしょうかねえ」

「かもしれない。嘉七」

「へえ」

「徳蔵と金杉橋との繋がりだが、なにか分かったか？」

「さっぱり。相長屋の連中はなんで金杉橋なんかで殺されたんだろうと不思議がっておりました」

「こんばんは」

いま一人の岡っ引が入ってくる。

「金杉橋界隈には近所の漁師相手の居酒屋、煮売り屋が数軒あります。そのうちの一軒に、その晩、見かけぬ男二人がやってきてひそひそやっていたそうです。あるいはその一人が徳蔵ではなかろうかと思います」

「そうか」

と金吾。

「金杉橋には漁師が大勢いて舟も持っている。しかも品川沖に近い。ということは出買いをする者も少なくないということで、徳蔵はその晩、金杉橋まで出向いて、出買いをする漁師と会って、なにかで揉めて刺し殺されてということではないのですか」

紋蔵が引き取った。

「市ヶ谷八幡宮門前のボロ市に枝珊瑚を売りにきた男は黒光りに日焼けした日傭取りのような男で、平吉から二十両で買い取った男もこれまた日焼けした小揚のような男ということだったが、二人とも漁師だったのかもしれない。それも金杉橋の。そいつらが売ったり買ったりした理由がいま一つ分からぬが、徳蔵は突き止めて金杉橋に出かけていって殺された？」

「金杉橋の漁師を一人残らず当たってみます。そうすれば徳蔵殺しも見つかるかもしれないし、連中の出買いの実態も分かるでしょう。曰くありげな枝珊瑚の行方も分かるかもしれません」

金吾が使っている手先は下っ引も入れると総勢およそ七十人。およそ七十人は翌日から金杉橋界隈を駆けずりまわって、漁師という漁師を当たった。出買いをしている漁師は一人もいなかった。

八

御大名、町方の役人、人宿の親方、ぶらぶらしている金満家。おかしな取り合わせの宴席は正午からはじまった。

佐渡守はぐずぐずいわず、ただ一言、紋蔵にこうとのみいった。

「その節はあなたや、剣持忠三郎殿にたいそうご迷惑をおかけして申し訳ありませんでした」

もっとも、立ち入らなければ入らないで気づまりなものなのだが、捨吉や金右衛門が取り留めもない話をして座を持たせてくれた。佐渡守が捨吉や金右衛門を同席させたのは正解だった。

「金右衛門さん」

紋蔵は話しかけた。

「なんでしょう？」

「床の間に飾ってある置物はなんですか？」

捨吉のところにあった銀の茶釜に銀の壺や、徳蔵が出買いの骨董を買っていたらしいことなどから、なんとなく置物が気になったのだ。

「さあ、なんでしょう。おとよさんに聞いてみます」

いずれもとびきりの美女四人が相伴《しょうばん》しており、金右衛門は自分についている美女にいった。

「おとよさんを呼んできてくれませんか」

観潮亭の金主は金右衛門だが、事実上切り盛りしていたのはとよという女だった。

「お呼びですか」

とよが顔を出す。

「うん」

と答えて金右衛門はいう。

「あの置物はなんなんだい？」

「香炉《こうろ》というものらしいです。姿形がよくて品がある。それで、買って飾っているのです。目に留めていただいて嬉しいわ」

紋蔵が聞いた。

「どこで買われた？」

「品川の歩行《かち》新宿《しんしゅく》の骨董屋です」

「失礼ながらいくらで？」

「十三両です。十五両とおっしゃるのを負けてもらいました」

「捨吉どの」

「なんだい？」

「あんたの銀の置物と出処はおなじみたいだね」

「かもしれねえ」

そして、そこに並べられている骨董の多くは出買いの連中が諸廻船の水主から買い取った怪しげな品。出買いの連中は金杉橋の漁師ではなく、品川の瀬取りの船頭で、徳蔵を殺したのも品川の瀬取りの船頭かもしれない。この際だ、徳兵衛さんの要望どおり、品川にいる出買い連中の大掃除にとりかかろう。

紋蔵は金吾に頼み、金吾は手先およそ三十人を引き連れ、品川は歩行新宿の骨董屋に踏み込んだ。むろん紋蔵も休みをとって同行した。金吾はいった。

「店にいるやつすべてに縄をかけろ」

それから順に網を広げていくという段取りで、手先らはとりあえず、店にいた二人に縄をかけた。

「な、なにをしやがる。おれたちがなにをしたというのだ」

二人はあらがう。金吾はいった。

「結構な品が並べられているが、どうやって手に入れた？」

頭株がいう。

「いちいち、そんなことをいう必要はない」

「出買いの連中から手に入れたんだろう。出買いの連中、一人一人の名をいえ」

「そんなの、知るか」

　手先の一人がいう。

「押し入れの奥深くに隠されていたんですが、こんなのがありました」

「うん？」

　紋蔵と金吾は顔を見合わせた。

「噂の枝珊瑚じゃないか。なんで、それがここに？」

　金吾がいう。

「お前たち、名を名乗れ」

「おれは」

　と頭株がいう。

「三宅島の天徳丸の船頭宅蔵だ」

　金吾が聞く。

「枝珊瑚はお前の物か」

「預かり物だ」

「誰から預かった」

「それはいいえねえ」

金吾は紋蔵にいった。

「品川の出買い連中の大掃除は、ひとまず後回しということになりそうですねえ」

「そういうことになりそうだな」

宅蔵と三人の水主が息もたえだえの金太を助けたとき、浜辺に長持ちが二つ流れ着いていた。蓋《ふた》を開けると、枝珊瑚とか銀の茶釜とか銀の壺とか香炉とか壺とか茶碗とか越後縮とか書画とか、見るからに高価な物がぎっしり詰められていた。たとえ難破した船の物であろうと、それらを猫糞《ねこばば》するのは大罪であるというのは船乗りの常識であるが、誘惑には勝てない。幸い、浜に打ち上げられた二人のうち一人は溺死しており、一人は息もたえだえで意識がない。風雨がおさまるのを待って天徳丸に積み込み、金太に見つからないように巧妙に隠した。

品川の瀬取りの茶船が出買いをするようになったのは三年ほど前からで、月に一度は江戸に出かけて品川沖に船懸かりしていたから、宅蔵はそのことをよく知っていた。自身商売っ気があり、出買いの品を買って売るというようなことをはじめ、ついでに歩行新宿の仕舞屋《しもたや》を借りて骨董屋を開いてしまった。

江戸にいるときは、水主二人を船に残し、宅蔵はいま一人の水主と店番をするようになり、江戸を留守にするときは水主の一人を店番として残した。そしてやがて、長持ちにあった品を少しずつ店に並べるようになった。

そんなあるとき、店番の水主がこっそり枝珊瑚を持ち逃げして消えた。枝珊瑚はさすがに目につく。売った先から足がつかないとも限らない。船にいた水主の一人に探せと命じた。

命ぜられた水主は市ヶ谷八幡宮門前のボロ市においてある枝珊瑚を見つけた。おりしも味噌汁の匂いがつーんと鼻をつく。とたんに腹がグウと鳴る。買い戻し交渉を後回しにし、店に入って飯を食っている隙に平吉に先を越されてしまった。

親父に聞いた。買ったのは高砂町の平吉という骨董屋だという。出かけていった。平吉は足許を見て値を吊り上げる。四日かかってしまったが、宅蔵は二十両を叩いて取り戻した。

殺された徳蔵は宅蔵の店にときどき掘出し物を見つけにやってくる骨董商で、宅蔵は枝珊瑚を店番の水主に持ち逃げされたあと、やってきた徳蔵に持ちかけた。

「枝珊瑚が欲しいというお客さんがいなさる。気をかけていてくださらぬか」

なんのことはない。徳蔵がいうお得意さんは宅蔵だった。依頼主宅蔵が二股をかけていて、それぞれが奪い合っていたのだ。

ならば、徳蔵殺しは宅蔵？

当然金吾はそう疑いをかけた。

ではなく、流しの追剝《おいはぎ》の犯行だった。徳蔵は腰の銀煙管を自慢にしていた。流しの追剝は品川からの帰りの徳蔵を金杉橋で襲うと、徳蔵の紙入から小判などを抜き取るだけでなく、銀煙管も抜き取った。そのあと、よせばいいのに銀煙管を質屋に持ち込んだ。質屋は銀類にことのほか目を光らせている。品物を預かると、すぐさま町内の御用聞きの耳に入れた。流しの追剝は御用とお縄になり、問い詰められて徳蔵殺しを白状した。

文左衛門はまだ江戸にいた。掛の吟味方与力奥田重五郎は御白洲に文左衛門を呼び、事情を打ち明けていった。

「なんぞ申すことがあるか」

文左衛門はいった。

「天徳丸の皆さんは難破したわたしの船の船乗りを助けてくれたことでもあり、なるべく穏便にお取り計らい願います」

難破品の横領という事件は過去に多々あり、微妙な事例の違いによって、「入墨の上重追放」「入墨の上中追放」「入墨の上重敲」「遠島《えんとう》」「死罪」などが申し渡されており、「穏便に」といわれても限界があった。

今度の事例は本来なら「遠島」というところだが、宅蔵も水主も「三宅島生まれの三宅島育ち」だから、「遠島」というのもおかしなもので、宅蔵には「入墨の上重追放」、二人の水主には「入墨の上中追放」が申し渡された。

むろんそのあと、品川の瀬取り船の出買いの大掃除がおこなわれた。

殺人鬼の復讐

一

江戸時代もこの頃になると、城内に○○館という学問所を設ける御家《おいえ》(藩)が増えてきたが、演武場という武芸の稽古所を設ける御家は少なかった。学問所の傍《かたわ》らに申し訳程度に掘っ立て小屋のようなのを建てて、それでごまかしている御家もあった。

なにより学問が重んじられていたからで、諸家の家来は子供の頃から『論語《ろんご》』や『孟子《もうし》』を紐解《ひもと》き、せっせと学問所に通った。

そんな時代にあって、五万石余の並び大名重村丹後守《しげむらたんごのかみ》だけは珍しく尚武《しょうぶ》の気風を尊んでいた。諸家が江戸屋敷内に演武場を設けることはまずなかったのに、下谷《したや》の上屋敷内に尚武館と称する堂々たる演武場を建て、丹後守は率先して武芸の稽古に励み、家来にも励ませた。

そんな家来の一人に早瀬小弥太《はやせこやた》なる勤番者がいて、二年、三年と勤番を延ばしてもらって懸命に稽古に励み、やがて「それがしが一番、尚武館でもはやそれがしに敵《かな》う者はいない」と誰憚《はばか》ることなく豪語するようになった。

そんなある日、端午《たんご》の節句の日だった。その日は邪気を払うため、軒に菖蒲《しょうぶ》や蓬《よもぎ》を吊るし、粽《ちまき》や柏餅《かしわもち》を食すことになっていたが、やがて菖蒲と尚武は音《おん》がおなじだから端午の節句の日は男の子の節句の日とされ、甲冑《かっちゅう》や武者人形を飾り、庭先には鯉幟《こいのぼり》を立てるようになった。

そんなわけで、端午の節句の日と大いに関わりがある尚武館ではその日、床の間の上段に飾ってある神棚をみんなで拝み、そのあと軽く汗を流し、仕出しの弁当をとって会食するという慣習が、尚武館が建てられて以来ずっとつづいていた。会食とはいうものの、そこは大の大人の集まり。一升徳利《いっしょうどくり》が何本も持ち込まれて、いつも酒盛りとなった。

早瀬小弥太は酒癖が悪かった。それでなくとも、それがしが一番とふだん豪語している。酒が入るとすぐに大口を叩きはじめた。

「さよう。いま、ここに四十人ばかりいるが、どいつもこいつもへなちょこばかり。

それがしに敵う者は一人もおらぬ。それともなにか。いるのか。いるのなら名乗れ。相手をしてやる」

小弥太が抜きん出て強いのは誰もが認めている。みんな嫌な顔をしたり、そっぽを向いたりして聞き流した。小弥太はつづけて言う。

「床を背に師匠が座っておられる」

中西《なかにし》派一刀流を学んだ、六十近い小関正蔵《おぜきしょうぞう》なる剣術遣いを丹後守は十人扶持《ぶち》で招聘《しょうへい》していた。

「当初は、師匠に歯が立たなかったが、いまでは師匠を追い越している。つまり、当尚武館ではそれがしが一番ということだ。このこと、よくよく肝に銘じて、これからは敬意を持ってそれがしに接するように」

次第に言いたい放題になってきて、一人がたまりかねて言った。

「それがしが一番と豪語するのは御手前の勝手。好き勝手を言っていればよろしい。だが、先生を追い越しているというのはどうか。先生はかつて江戸で五本の指に数えられた剣客《けんかく》でござる。いや、だから殿（丹後守）は三顧《さんこ》の礼を以《もっ》てわが尚武館に迎えられた。その師匠を追い越しているなど、増上慢《ぞうじょうまん》にも程がある」

「はは」

小弥太は笑って言い返す。

「師匠が五本の指に数えられたのは昔のこと。歳を取れば力も衰える。昔のままでいることはできない。なんなら、この場で戦ってご覧に入れてもよい。そうだ、それがいい。師匠、お相手願います」

「先生」

あちこちから声がかかる。

「やつを叩きのめしてください」

「増上慢の鼻をへし折ってください」

「腕の一本もへし折ると目が覚めるでしょう」

小弥太は歳の頃、三十ばかり。大柄なうえに筋骨隆々《きんこつりゅうりゅう》。仁王顔負けの体つきだ。

師匠の小関正蔵も大柄でかつては筋骨隆々だったが、寄る年波で肉が落ち、背もいくらか縮んでいる。だからというわけではないが、遠慮がちに言った。

「年寄りの出る幕ではない。小弥太の言うとおり、小弥太の腕はとうにそれがしを越えている」

小弥太は勝ち誇ったように言う。

「聞かれたか、おのおの方。当の先生が、ああ、おっしゃっておられる。それがしの腕はとうに先生を越しているのだ。つまり、尚武館でそれがしより強い者はいない」

「先生」

門弟の一人が声を張り上げる。

「なぜ、そのように謙遜《けんそん》して、小弥太を立てられるのですか。先生はかの千葉周作《ちばしゆうさく》が中西道場にいたころ、周作と太刀合わせして三本に二本は取ったというではないですか。当の千葉周作がそれを認めている。年を取られたとはいえ、剣の真髄を忘れられたわけではございますまい。なにとぞ、なにとぞ、小弥太の増上慢の鼻をへし折ってください」

小関正蔵は物静かに言う。

「それがし、若かりし頃こそ人並みでござったが、いまは老いて、とても小弥太とは五分に戦えない。許されよ」

門弟にはいよいよ以て奥ゆかしく謙遜しているように聞こえて、喚《わめ》くように言う。

「ぶちのめしてやってください」

「頭をかち割ってください」

「小癪《こしやく》な」

小弥太は嘲笑《あざわら》って言う。

「師匠が二十ばかり若返っても、それがしに太刀打ちできるものではない。おのおの方、無理は望まぬものよ」

門弟はぞろぞろと小関正蔵に近寄り、取り囲むようにして口々に迫る。

「先生、それでも受けて立とうとなさらないのですか」

「ひょっとして、小弥太を恐れておられるのではないのですか」

「尚武館の師範として恥ずかしくないのですか」

たまらず、小関正蔵は言った。

「分かった。そうまで言われて尻込みをしているわけにいくまい。みんなの望みどおり、小弥太と太刀合わせをいたそう。ただし、小弥太」

「なんです？」

「勝負は一本。遺恨を後に残さぬこと。よいな」

「承知仕《つかまつ》りました」

小弥太の戦法は膂力《りょりょく》任せ。大上段に振りかぶって「エイ！」と振り下ろす。相手はたいがい受け損ない、二の太刀、三の太刀を繰り出されて敗れる。だから、一の太刀を躱《かわ》し、返す刀で小手を取れば、なんなく負かすことができる。小関正蔵はそう策を考えて木太刀を手に取った。

「いざ」

小弥太はどこまでも傲慢だ。からからと笑って小関正蔵を挑発するように言った。

「古《いにしえ》より今にいたるまで、このようなお年寄りが不覚を取らなかった例《ためし》はない。おのおの方、師匠の見事な負けっぷりをよおく見ておられよ」

さすがにかつて江戸で五本の指に数えられただけのことはある。小関正蔵の構えに隙《すき》はない。だが、それでも小弥太は構わず大上段に振りかぶり、

「エイ！」

と打ち込む。小関正蔵は策どおりに軽く躱してあっさり小手を取った。さすがに痺《しび》れたが小弥太はさあらぬ体で、

「そんなのは取ったうちに入らぬ」

と叫ぶやいなや、巨体を小関正蔵にどんと預け、身体ごとどどっと押す。体力ではとうてい敵わない。小関正蔵は壁にどすんと押しつけられ、足を払われた。

「どん！」

小関正蔵はひっくり返った。

「面！」

小弥太はすかさず木太刀を振り下ろす。小関正蔵は身体を捻《ひね》った。面を狙っていた

木太刀は脛《すね》を直撃する。

「ボキ！」

骨が折れた。小弥太は悪鬼《あつき》の形相《ぎようそう》で、三の太刀を繰り出す。

「ガツン！」

避《よ》けきれず、小関正蔵は額から血を流して気を失った。

「なんだ。がっかりだな」

「たいした遣い手ではなかったんだ、先生は」

一瞬だったから、門弟には結果しか目に入らない。冷ややかに師匠の小関正蔵を見下ろす。

端午の節句の日は諸大名の総登城の日である。城から戻ってきて子細を聞いた丹後守は即断した。

小関正蔵は解雇。

早瀬小弥太は御暇《おいとま》（これも解雇）。

尚武館は当分閉館。

額に血止めの鉢巻きをした小関正蔵は松葉杖を突きながら尚武館を後にした。

二

祖父の敵《かたき》の戸塚玄庵《とづかげんあん》が小伝馬町《こでんまちょう》の牢に送られた後、医師井上以伯《いのうえいはく》は廻船問屋伊勢徳《いせとく》の徳兵衛《とくべえ》の世話で、医者が軒を並べている矢《や》ノ倉《くら》の一軒家を借家することになった。界隈《かいわい》には医者が二十人ばかりいた。一軒一軒訪ねて挨拶《あいさつ》をした。

矢ノ倉にはこのほど医学館で講書《こうしょ》（講義）をするようになった多紀安叔元堅《たきやすとしもとかた》も住んでおり、徳兵衛は元堅と懇意《こんい》にしていた。当然、以伯を引き合わせた。元堅は以伯に言った。

「医学館、ご存じでござるな？」

「中を覗《のぞ》いたことはありませんがもちろん」

向柳原《むこうやなぎわら》にあった医学館は、七十五畳敷きの講堂（教室）、応接所、五十畳敷きの病者室（待合室）、病者診療所、町医ほか医官に非《あら》ざる者の詰所、調剤室、製薬所、館主（督事《とくじ》）および教諭（教授）の詰所、御目見《おめみえ》以上医官の詰所、寄合医官の詰所、書庫、寄宿生徒寮、食堂、台所などからなっている。もとより外来の患者も診《み》た。病人が願えば、医学館付属の官医がたとえ裏店《うらだな》であろうが出向いて診察した。現在の大学付属の総合病院といっていい規模であり体裁だった。

元堅はつづけて言う。

「このところ講書は毎日、午後の九つ半（一時）から八つ半（三時）までおこなっている。暇があったら八つ半ごろ訪ねてこられよ。中を案内いたす」

「早速ですが、明後日、お訪ねしてよろしゅうございますか」

「結構」

そんな遣《や》り取《と》りがあって、以伯は医学館の中を案内してもらった。さすがは医学館と感服することしきりだった。

八丁堀《はっちょうぼり》や薬研堀《やげんぼり》の医者もそうだが、矢ノ倉の医者もほとんどがお得意さんとでもいうべき患家を持っていて、駕籠《かご》に乗って往診して回った。ふらりとやってくる客など当てにしていなかった。だから、どれほど患家を持っているかで、医者の器量は決まったのだが、以伯もすでにそれなりに患家を開拓していた。

医者として評判のよかった戸塚玄庵も多くの患家を持っていた。ついでにそれをそっくり譲り受けることができればよかったのだが、玄庵と以伯の因縁を気味悪がって転薬《てんやく》（医者を変えること）を願う者が少なからずいたのでそうはいかなかった。それでも五、六軒は「引き続きお願いします」とのことだったので、十分とはいえないがそれなりに患家を持って、恥ずかしくなく門戸を張ることができた。

矢ノ倉の医者は往診専門、いきなり訪ねても門前払いされる。それを界隈の者は知っている。よほどのことがないかぎり、そこへ駆け込んだりしない。ところがある朝、松葉杖を突いた老人が以伯の家の戸を叩く。

以伯は薬箱持ち兼用の男衆《おとこし》を二人、炊事洗濯などの婆さんを一人、つごう三人を住み込ませていた。ほかに預かっている宗太郎《そうたろう》という子が一人。所帯は五人で、男衆の一人が応対した。

「御用は？」

「ご覧のとおり、足を怪我《けが》しております。診てもらえませんか」

「手前どもでは、はじめてのお方の診察は遠慮させていただいております。まして以伯は本道」

本道とは内科のこと。本道の医者はそれなりに本を多く読まなければならなかったから、外科医より偉いと自負していた。

「足のお怪我ということでしたら余所《よそ》を当たってください」

「実をいうとこのところ不如意《ふにょい》で、どこも相手にしてくれないのです」

「不如意？」

「さよう」

「金がおありでない？」

「そのとおり」

「だったら論外です。お引き取りください」

「医は仁術と申す。そこをなんとか」

以伯は奥でそれとなく耳を傾けていて、寄り付きに顔を出して言った。

「上がってもらいなさい」

男衆は言う。

「今日は五つ半（九時）から往診です」

「まだ六つ半（七時）。時間はたっぷりある」

「金がないとおっしゃっています」

「事情がおありなのだろう。それより、なにはともあれ怪我の具合を診てさしあげねばならぬ」

老人は言った。

「肩を貸してくだされ」

「どうぞ」

以伯は老人に肩を摑《つか》ませた。

往診専門だから病者診療室といった部屋はない。客間に通して座らせ、足を伸ばさせた。添木がしてある。

「お医者さんにかかってはおられるんですね」

「三人のお医者さんに診てもらいましたが、骨折だとおっしゃるだけで、添木して終わりです」

「どれ」

以伯は添木を外し、手で患部をさすりながら言った。

「どこが痛みますか？」

「痛《つ》ウ。そこそこ」

以伯は首を捻って言った。

「わたしの手には負えそうもありません。餅《もち》は餅屋で、骨接ぎ専門のお医者さんに診てもらうしかないようですねえ」

「骨接ぎ専門のお医者さんにも診てもらいました」

「なんと？」

「骨がくっつくまで気長に待つしかありませんねえと」

「だったら、そうするしかない。なぜ、わたしのところへこられた？」

「実をいいますと、相長屋《あいながや》の連中がわたしを追い出しにかかっているので、毎朝早くに家を出て、怪我をネタにお医者さんを訪ねては油を売っておるのです」

「なぜ、追い出されなければならぬのです？」

「尾籠《びろう》な話ですが、この怪我のおかげで排便がままなりません。誰かに摑まらないと排便ができぬのです。そこで、相長屋の人に頼みました。当然、嫌がりますわねえ。仕方なく、なけなしの金、三両を叩《はた》いて、さるお人に半年、排便の手伝いをしてくれるようにと頼みました。ところが、そのお人は金を渡したらそれっきり。姿をくらましました。そんなわけで排便もままならず、また店賃《たなちん》も滞《とどこお》らせるようになり、収入の見込みがないこととて、大家さんがわたしを追い出そうと画策しはじめたのです」

「もともとはなにをして暮らしを立てておられたのです？」

「さる家中で剣術の指南をしておりました」

「剣術の指南？」

「そうです。こう見えても、昔は中西派一刀流の道場で、寺田五郎右衛門《てらだごろうえもん》、高柳又四郎《たかやなぎまたしろう》、千葉周作らと腕を競い合った仲で、腕を買われて十人扶持を頂戴しておりました」

「そっちの世界は詳しくありませんが、十人扶持というと?」

「五十俵です」

金に換算して二十両くらいになる。

「お一人ですか?」

「天涯孤独です」

「お年寄りの一人暮らしなら十分それで飯が食えた。蓄えもおありだったろうに」

「門弟が四十人ほどいて、のべつ奢《おご》っておりましたから、いつも文無し状態でした」

「そんなとき、突然、お払い箱になった?」

「そうです」

「足の怪我と関係があるのですね」

「まあ、そうです」

「お名は?」

「小関正蔵」

「お住まいは?」

「米沢町《よねざわちよう》二丁目」

「どの辺《あた》りですか」

「両国広小路《りょうごくひろこうじ》の近くです」

江戸一番の盛り場が両国広小路だ。

「しかし、そんなとりとめもない話にわたしとしてはお付き合いしているわけにまいりません。飯を食って出かける支度《したく》をしなければなりませんのでねえ」

「あのオ」

「喜捨《きしゃ》ですか？」

「有体《ありてい》にいうとそうです」

足の怪我をネタに金をせびり歩いているのだ。

「怪我が治ったら、用心棒でもなんでもやって一稼ぎし、お返しします」

「ちょっと待ってください」

以伯は立ち上がって奥に消えた。

施《ほどこ》しをする義理はないが、袖《そで》振り合うも他生《たしょう》の縁という。たしかにあの身体では稼ぎができない。さりとて、物には限度というものがある。いいとこ一両。以伯は南鐐《なんりょう》(二朱銀) 八枚を紙に包み、客間に戻って言った。

「少ないですが、お納めください」

「忝《かたじけな》い。恩に着ます」

小関正蔵は懐《ふところ》に納めて言った。

「もう一度、肩に摑まらせてください」

「どうぞ」

肩を差し出して寄り付きまで送った。

三

以伯の井上家は祖父、父、以伯ともに中神琴渓《なかがみきんけい》の学統で医学を学んでいる。中神大学の出身といってもいい。中神琴渓には三千人の門弟がいたといわれており、なかには江戸に出た者もいる。中神琴渓のところに身を寄せていたときは、できるだけ中神琴渓系の医者との接触を避けた。戸塚玄庵も中神琴渓系といえなくもなく、素性《すじよう》を怪しまれると思ったからである。だが、戸塚玄庵がお縄になったいま、もう気を遣わなくていい。

以伯が中神琴渓の孫弟子について五年の修業をしていたとき、一時期机を並べたことのある遠沢景山《とおさわけいざん》という医者は江戸に出て薬研堀に住んでいる。梅雨時《つゆどき》の夕刻ぶらりと訪ねた。景山は言う。

「江戸へ出てきたのは知っていた」

「戸塚玄庵のところにいたのだ」

「玄庵とはややこしいことがあったんだってなあ」

「そうだ。それで、おぬしを訪ねるのは控えておったのだが、このほど矢ノ倉に一軒家を借り、日々の暮らしもようやく落ち着いたので訪ねたという次第だ」

「時間はあるか？」

「ある」

「飯でも食おう」

景山の馴染みの店に入った。以伯は言った。

「この界隈はなんだかとても賑やかだなあ」

「ここは米沢町三丁目。米沢町にはほかに一丁目と二丁目があり、江戸一番の盛り場両国広小路に隣接しているものだから、食い物屋、居酒屋、煮売り屋などがやたら軒を並べている」

「米沢町？　聞いたことがあるなあ」

「白粉《おしろい》を塗りたくった女を大勢抱えている店がある。おおかたそんな一軒に入ったんじゃないのか」

「そんなんじゃない。界隈を歩くのは今日がはじめてだ。うん、そうだ。おねえさん」

小女《こおんな》に声をかけた。

「なんでしょう？」

「この界隈に剣術の達者な先生で、足に大怪我をなさった方はおられませんか。名はなんといったかなあ」

「小関正蔵先生でしょう」

「そうそう」

「一月ほど前、大家さんが小《こ》石川《いしかわ》の養生所《ようじょうしょ》に送られました」

「小石川の養生所？」

「そうです。それがなにか？」

「いや、なんでもない。有難《ありがと》う」

景山が口を挟《はさ》む。

「小石川の養生所って、どんなところか知っておるか」

「話には聞いている。百十年ほど前の享保《きょうほう》のころ、小川笙船《おがわしょうせん》という医者が建言して小石川の御薬園《おやくえん》内に設けられた官立の療養施設だろう」

「そうだ。これはこの前、さるお人から聞かされたのだが、そもそも病舎は柿葺《こけらぶ》きの建物の中に男女別々の病人長屋、薬部屋、薬煎室《やくせんしつ》、薬調合室、役人詰所、看護や賄《まかな》いの中間《ちゆうげん》部屋、おなじく看護や洗濯の下女部屋、台所などが設けられている。療養の対象となるのは看病人のいない極貧の病人などで、入院料や食事代は無料。布団や夏冬に支給する被服も無料。収容人員は百十七人。療養期間は八ヵ月」

「やけに詳しい」

「聞いたばかりだからなあ」

「さる人というのはなぜ、そんなに詳しい」

「事情があってと言っておこう」

「医者は？　町医か、それとも官医か」

「寄合《よりあい》医師って知ってるか」

「幕府の名門の出身でありながら非役だった医師や役から退いた医師のことだろう」

「さよう。小普請《こぶしん》医師は？」

「おなじく幕府の修業中の医師や腕が未熟な医師などのことだろう」

「さよう。それらの者の中から、養生所に近い本道二人、外科二人、眼科一人を選んで充《あ》て、本道と外科は交互に一日ずつ。眼科は二、三日に一日詰める。小川笙船のそのような建言に時の将軍吉宗《よしむね》公がいたく感じ入って養生所は設けられた」

「そのとおりならたいした療養施設ではないか。さすが大公儀《おおこうぎ》だなあ」

医学館が大学の付属病院なら、養生所は総合病院といっていい。

「当初は小川笙船の構想どおりうまく機能していた。だが、時が経つにつれ、おかしなことになってしまった」

「というと？」

「養生所そのものがどうにもならないほど腐敗してしまったのだが、とりわけ病人の看護、賄い、洗濯のためにおかれている小役人ともいうべき中間や下女が腐敗した。彼らは病人に支給されるはずの飯米、被服、鼻紙、薪炭、髪結い賃、副食物、調味料などの横領や横流しをはじめた。つぎに茶、菓子、煙草、香の物、副食物などを病人に法外な高値で売りつけるようになった」

「本当なら無茶苦茶だ」

「病人は金がないから養生所に入っている。なのに、必要とする物を法外な高値で売りつけられたり、ことによってはそのものずばり金をせびられた。仕方がない。親戚や知人に無理を言って金を借りて間に合わせた。だが、親戚や知人から金を借りられない者もおり、そんな病人や、中間や下女に逆らったり嫌われたりした病人は不潔な部屋に移されたり、放ったらかしにされたり、ときに虐待された」

「まるで地獄だ」

「さっき、おぬしがいった剣術遣いは養生所に送り込まれたのだな？」

「そうらしい」

「なぜだ？」

「金がないうえ、左足の脛を骨折していて、尾籠な話ながら、人の手を借りなければ排便もままならないから相長屋を追い出されるといっていたが、まさかそのようなところへ送られるとは本人も思いもよらなかったろう」

「厄介払いされたというわけだ」

「しかし、なんだ。治療に当たる寄合医師や小普請医師がいるだろう。連中は中間や下女の不正を黙って見ておるのか？」

「腐敗するということでは彼らも変わりない。相応の手当を貰っているにもかかわらず、遅くに出勤して早くに退出する。やがては〝見回り〟と称して縁側ばかりを素通りしてすませるようになり、いまでは〝見回り〟といっても詰所の広縁から病舎を見渡すだけになってしまった。病人の脈を取ったり、容態を診るなど論外で、古参になると月に二、三度顔を出すだけですませている。ために病人長屋は蚤虱《のみしらみ》をうようよ湧かし、部屋の畳には膿《うみ》や血がこびりついていて、大小便さえ時には垂れ流しのままというありさまだ」

「剣術遣いも垂れ流し状態なのか」

「かもしれぬ」

「しかし、おぬし、なぜそんなに詳しい？」

「医者のことを司命《しめい》ともいう。大事な命を預かって療治するからだ。そんな医者として、養生所の現状を放置していいものかどうか。そう考えるお人がおられ、現状把握に努めておられて、折につけ、話に聞かされているからだ。おぬしもひどいと思うだろう」

「思う。この前、多紀元堅という人の案内で医学館の中を見せてもらった。それは素晴らしい施設だった。医学館は若年寄《わかどしより》の支配ということだが、養生所はどこの支配なのだ？」

「町奉行だ」

「町方はなぜそのような現状を放置しているのだ？」

「分からぬ。あるいは私腹を肥やしている中間や下女から袖の下をもらっているので、見て見ぬ振りをしているのかもしれぬ」

「いっそ若年寄の支配に移せばいいのに」

「役所の縄張り意識は強い。町方がそうやすやすと縄張りを手放すとは思えない」

「気になる。明日にでも養生所を訪ね、剣術遣いの様子を見てくる」

「そうするがいい。さて、今日は十分に飲んだ。そろそろ引き上げるとしよう」

「うむ」

外に出て、景山は言う。

「傘を忘れるなよ」

小降りだった雨はあがっていた。

四

大雑把《おおざっぱ》にいうと、神田川《かんだがわ》左岸に広大な御三家水戸《みと》家の屋敷がある。いまの小石川後《こう》楽園《らくえん》だ。その西北方に徳川家康《とくがわいえやす》の母於大《おだい》の方《かた》の遺骸を葬ったこれまた広大な伝通院《でんずういん》という寺の寺域がある。広大な敷地の御薬園はそのまた西北方にあった。いま、その跡地は東大附属の小石川植物園となっている。

以伯は道を尋ね尋ねして養生所に着いた。

町奉行所や、大名屋敷、旗本や御家人の屋敷に看板は掲げられていない。表札もない。だが、ここには門柱に『養生所』と看板が掲げられていた。

中に入ると役人の詰所らしい建物があり、

「ごめんください」

と声をかけて戸を開けた。男がじろりと以伯の風体を見て言う。

「どなたかな？」

「矢ノ倉で医師をやっている井上以伯と申す者です。こちらに小関正蔵という剣術遣いの先生がお世話になっているそうなので、見舞いにまいりました。お取り次ぎください」

「隣に中間部屋があります。そこで聞いてください」

「有難うございました」

景山によると、患者を食い物にしている男たちが屯《たむろ》しているのが中間部屋ということだった。

「ごめんください」

中間部屋の戸を叩いた。

男が二人いて、一人が応対する。

「御用は？」

「こちらに……」

と繰り返しおなじことを言った。

「そこの縁側を歩いていって三つ目の部屋におります」

最初の部屋もつぎの部屋も散らかっていて、胃の中の物を戻しそうな異臭を発していた。

「うっ！」

三つ目の部屋はもっとひどかった。景山から聞いたとおり垂れ流した大小便の臭いがする。奥で目をぎらつかせて居竦《いすく》んでいた男が声をかける。

「もしや」

以伯は言った。

「そうです。あのときの医者です」

「よく、ここにいるのが分かりましたねえ」

「偶然です。足の具合はやはりよくないのですか」

「ええ。ですが、みなさんによくしてもらっておりますから、おいおい治ると思います」

さっきの男が見張るようについてきており、追従《ついしよう》を言っているのだろうが、小関正蔵もひどい扱いというか、虐待を受けているのだろう。

ついてきている男に言った。

「病人を引き取りたいのですが」

自分でも思いがけないことを言った。

「それはいっこうに構いませんが、い、い、いざりも同然ですよ」

「承知しております」

「ただ、米沢町二丁目の名主さん、家主《いえぬし》五人組のみなさんからお預かりしているので、みなさん方の同意書を持参していただかねばなりません」

ごねて金をせびろうというのか。

「分かりました。ほかには？」

「とくにありません」

名主と家主五人組は酔狂なお人もいるものだというような顔をしながら同意書を書いた。

以伯は途中で、着物一揃いに帯、下帯などを古着屋で買い、養生所に引き返した。同意書を渡して言った。

「井戸を使わせてください」

　これまた途中で買った糠袋《ぬかぶくろ》で頭のてっぺんから爪先まで、むろん、汚物がこびりついている尻の穴まで洗い、古着とはいえ、さっぱりしたのを着せ、駕籠に乗せた。小関正蔵は駕籠の中から話しかける。

「家主五人組らにいきなり駕籠に乗せられましてねえ。否応なしに連れていかれたのがあそこです。地獄のようなところでした。命のつぎに大事な刀もあいつらに取り上げられ、売り飛ばされてしまいました」

「治り具合はどうですか？」

「よくなりかけていたんですが、言葉を返すと、骨が折れているところを蹴る。ですから、悪くなる一方でした」

「これからはわたしが面倒をみてあげます。うちでゆっくり養生してください」

「有難うございます。思いがけないことで、涙がでます」

「身の回りの品でなにか必要な物がありますか」

「あります」

「なんです？」

「鈍刀《なまくら》で結構ですので、刀を買っていただけませんか」

「まさか復讐《ふくしゅう》されるというのではないでしょうねえ」

「刀が側にないと落ち着かぬのです。毎晩抱き寝していたようなものですからねえ」

「いいでしょう。たいした物は買ってあげられませんが、適当なのを探します」

帰るとすぐに多紀元堅を訪ねて言った。

「今日、養生所へ行ってきました」

多紀元堅は聞く。

「なんの用で？」

「知り合いが養生所に送られていると聞いて引き取りにいったのです」

「知り合いはなぜ養生所に送られたのかね」

「知り合いというのは……」

と経緯を語って言った。

「養生所は、それはまあすさまじいところでしたが、先生や医学館の方は養生所の実態をご存じないのですか」

「むろん、知っている」

「なぜ、放置しておられるのですか」

「痛いところを突く」

「なぜなのです」

「われらは若年寄の支配。養生所は町方の支配。支配が違うから、口を出せないのだよ」

「でも、病人を療治するということでは医学館も養生所もおなじでしょう。見て見ぬ振りをするのはおかしい」

「わたしは医学館に関わるようになって日が浅いが、関わるようになる前、六、七年前にもなろうか、督事をしていたいまは亡き兄の元胤《もとつぐ》が若年寄の林肥後守《はやしひごのかみ》殿に養生所を医学館の扱いにしてくださいと願った。肥後守殿といえば公方《くぼう》様の覚え目出度《めでた》い実力者で、町方に掛け合った。返事はこうだ。医学館の狙いは養生所の乗っ取りにある。断じて医学館に扱わせるわけにいかぬと。乗っ取りとまで言われたのでは、それ以上あれこれ言えない。言うとごり押しになる。兄は黙って引き下がった。そんなことがあったから、医学館はいま養生所については見て見ぬ振りをしているのだよ」

「じゃあ、養生所のことは放っておくしかない？」

「まあ、そういうことだ」

「町方ですが、町方もおかしい。現状を知らないはずがないのに、どうして放置しているのですか」

「町方には町方の事情があるのだ」

「といいますと？」

「養生所には与力《よりき》が二人、同心《どうしん》が十人詰めている。養生所を医学館の扱いということにすると、与力二人に同心十人は過人《かにん》ということになってしまう」

「過剰人員ということに？」

「町方の与力も同心も事実上は代々相続したが、形の上では御徒《おかち》と同様一代限りの御《お》抱《かかえ》ということになっており、過人ということになると、そっくり役所を追われる。そこで町方は全員が結束して、兄の建言に乗っ取りだと言い掛かりをつけて反対したのだが、連中も養生所の医師と同様、ろくろく出勤しない。だから、中間や下女はやりたい放題ということになる」

「それじゃあ中間や下女とおなじ。病人を食い物にしているということでは変わりない」

「そうなる」

「養生所の設立を建言した小川笙船さんも、建言に同意した吉宗公も、養生所がこんな姿になるなど思いもよらなかったでしょうねえ」

「だろうなあ」

「しかし、それでもなにか立て直す方法があるはず。でなければ養生所の名が泣く」

「おぬしの手に負えることではない。養生所のことは忘れることだ」

「自分の頭の上の蠅《はえ》を追うのが精一杯だというのに、そうでした。忘れることにします」

五

小関正蔵の患部はみるみるよくなり、よくなると、足を引きずりながらだが、猫の額ほどの庭で毎日、刀を抜いたり差したりしはじめた。以伯は聞いた。

「なにをなさっているのですか？」

「居合《いあい》です。刀を抜いたその瞬間、相手を倒すという技です。一人で稽古をするのにはこれが一番なのです」

「雀百まで踊りを忘れずといいますが、あなたと剣は切っても切れない仲なのですね」

「いつまでも厄介になっているわけにはまいりません。できることというと用心棒くらい。どこかに用心棒の口を探して、いくらかずつでも御恩返しをさせていただかねばとこれでも必死なのです」

小関正蔵はやがてすたすた歩けるようになり、毎日出歩いていたのだが、ある日帰ってきて言った。

「おかげさまでやっと用心棒の口が見つかりました」

「それはよかった。して、どこの用心棒ですか」

「蔵前《くらまえ》の札差森田屋《ふださしもりたや》の用心棒です」

「なんですか。札差って？」

江戸にきて三年が経つとはいうものの、往診ばかりの毎日だったから、以伯は世事にとんと疎《うと》い。

「御直参《ごじきさん》には知行《ちぎょう》取りと蔵米《くらまい》取りとがおります」

何百石分と土地を与えられるのが知行取りで、何百俵と米を与えられるのが蔵米取りだ。

「蔵米取りは札差の世話で御蔵の米を受け取るのですが、おうおうにして金に困り、札差から金を借りるようになった。金には利息がつく。札差の身代はどんどん太っていく。一方、蔵米取りが金に困っているという実情に変わりはない。のべつ札差を訪ねては金をせびる。貸す側にも限度がある。請われるままに貸すわけにいかない。貸し渋る。そこで、札差を脅《おど》し賺《すか》しして、時に力ずくで金を借りようとする者が横行しはじめて、これはたまらぬと自衛のため、札差が雇うようになったのが用心棒というわけです」

「でも、もうお歳だ。よく雇ってもらえましたねえ」

「これでも昔は江戸で五本の指に数えられたことのある剣術遣いです。それを森田屋の番頭さんは知ってましてねえ。即決です」

「それはよかった」

「住み込みで三食付き。給金は年に五両。とりあえず二両をお渡しします」

「無理はなさらないでください」

「なにをおっしゃる。無理などしておりません。それじゃあ、また」

六

下谷広小路の顔役黒門《くろもん》の潮五郎《ちょうごろう》には四天王と言われている四人の子分がいた。この日、潮五郎は難しい顔をして四人に招集をかけた。集まった四人も難しい顔をしている。それもそのはず。黒門一家の浮沈にかかわる大事が出来《しゅったい》していたからだ。

重村丹後守から御暇を申し渡された早瀬小弥太は、丹後守の屋敷が下谷にあったことにとて、一帯をぶらつきはじめた。下谷は本所《ほんじょ》と並ぶ不良御家人の巣で、小弥太は腕に物をいわせてたちまち不良御家人十人ばかりを束ねる仲間の頭株になり、界隈を我が物顔でのし歩くようになった。

やがて、小弥太は黒門一家の縄張りを荒しはじめた。あちらの店、こちらの店からショバ代という掠《かす》りを取るようになった。界隈には松坂屋《まつざかや》という大店《おおだな》がある。黒門一家にとって松坂屋は大旦那だが、小弥太は松坂屋にも手を出すようになった。

およそ五十人いる黒門一家の身内も荒くれぞろい。だが、下谷組と名乗るようになった小弥太の仲間はいずれも腰に二本を差している剣の達者だ。何人かが歯向かっていったのだが、軽くあしらわれて、ときにひどい怪我をさせられた。

怪我もむろん、させた者は相応に罰せられる。だが、俠客《おとこだて》だと男を張っている者が、怪我をさせられましたなどとみっともなくって御番所に訴えるわけにいかない。泣き寝入りした。だけでなく、黒門一家の者は下谷組を恐れるようになって、姿を見かけたらすごすご逃げ隠れする始末。それを町の者は目引き袖引きして笑う。黒門一家はなんとも情けない一家になり果ててしまった。

それでも潮五郎はじっと我慢をしていたのだが、とうとう堪忍袋の緒を切ることになった。小弥太がとんでもない不届きを仕出かしてしまったのだ。潮五郎は彼らの世界でいう博奕打《ばくちう》ちである。賭場を開いて客を呼び、テラ銭をとっている。いまでは影富《かげとみ》の上がりが四割近くを占めるようになったが、テラ銭の上がりも四割近くを占めていた。その大事な米櫃《こめびつ》に小弥太率いる下谷組は手を突っ込むようになったのだ。

博奕はむろん御法度《ごはっと》である。ただ、大名や旗本の屋敷は治外法権になっており、町方は御用と踏み込めない。そこで、おもに中間部屋で博奕がおこなわれるようになった。むろん、潮五郎も旗本の中間部屋を借りて賭場を開いていたのだが、一年ちょっと前に火盗 改《かとうあらため》の松浦忠右衛門《まつうらちゅうえもん》の屋敷に潜り込んでいた三之助《さんのすけ》がおなじ火盗改の矢部《やべ》彦五郎《ひこごろう》の縄にかかってからというもの、ほかの博奕打ちと同様自重するようになった。首を竦めていた。

小弥太だって、下谷の出来事だから、三之助の一件は知らないはずがないのに、とぼけてさる旗本の屋敷の中間部屋で賭場を開くようになった。なんだかんだといっても、潮五郎らにいわせれば小弥太は素人《しろうと》である。素人が賭場を開くということだけでも許せることではないのに、あろうことか、小弥太は札差を客に引きずり込みはじめた。

武陽隠士《ぶよういんし》というペンネームの人が著した『世事見聞録《せじけんぶんろく》』なる著にこんなことが書か

れている。

「(札差は九十六人いて当主は)退屈の紛《まぎ》れに賭ケ碁、賭ケ将棋をなし、甚《はなは》だしきに至りては小判金を並べて博奕をするなり」

札差が暴利をむさぼっていたことはよく知られているが、武陽隠士によれば札差九十六人は年間「凡《およ》そ三十万両」も儲けていたということで、それゆえ博奕をするといっても半端ではない。五百両、千両といった大金を涼しい顔をして動かす。テラ銭をとる胴元にとってこれほどおいしい客はいない。

小弥太の下谷組はそのおいしい客に誘いをかけるようになった。博奕好きの札差も三之助の一件があって自粛していたが、一年余が過ぎると、寝た子が起きるように、博奕の虫がうごめきはじめており、時宜《じぎ》としてはぴったり。そろりそろりと下谷組の賭場に顔をだしはじめた。

「これだけは許せない」

潮五郎は額に皺《しわ》を寄せて言う。

「なんとしてでも、下谷組の賭場を叩き潰さねばならぬ。でなければおれらは大きな顔をして生きていられない。どうしたらいい」

四人はうつむいたまま黙している。

「そうだ」

繁蔵《しげぞう》というのが声をだす。

「なんだ」

「山伏井戸《やまぶしいど》に小野左大夫《おのさだゆう》という火盗改がおりますよねえ」

「ああ」

「観音政五郎《かんのんまさごろう》親分のところの熊蔵《くまぞう》さんを賭場開帳の一件で引《ひ》っ括《くく》り、しくじるということがありました」

「政五郎さんが評定所《ひょうじょうしょ》に呼び出されたり、それがきっかけで文吉《ぶんきち》を預かることになった一件だ。それがどうした？」

「下谷組の賭場を小野左大夫にちくったらどうでしょう？　聞くところによると、小野左大夫は博奕の現場を押さえようと鵜《う》の目鷹《たか》の目だそうですから、すぐに飛びつくと思います」

「馬鹿野郎！　博奕打ちが仲間を売るようなことをしてどうする。笑い物になる。大きな顔をして渡世ができなくなる。博奕打ちの面汚しだ。要は力ずくで、あいつらを下谷から追い出すしかないのだが」

と四人の顔を順に見渡して言った。

「お前たちに、その度胸はないよなあ」

「鉄砲玉を差し向けましょう」

常次《つねじ》がいう。

「鉄砲玉？」

「そうです」

「身内にそんな根性のあるやつはいるのか」

「一人います」

「誰だ？」

「文吉です」

「文吉？」

「そうです」

「あいつはまだ十五というのに根性がしっかりしてます。それに前髪が取れたばかりという年頃なので、小弥太も油断するでしょう。小弥太さえ仕留めてしまえば、後の連中はわたしらでもなんとかなります」

「でも文吉は政五郎さんからの預かり者だ」

「一宿一飯《いっしゅくいっぱん》の恩義というではありませんか。先に文吉の気持ちを聞いてみましょう」

「よし、じゃあ、文吉を連れてこい」

文吉は例によって日中は影富を売り歩いている。若い者が手分けをして文吉を探し、文吉は潮五郎の前にかしこまった。常次が切り出す。

「人を殺してもらいたい」

文吉は首を傾《かし》げて言った。

「人を……殺す？」

「そうだ」

いつかはそんな用をいいつかる。それをどう切り抜けるかで、自分の立ち位置は決まる。そこが大袈裟《おおげさ》にいえば天下分け目の時と覚悟はしていたが、こんなに早くその時がくるとは思ってもいなかった。常次は念を押す。

「やってくれるな」

一宿一飯の恩義がある。逃げるわけにはいかない。文吉は言った。

「やります。誰を殺ればいいのですか？」

「下谷組の小弥太《やた》だ」

「はあ？」

「知ってるだろう」

「あの、仁王のような大男をですか」

「そうだ」

「うーん」

「殺れるな」

「真っ向勝負というわけにはまいりません。捻り潰されます。すると闇討ちということになりますが、どんな手があるのか」

潮五郎が言う。

「下総《しもうさ》の銚子《ちょうし》に五郎蔵《ごろうぞう》というおれの兄弟分がいる。添書《てんしょ》を持たせてやるから、仕留めたら銚子へ走れ。三、四年も銚子でのんびりしていればほとぼりも冷めるだろう。呼び戻してやる。万が一、不手際があって捕まったとしても、十五歳以下は人を殺しても遠島《えんとう》だ」

『御定書《おさだめがき》』にこうある。

「子心にて弁《わきま》えなく、人を殺し候もの
　十五歳迄　親類江預置　遠島　」

「遠島になったとしてもお前はまだ若い。いずれ御赦《ごしゃ》で帰ってこられる」

みんな闇討ちが成功することしか考えていない。返り討ちに遭うなど想像もしていない。

かりに首尾よく、匕首《あいくち》を小弥太の土手っ腹に突き刺すことができたとしても、肉が厚い。即死というわけにはいかず、一捻りに捻り潰されてしまう。毒飼《どくがい》（毒殺）という手もあるが、どうやって飲ませる。だいいち、毒薬をどうやって手に入れる。

仕留めるのなら、相討ちを覚悟せねばならぬ。こっちも死ぬつもりでかからねば、あの化物のような男を殺すことはできない。分かった。腹を決めよう。死ぬ気でかかろう。文吉は言った。

「分かりました。殺ります。闇討ちにしろ、死ぬ気でかかります」

潮五郎は額の皺を伸ばして言う。

「そうか。殺ってくれるか。ちょっと待ってろ」

潮五郎は奥に引き込み、戻って、封書を文吉に渡して言う。

「これは五郎蔵への添書だ」

つぎに紙包みを渡して言う。

「これは銚子への路用や当座の小遣いだ。十両ある。足りなくなったら手紙を寄越せ。送る」

さらに短刀《みじかがたな》を文吉の前に置いていう。

「これはおれが長年愛用している黒檀《こくたん》の短刀だ。無銘だが刀剣商の見立てによると、備前《びぜん》の優れ物らしい。見事、小弥太の土手っ腹に風穴を開けてくれ」

「有難うございます。ただ、小弥太が毎日どう動いているかなどを念入りに探らなければならず、今日明日というわけにはまいりません。七日から十日ほど時間をください」

「そりゃあそうだ。段取りはすべてお前に任せる」

「それじゃあ、今日ただいまから仕事を上がらせていただいて、勝手をさせていただきます。よろしいですね」

「うむ」

繁蔵が下卑《げび》た顔をして言う。

「筆下しがすんでいるのかいないのかはしらぬが、馴染みの女がいるのならしっぽり濡れるがいい」

文吉は鋭い視線を繁蔵に送って言った。

「ご免ください」

死ぬと腹を固めたからには、挨拶をしておかなければならない人が三人いる。父上（紋蔵《もんぞう》）、母上（里《さと》）、それに兄貴（岩吉《いわきち》）だ。

紋蔵が役所から帰っている頃を見計らって八丁堀の紋蔵の家を訪ねた。

「あら、どうしたの。こんな時刻に？」

迎えた里が訝《いぶか》って聞く。

「しばらく旅に出ることになりまして、父上、母上、姉上に挨拶に伺《うかが》いました」

「父上は大竹《おおたけ》さんが呼びにきて出ていきました。多分、若竹《わかたけ》でしょう。妙《たえ》はお三味線のお浚《さら》い（発表会）が間近に迫っていて、この時間もまだ豊勝《とよかつ》さんとこでお稽古なの」

「これから若竹を訪ねます。母上にはいろいろお世話になりました。有難うございました。姉上にもよろしくお伝えください」

文吉は深々と頭を下げた。

「なによ、いまさらあらたまって。嫌アねえ。それでどこへ行くの」

「頭《かしら》の用でしばらく銚子に」

まさか、あの世にというわけにもいかずに言った。

「銚子って下総の？」

「そうです」

「なんでそんなところへ？」

「しばらくそこで飯を食ってろということになったのです」

「あなた方の稼業も大変なのね」

「生きていくためです。失礼します」

文吉はその足で若竹に向かった。

「あら、文吉さんじゃない」

こちら向きだったちよと目が合った。

「どうしたの？」

ちよはこの前訪ねてきた。柳橋《やなぎばし》で芸者にでる。暮らしはなんとかなる。だから一緒になろうと言う。髪結いの亭主にはなりたくない。男一匹、自分の稼ぎで飯が食えるようになるまで待ってくれといって別れたばかりだ。さすがに死ぬと決まって、顔を合わせると、なんとも気持ちが遣る瀬なく、その場にへたり込みそうになったが、気を取り直して言った。

「父上は？」

「見えてませんよ」

「大竹さんは？」

「大竹さんも見えてません」

例によって同席していた徳兵衛が口を挟む。

「飯はまだなんだろう。食っていけ」

まだだが、文吉は言った。

「すませました」

「そうか。稼業はうまくいってるか」

「まあまあです」

「困ったことがあったらいつでも訪ねてくるんだぞ」

困ったことどころではないのだが、

「はい、そうします。有難うございます」

と言って、板場の親父に聞いた。

「父上と大竹さんがほかにいく馴染みの店をご存じありませんか？」

「三四《さんし》の番屋の近くの一膳飯屋でたまに一杯飲《や》るとは聞いていたが、八丁堀まで帰ってきて、わざわざあんな遠くまで出かけていくとは思えないしね。この近所で馴染みの店というのは聞いたことがない」

念のためにと文吉は金吾《きんご》の家を訪ねた。金吾も紋蔵もいなかった。その足で岩吉を訪ねた。どこに出かけたのか、岩吉にも会うことができなかった。

七

その夜、紋蔵と金吾は吟味方《ぎんみがた》与力蜂屋鉄五郎《はちやてつごろう》の家にいた。

前夜、養生所詰めの泊まりの同心二人が惨殺された。泊まりの中間二人に下女二人もだ。ご丁寧に自宅にいたあとの中間三人下女三人も惨殺された。つごう十二人が惨殺されるという前代未聞の凶悪事件に、この日、御番所は北も南も震撼した。ただし、騒ぎ立てるわけにいかない。下手人は養生所に遺恨を持つ者で、養生所で日頃なにがおこなわれているかを、町方の者はみんなうすうす知っている。騒ぎ立てれば、大量殺戮だけでなく養生所の不始末があっという間に世間に知れ渡る。

廻り方の役人や検視役人は総出で死骸の処理に当たったが、内密のこととし、その日、公表は控えられた。紋蔵ら内勤の役人もすぐになにが起きたのかを知った。だが、養生所の存亡に関わる容易ならぬ事態である。あちらでひそひそ、こちらでひそひそやるものの、なす術《すべ》もなく、上からの指示を待ったが、とうとう指示は下りなかった。

その日、金吾は自宅で殺された中間の家に検視役人と出かけていった。凄腕なのだろう。袈裟懸《けさが》けで一刀の下に切り殺していた。家には女房子供がいたが、悲鳴を聞かなかったから気がつかなかったのだという。

現場に出かけていった者の声を突き合わせると、賊は一人で、相当の遣い手ということになった。金吾はいったん報告に御番所に戻った。蜂屋鉄五郎はたまたま金吾を見かけ、呼び止めて言った。

「藤木《ふじき》も誘って、今夜我が家にきてくれぬか」

言われたとおり、金吾は紋蔵を誘って、蜂屋鉄五郎宅を訪ねたというわけだった。

蜂屋鉄五郎は言う。

「今日は北の御奉行とお偉いさんら三人が南に見えて、われら南の御奉行ら四人、つごう八人で、対応策を話し合ったのだが、小田原評定になってしまい、どうすればいいかの結論はでなかった。なにかいい思案があったら聞かせてくれ」

金吾が言う。

「十二人も殺されたのです。人の口に戸は立てられません。公表して賊を追う。これしかありません」

「養生所に詰めているのは中間、下女ともに五人ずつ。合計十人。十人がおなじ晩にそっくり殺された。世間はなんと思うかなあ」

「養生所が腐敗しきっているということを、世間はうすうす知ってます。ですから、虐待された者か、その親族などが報復のためにやったと思うでしょうねえ」

「だろうなあ。養生所はわれら町方の支配だったのだから、誰彼に遺恨など持たれぬように気を配っておくべきだった。藤木はどう思う?」

「殺されたのは養生所に関係している者というのはあえてとぼけて、どこそこにいる者がどこそこで殺されたということにすればいいのではないのですか。そりゃあ、あれこれ詮索する者もおりましょうが、役所としては黙殺するしかない」

「それも手だなあ」

「それより、十二人を殺した賊を早く探して引っ括ることです。引っ括れば、市中の話題はその男に向かいます。なにしろ、走り回って、一晩で十二人を殺したのですからねえ。どんな凶悪な顔をしているのだろう、一目この目で見ようと、小伝馬町の牢の周辺は人だかりで、養生所のことなど世間は忘れてしまうと思います」

「そううまく運ぶかなあ」

「なんなら、小伝馬町の牢に送る前に、市中を引き廻してもいいし、処刑するときも市中を引き廻せばいい」

「金吾」

「はい」

「賊の目星はついているのか」

「いいえ」

「養生所にいる病人にそんな真似はできないから、病人の関係者ということになろう。みんなで手分けして当たってみてくれ」

「承知しました」

八

どこで小弥太を殺るか。あの日以来、文吉は寝る間も惜しむほどに考えている。下谷組の賭場は難しい。だいいち、髭《ひげ》も生えていないガキが賭場に潜り込むなどできることではない。家に忍び込むか。小弥太は二階家を借りて二階に起居し、一階に居候を三、四人住まわせている。しかも、二階には女を引きずり込んでいる。とても近寄れるものではない。

するど、往来で、いきずりにということになる。それでしか、小弥太には接近できない。梅雨が長引いていて、ぐずついた陽気がつづいている。傘を差して近づけば、小弥太も油断するだろう。そこをぶすりと殺る。肉は厚いだろうが、不死身ではないだろう。血も出るだろう。とっさのことだから驚いて、慌てもするだろう。そこをぐりぐりと掻き回す。うん、これでいこう。

そう考えて文吉はその日、朝から小弥太の二階家の周辺を、傘を差しながらうろついた。

うん？

なにやら、様子がおかしい。若い衆がしきりに出たり入ったりしていて、下谷組らしい二本差しが二人、三人と中に入っていく。

やや？

坊主と早物屋が連れ立ってやってきた。ということは死人が出たということではないのか。

検視の役人もやってきた。死人が出たのに違いはないが、じゃあ、誰が死んだ。まさか、いや、まさかだ。小弥太が殺されたのだ。慌ただしく、二階家から出てきた早物屋に聞いた。

「小弥太さんが亡くなられたのですか」

「知り合いか」

「へえ、かわいがってもらっている近所のガキです」

「昨夜《ゆうべ》、何者かに忍び込まれて殺されたということだ」

「それじゃあ、お悔みに伺います。有難うございました」

文吉はその足で潮五郎の家に向かった。

「なにイ、小弥太が殺された。本当か」

潮五郎は目を剝《む》いて聞く。

「本当です」

「お前が殺ったのか」

「殺ろうと思って、朝から小弥太の家の周りをうろついていたら、様子がおかしい。家から出てきた早物屋に聞いたら、昨夜、小弥太は何者かに殺されたと」

「何者かというのは分からぬのか」

「いまのところ」

「ふーん。そうか、ご苦労だった」

「銚子にいかなくてすむようになりましたので、添書に、十両、黒檀の短刀はお返しします」

「添書はもらおう。十両と短刀はくれてやる。お前もそれなりに腹を括って動いたのだからなあ」

「それじゃあ、いただいておきます」

「繁蔵ら四人にすぐ集まるように触れてまわってくれ」

「承知しました」

その頃、大竹金吾は矢ノ倉の井上以伯の家を訪ねていた。金吾は言った。

「朝早くに申し訳ありません。以伯先生にお取り次ぎください」

以伯は寄り付きに出て聞いた。

「なんの御用でしょう」

「藤木紋蔵さん、ご存じですね？」

「ええ、よおく」

敵討ちか主殺しかで、以伯は紋蔵から諫《いさ》められて敵討ちはあきらめた。

「わたしは藤木さんと懇意にしている南の定廻《じょうまわ》りです。お伺いしたいのは藤木さんのこととは関係ありません。この前、あなたは養生所を訪ねて、足の怪我で身動きがとれなくなって養生所に送られていた小関正蔵という剣術遣いを引き取られたそうですねえ」

「ええ、引き取らせていただきました。それがなにか？」

「いまもおられますか」

「いいえ、怪我は治った、よくなったといって出ていかれました」

「どちらへ」

「蔵前の森田屋とかいう札差のところです。そこでいうところの用心棒をなさっているとおっしゃってました」

「蔵前の森田屋ですね」

「そうです」

「有難うございました」

「小関さんになにかあったのですか」

「お尋ねしたいことがありましてね。詳しいことはのちほど」

金吾は森田屋の敷居をまたいだ。

「小関正蔵さんですか？」

番頭は首を捻る。

「そんなお方は家におられませんよ」

「たしかですか」

「ええ」

踝《くびす》を返したところへ、仲間が足早にやってきて言う。

「下谷で殺しがあったそうなのだ。殺されたやつはたいした遣い手だそうなのだが、するとと殺したやつはもっとたいした遣い手ということになる。ひょっとして……と思わぬか」

「養生所殺しの賊と同一人物？」

「そうなのだ」

小弥太は心の臓を一突きで殺されていた。添い寝していた女にも気づかせぬほどの早業だったということで、小弥太と小関正蔵との因縁もすぐに分かった。

その後、小関正蔵の消息はぷっつり消えた。元の住まい、米沢町二丁目の名主や家主らが小関正蔵からたっぷり油を絞られ、二十両ばかり巻き上げられたということだったから、あるいはそれを元手に旅に出たのかもしれず、賊をさらし者にして、話題をそちらに向けようとした紋蔵の思惑は外れ、江戸はひとしきり養生所の話で持ちきりになった。

鳶に油揚げ

一

「申し上げる」

御番所の庭にも槙《まき》や松など何本か木が植えてあり、どこから飛んでくるのだろうか、蟬《せみ》が朝からかしましく鳴き喚《わめ》いている。どうやら、猛暑だったさすがの夏も終わりに近づいているらしい。

「申されよ」

当番与力の助川作太郎《すけがわさくたろう》が応じる。ここは南の諸願・諸届を受け付ける当番所。この日は紋蔵《もんぞう》ら三番組が当番で、紋蔵も当番所に控えている。

「それがしは、源助町幸兵衛店《げんすけちょうこうべえだな》に住まいしている浪人江藤弥五郎《えとうやごろう》と申す」

浪人にしてはこざっぱりした格好をしていると、ちらっと目で追いながら紋蔵は筆を走らせている。

それで？　とばかりに助川作太郎は扇子《せんす》を膝《ひざ》に立て、顎《あご》を心持ち突き出している。

「宇田川町《うだがわちょう》に住む鍵直し源太兵衛《げんたべえ》殿の肝煎《きもい》りで、このほど浜松町《はままつちょう》四丁目の車引き市兵衛《いちべえ》殿の娘たま殿を女房に迎える約束をいたし、市兵衛殿と証文も取り交わし、結納金《ゆいのうきん》として二十両を渡し申した」

「待たれよ」

「と申されると？」

「二十両と申されたなあ？」

「いかにも、申した」

「二十両といえば大金。浪人者のそこもとにぽんと叩《はた》ける額ではない。どうやって稼がれた？」

「それがしは野州《やしゆう》の在《ざい》の郷士《ごうし》で、二十年ばかり前に思うところがあって先祖代々の田畑を叩き売り、相応の金を懐に江戸にまいった。ただ、金を遊ばせておくのももったいないので、小金を融通《ゆうずう》して利殖をしており申す。二十両というのはそれがしにとって、たいした額ではござらぬ」

紋蔵は心の中で、へえー、そんな浪人もいるのだ、世の中は広いと妙に感心して聞いている。

「つづけられよ」

「支度《したく》がととのいましたら、嫁がせていただきますとのことで待っていたところ、いっこうに嫁いでくる気配がない。肝煎りの源太兵衛に『どうなっているんだ』と問い合わせたところ、二、三日経っての返答に、増上寺《ぞうじょうじ》の切通《きりとお》しの煮売り屋に嫁いでいると。それがしとしては騙《かた》りに遭《あ》ったようなもので、憤懣《ふんまん》遣《や》る方《かた》ない。そこで、それでも嫁いでくるというのなら、煮売り屋の男のことは水に流して迎える。さもなければ二十両を返してもらいたい。二つに一つで、どっちかを選ぶようにと言ってやったのですが無視してうんともすんとも言ってこない。そんな次第で、そちら様から言って聞かせていただこうとお願いに上がったのでござる」

「増上寺の切通しの煮売り屋に嫁いでいるのでござるな」

「さようでござる」

「追って沙汰《さた》いたす。今日のところは引き取られよ」

「よろしくお願いいたす」

江藤弥五郎が下がって、助川作太郎は紋蔵に話しかけた。

「結納金をもらっていながら他の男に嫁ぐ。奇妙な話だな」

「そうですねえ」

「だが、たまという女に聞いてみれば、立ち所に真相は分かる。明日にもここに顔を出すように御差紙《おさしがみ》をつけてくれ」

「承知しました」

南北ともに、与力と同心は一番組から五番組まで五組に分かれていて、各組は数人が六日ずつ当番所に詰める。紋蔵らはこの日が初日だから、当番所勤務はまだあと五日ある。

御差紙にはすべて五つ（午前八時）に顔を出すようにと認《したた》めてある。ただし、呼び出しが何時になるかは役人の都合次第。下手をすると、丸一日を潰されることもある。

当番所にやってくる者の用はありきたりの諸願・諸届。あくびを噛み殺しながらの受け付けが多いが、翌日助川作太郎は興味津々《しんしん》で、真っ先にたまを当番所に呼びつけた。助川作太郎は言った。

「名を名乗れ」

「増上寺切通しの煮売り屋、三次郎《さんじろう》の連れ合いたまでございます」

紋蔵もどんな女か興味がある。見下して顔を見た。なかなかの器量よしだ。江藤弥五郎は、「それでも嫁いでくるのなら水に流して迎える」といった。一目惚《ひとめぼ》れしたのかもしれない。助川作太郎は呼びかける。

「たま」

「はい」

「浪人江藤弥五郎。知っておるな?」

「存じております」

「昨日、ここへまいってのオ。宇田川町の鍵直し屋、源太兵衛の肝煎りでそのほうを嫁に迎えることになり、結納金として二十両を渡したが、いっこうに嫁いでこず、源太兵衛に頼んで調べてもらったところ、なんと切通しの煮売り屋に嫁いでおったと。相違ないか」

「話がまるで違います」

「どう違う?」

「わたしがお借りしたのは十五両で、それは結納金として頂いたのではありません」

「借りた?」

「そうです」

「江藤弥五郎殿は二十両と申しておる。証文もあると」

「証文はあとで五両を足し、お父《と》っつぁんに書かせたもののようで、なにが書いてあるかをわたしは存じません。とにかく、十五両をお借りしたのです」

「なにを担保《かた》に？」

「担保はありません」

「担保なしに十五両も貸すお人よしがこの世知辛い世にいると思うか？」

「でも本当に貸してくださったのです」

「十五両か二十両かは知らぬが、それは結納金だろう？」

「いいえ、違います」

「江藤弥五郎殿は自分のことを金貸しだと申しておる。結納金でなく、かつ担保もとっていないということであれば、さぞかし金利は高かったろう。どのくらいだ？」

「暴利をむさぼる人ではないとお聞きしていました。それでも恐る恐る金利はいかほどでしょうかとお聞きしたら、気持ちでいいと」

「そんな金貸しがこの世のどこにいる？」

「それがおられたのです。世の中には奇特な人もおられるのだと狐につままれたような気でいたところ、後になって、あれは結納金だと」

「聞くが借りたのが十五両だったとして、十五両は大金だ。そんな大金、なぜ必要だったのだ」

「話せば長くなりますが、よろしいのですか？」

「聞かせてもらおう」

「わたしは年に三両二分で芝口《しばぐち》一丁目の生薬屋《きぐすりや》に年季奉公をしておりました。あるとき、車引きのお父っつぁんが、車を引いていてお年寄りを大怪我《おおけが》させた、見舞いに三両くらい包まないと相手がおさまらない。なんとかならないかと。わたしは奉公先ではわりと信用されておりました。そこで、大番頭さんに頭を下げて給金の前借りをさせていただきました。その後、おっ母《か》さんが長患《ながわずら》いして、お父っつぁんがまたやってきて三両ほど用立ててもらいたいと。大番頭さんにまたまた前借りをお願いすると、大番頭さんがおっしゃるのに、それはいいが、まる二年はお仕着せで過ごさなければならない、晴れ着の一枚も買えないんだよと。それでも背に腹はかえられません。つごう七両を用立てていただきました。江藤弥五郎様は源太兵衛さんのことを肝煎りとおっしゃってたそうですねえ」

「うむ」

「源太兵衛さんは肝煎りなんかではありません。源太兵衛さんのお女房《かみ》さんがわたしが年季奉公している生薬屋さんで通いのおさんどんをなさっていて、かねて江藤弥五郎さんのことを筋のいい金貸しだとおっしゃってたものですから、七両ほどお借りしたいのです、口を利いていただけないかしらということで、話ははじまったのです」

「七両は前借りを返すためだな」

「そうです」

「返してどうするつもりだった」

「いま所帯を持っている三次郎とは幼馴染《おさななじみ》で、いずれ一緒になろうと誓い合っていたのですが、年季奉公が長引きなかなか一緒になれない。ですからこの際、三次郎と一緒になって、二人して働いて七両を返そうと。それで、源太兵衛さんに案内してもらって江藤弥五郎さんのところにお邪魔して七両をお貸し願えませんかとお願いすると、思いがけないことに十五両をお貸ししましょうと。証文は？　と聞きますと、あなたは信用のできるお人だ、証文など必要ないでしょう。金利はとお尋ねすると、気持ちで十分ですと」

「そんな金貸しがこの世にいるものか」

「わたしもおかしいなあとは思ったのですが、ご本人は結納金のつもりだったんでしょうねえ。わたしとしては思いがけなく十五両が入り、七両を前借り分に充《あ》てると八両が残る。そこで、すぐさま三次郎と相談して切通しの煮売り屋を売据えで買い求め、二人して懸命に働いて、江藤弥五郎さんに十五両をお返しするつもりだったのです」

「おまえの言い分はよく分かった。江藤弥五郎殿の勝手な思い込みが話をもつれさせたのであろう。どっちにしろだ。三次郎と別れて江藤弥五郎殿に嫁ぐ気はないのだな?」

「もちろんです」

「十五両をすぐには返せない?」

「すぐには返せませんが、きっと、必ずお返しします」

「分かった。追って沙汰する。今日のところは引き取れ」

たまが下がって、助川作太郎は紋蔵に話しかけた。

「江藤弥五郎が訴訟をしたとしてもおそらく勝ち目はないだろう。訴訟するならすればいいと申し渡して、この件は幕を引こう」

二

「どうにも腑《ふ》に落ちないんだ」

いつもの若竹《わかたけ》で、金吾《きんご》、金右衛門《きんえもん》、徳兵衛《とくべえ》らと輪になって酒を傾けていて、紋蔵は独《ひと》り言《ごと》をつぶやくように言った。

「なにがです？」

金吾が相槌《あいづち》を打つように応じる。

「源助町の浪人が婚約不履行の訴えを起こしたのだが、これが結構な金貸しで、どうやって資本《もとで》を稼いだのかと聞くとこう言う。『それがしは野州の在の郷士で、思うところがあって先祖代々の田畑を叩き売り、相応の金を懐に江戸にまいった。ただ、金を遊ばせておくのももったいないので、小金を融通して利殖をしており申す』。だから、二十両やそこらの金はそれがしにとってはたいした額ではないのだと。在の郷士で、先祖代々の田畑があるのなら、なに不自由なく、裕福に暮らせるはず。また、在では村人からそれなりに敬意を払われているはず。思うところがあってというが、なにが悲しくて先祖代々の田畑を叩き売って、江戸で金貸しなどやらねばならぬ」

「たしかに」

と金吾は言ってつづける。

「在の郷士ではなく、水呑《みずのみ》かなんかで、資本は押し込みを働いて、ふんだくったものじゃないかと紋蔵さんは疑ってるわけだ」

「さよう」

「どこからやってきたのか、人別帳で確かめて、在にいってたしかめればすぐに分かることだが、暇もなければ路用もない」

「それはわたしもおなじ」

「路用はわたしが持ちましょう」

と徳兵衛。

「大竹《おおたけ》さんが使っておられるお身内衆のうち、これはという方を送られたらどうです」

「どうしてそんな提案を？」

「浅草《あさくさ》をぶらりとうろついていたときのことです。鰻屋《うなぎや》で隣り合わせた人となにげなく口を利き、馬が合うというか、話が弾みましてねえ。酒を酌み交わしながらお互いの商売のことなどを話し合いました。その方は上州《じょうしゅう》館林《たてばやし》の方で、味噌・醬油・酒などを手広く製造されておりましてねえ。相当の資産がおありだということでしたが、あるとき、押し込みにあって、手許にあった金、三百両をふんだくられたそうです」

紋蔵は話の腰を折った。

「いつごろのことですか」

「かれこれ二十年くらい前でしょうか」

「野州の在の郷士が先祖代々の田畑を叩き売って江戸にやってきたというのも二十年くらい前。まさかとは思うが」

「むろん、館林のお人、惣兵衛《そうべえ》というのですがね、惣兵衛さんの身代は三百両くらいふんだくられても、びくともするものではなかったのですが、それでもやはり悔しかったんでしょう。しばらくは毎年のように江戸に出てきて、怪しい臭いのする男たちを嗅ぎまわっておられました」

　金吾が聞く。

「賊は何人だったのですか」

「三人」

「手荒な真似は？」

「押し込んだのは惣兵衛さんの別宅で、奥さんと二人きりのところを押し込まれたのだそうで、二人とも猿轡《さるぐつわ》を噛《か》まされて布団でぐるぐる巻きにされたそうです」

「人相は？」

「その日は十五夜で、奥さんと遅くまで月見をしていて、うとうとしたところを押し込まれたそうなので、二人とも月明かりに照らされた賊の顔をはっきり見たそうで、念のために眉、目、鼻、口などの特徴を忘れないように書き留めていたそうです。毎年のように江戸にやってきていたのも、人相をはっきり覚えているからだとおっしゃってました」

「そういうことでしたら、徳兵衛さん、もう一人分路用の面倒を見ていただけませんか」

「それはいっこうに構いませんが……」

「この八丁堀《はっちょうぼり》に友蔵《ともぞう》という腕のいい似絵師《にせえし》がおります。友蔵を一緒に館林にやって、似絵を描かせるのです。似絵が源助町の浪人とぴったり一致すればめでたしめでたしとなるのですが、一致しなくとも、木版にして手先に持ち歩かせれば、賊は三人。一人くらいは引っかかりましょう」

徳兵衛は懐から紙入を取り出し、二十両を金吾の前において言う。

「一人十両。二人で二十両。お願いしましたよ」

「それはちょっと多すぎる」

五両もあれば十分なのだが、

「なに、旅には金がかかります。不足するよりもいい。余ったら小遣いにでもするように言ってください」

「それじゃあ、明日にでも手配します」

紋蔵の独り言のようなつぶやきが思いがけない運びとなった。

三

博奕《ばくち》はおもに大名屋敷や旗本屋敷の中間《ちゅうげん》部屋でおこなわれるが、船の中でおこなわれることもあった。客を乗せて大川なり、江戸前の海にでる。そこで開帳する。町方としては後を追いにくいし、追っても御用と踏み込みにくい。相も変わらず、手柄を立てようと功を焦っていた火盗改《かとうあらため》の小野左大夫《おのさだゆう》は組下の与力・同心に命じて、これという船に目星をつけろと命じた。

汐留《しおどめ》にも数軒の船宿があり、屋形船、屋根船、猪牙舟《ちょき》などが繫《つな》がれていた。屋形船は大きすぎる。屋根船に乗れるのは数人くらい。博奕をやるには格好の大きさで、そのうちの一艘で夜な夜な博奕がおこなわれていると、組下の同心が聞き込んできた。

船は月夜の明かりを頼りに沖へ繰り出していく。問題の船をつけようとあらかじめ船を予約すると筒抜けになる。船を見張り、客が乗り込むのを確認して、御用と踏み込む。段取りとしてはそうするのがいい。

その夜、小野左大夫らは蕎麦屋《そばや》で待機して、見張りからの知らせを待った。

まだ残暑がきつい。蕎麦屋は表戸を開けっ放しにしている。

スタ、スタ、スタ。

足音が近づいてくる。小野左大夫は手にしていた猪口《ちょこ》を卓の上においた。同心は入ってきて言う。

「とりあえず四人が乗り込みました。あと、二人は乗り込んでくると思うのですが、いかがなされますか？」

「四人もいれば十分だ。乗り込もう」

小野左大夫は組下の与力・同心を引き連れ、同心の案内で屋根船に乗り込み、隠し持っていた提灯《ちょうちん》を手に叫んだ。

「御用だ。神妙に縄につけ」

ガバッと二人が身体を起こして男が聞く。

「御用って、なんの御用ですか？」

もう一人は女だ。小野左大夫は案内した同心に言う。

「どういうことなんだ？」

「船を間違えたようなのです」

「どじ！　なんのために毎日、張り込んでいたのだ」

「おかしいなあ。この船に間違いなかったんですがねえ。もっとも、船はどれも似たり寄ったり。間違えても仕方ありません」

「間抜け！　そんなこと、言い訳になるか。この踏み込みはすぐに界隈《かいわい》に知れ渡る。連中はしばらく鳴りをひそめる。今日までの苦労は水の泡だ。待て！」

船にいた男と女がこっそり抜け出そうとするのを呼び止めた。

「どこへいく？」

「お門《かど》違いのようですので、邪魔にならないように失礼しようと思ってのことです」

「おまえたち、ここでなにをしておった？」

見ると敷布団が敷いてあって、薄い掛け布団も側にある。男は言う。

「なにをって、野暮をおっしゃいますな」

「野暮？　なにをしておったかを聞いておるのだ」

与力が言う。

「女は船饅頭《ふなまんじゆう》で、男は客じゃないですか」

船の中で売春する下等の私娼を船饅頭といった。

「男も女も叩けば埃《ほこり》が出るかも知れぬ。引っ立てい」

与力が口答えするように言う。

「でも、わたしらの任務は、火付け、盗賊、博奕打ちを引っ括《くく》ることにあります。こいつらを叩いたところで、なにも出てこない」

「いいからおれの言うとおりにしろ」

その夜、小野左大夫は山伏井戸《やまぶしいど》の自宅に戻ると、すぐさま男と女を縁側ならぬ俄《にわ》か御白洲《おしらす》に引き据えた。

「男」

呼びかけて言う。

「おまえはどこの何者だ？」

「わたしはあの船の船頭です。こう見えても、ちっぽけな船ですが船主《ふなぬし》です」

「住まいは？」

「芝口二丁目、嘉右衛門店《かえもんだな》」

「名は？」

「長兵衛《ちょうべえ》」

「女。おまえはどこの何者だ？」

「わたしは源助町でしがない煮売り屋をやっているときという女です」

「店の方は？」

「閉めてまいりました」

「長兵衛との関係は？」

「長兵衛さんは長年贔屓《ひいき》してくださっているお客さんです」

「そのお客さんと船の中でなにをしておった？」

長兵衛が言う。

「ですから、野暮はおっしゃいますなと申しているじゃないですか」

「いわゆる隠売女《かくしばいじょ》をしておったのだな？」

こっそり売春することを隠売女といい、それなりに罰せられた。

「ただ、話をしておっただけです」

「話ならどこでもできる。船の中に布団を敷いてとなるとやることは決まっておる。待てよ、とき、そなた、源助町でしがない煮売り屋をやっていると申したな」

「申しました」

「だったら、店を閉めて、店の奥でということも可能だ。わざわざ汐留まで出かけていくこともない。そうか。さてはそなた、亭主持ちだな。亭主がいるから、汐留の船の中にしけこんだ。そうだろう？」

ときはうつむいて答えない。

「つまり、おまえたちは密通をしておったのだ」

密通と口にして、この前の評定所《ひょうじょうしょ》一座での遣り取りがまざまざと記憶に甦《よみがえ》った。

南町奉行の壱岐守《いきのかみ》は有徳院《ゆうとくいん》様のだという延享《えんきょう》二年のこんな覚書を引っ張り出してきた。

「吟味《ぎんみ》をしていて、密通のことが表沙汰になり、たとえそれが吟味の手掛かりになるとしても、密通のことは問題にしないように」

そして壱岐守はこうつづけた。

「近年は吟味をしていて密通のことが表沙汰になったとき、密通を問題にするようになっているようですが、有徳院様のご意向からするとそれは間違っていることになります」

まあ、たしかにあの熊蔵《くまぞう》とたけの件は昔の話で、しかも五両で話はついていた。蒸し返すのには無理があった。だが、密通は立派な犯罪である。密通は男も女も死罪とはっきり『御定書《おさだめがき》』に書かれている。この二人がやっていたことは言い逃れのしようがない、正真正銘の密通だ。

小野左大夫が自宅に設けた仮牢は高さ九尺（およそ二・七メートル）、広さ三間四方（九坪）と狭い。そこへ、男と女を一緒に放り込むわけにはいかない。ときだけを牢に入れ、長兵衛は蓆《むしろ》を敷いてすわらせ、見張りを付けた。そのうえで、同心二人を源助町に送り、ときは人の女房であるかどうかを確かめさせた。たしかに人の女房だった。翌日、小野左大夫は二人を小伝馬町《こでんまちょう》の牢に送った。

四

「御奉行がお呼びだ」

例繰方《れいくりかた》の部屋でいつものように船を漕いでいたら、上役の安田五郎左衛門《やすだごろうざえもん》から声がかかった。

壱岐守は南町奉行所に赴任して以来、なにかにつけて紋蔵に相談していた。

「藤木《ふじき》です」

部屋は開け放たれており、次の間から声をかけた。

「入れ」

紋蔵は壱岐守の側近くまで膝行《しっこう》した。

「例の小野左大夫だがのオ。また、性懲《しょうこ》りもなく密通の問題を持ち出しおった」

「密通は世間ではごくありふれておこなわれております」

着物は洋服と違ってすぐにはだけるようになっており、女性は下着をつけていなかったことも関係していたのかもしれない。この時代、密通は日常茶飯事におこなわれていた。

「ですから、密通に出会《でくわ》す機会は少なくないでしょうが、密通の検挙は火盗改の本務からは離れすぎてます」

「博奕の現場を押さえようと船に乗り込んだら、たまたまそこで男と亭主持ちの女がいたから検挙した、密通も犯罪、検挙することになにも問題はないはず。こう、屁理屈をつけているが、この前の件の腹癒《はらい》せと思えなくもない。密通の現場を押さえてのことだから、われらも表立っては退《しりぞ》けるわけにはいかない。ただ、おぬしなら小野の提訴を退けるなにかいい知恵があるのではないか。こう考えてきてもらった。どうだ？」

「条件つきですが、ないこともありません」

「ほおー。聞かせてもらおう」

「女を隠売女ということにするのです。隠売女におよぶ女のほとんどは生活苦によるものであっても夫婦が申し合わせて女房が売女をした場合、紀明《きゅうめい》にはおよばずと『御定書』にあります。小野さんの事例がどうなのかは存じませんが、たとえば亭主が病に伏せりがちで、亭主も承知の上で、食うためにやむなく売女におよんだのなら、罪を問うことはできませんし、ましてや密通なんてことにはなりません」

「そうか。それではすぐに女の家の実情を調べさせよう。調べるのは御手の物だからなあ」

ときの煮売り屋は長屋の一角の一部屋に、座布団をおいて客を迎えるというたってお粗末な店だった。亭主は屋根屋だったが、足を滑らせて二階の屋根から滑り落ち、腰をしたたかに打って以後、身動きがままならず、ここ三年ばかり寝たきりになっていた。そこで、ときが見様見真似で煮売り屋をはじめたのだが、そんな店に客が寄りつくはずもなく、仕入の金にも事欠く始末。

そんな店に三日に一度くらいの割で顔をだし、そこそこ金を落としていったのが亭主の幼馴染の船頭長兵衛だった。ときはいよいよという時、長兵衛を頼った。金を借りたのも二度や三度ではなく、積もり積もって五両ばかりも借りている。

こうなりゃあ、身体で返すしかない。幸い長兵衛は好意を持ってくれている。といって、亭主に内緒というのも気が引ける。それとなく、打ち明けた。

「長兵衛さんに恩返しをしたいのですが、わたしにできることといえばただ一つ。分かってくださるわね」

亭主は言った。

「おれが寝たきりになってからというもの、おまえには苦労のかけっぱなし。ことに夜はずっとさみしい思いをさせてきた。長兵衛なら気心も知れているし、いいんじゃねえのか。ただし、事におよぶのは外でということにしてくれ」

長兵衛に女房はいなかった。子供が生まれたが死産のうえに、産後の肥立ちが悪いというやつで消え入るように死んだ。そんなこともあってときの店に通うようになったのだが、むろん断る理由はない。ときは一年ほど前から長兵衛の船に通うようになった。

小野左大夫は例によって評定所に問題を持ち込んだ。

「また、密通か」

一座の面々は渋い顔をする。しかし、小野自身が現場を目撃しており、『御定書』に密通は男女ともに死罪と規定されている。異を唱えるわけにいかない。面々は沈黙した。

壱岐守もこの前がこの前だから、異を唱えるのをいささか躊躇《ちゅうちょ》したが、やはり無暗《むやみ》と密通の適用は避けたい。壱岐守は言った。

「小野殿にお伺《うかが》いいたす」

小野はまたも壱岐守か、といわんばかりに顔をゆがめて応じた。

「どうぞ、なんなりと」

「女、ときの家庭の内情をお調べになられたか」

「亭主持ちで煮売り屋をやっております」

「亭主はなにをしておりましょうか？」

「ときと一緒に煮売り屋を」

「三年ほど寝たきりというのは？」

「それがどうかしたのですか？」

「貴殿は火盗改ゆえ『御定書』に精通しておられぬ。だから、ご存じないのも無理はございませぬが、『御定書』の『隠売女御仕置の事』の条の『妻を隠売女の類に出し候《そうろう》もの家財取上重敲』の項の但書にこうあります。『飢渇のもの、夫婦申し合わせ、売女致させ候までにて、盗み等の悪事これ無く候わば、糺明に及ばずこと』。生活に苦しんでいる女が、夫が承知して売女をした場合、盗みなどの悪事をしたのでなければ見逃すと。ご存じなかったのか」

「いまおっしゃられたのは隠売女に関する条の項。わたしが問題にしているのは密通で、密通に関する条は別に立ててあります。ごちゃ混ぜにしないでいただきたい」

「なにもかも密通の枠に当て嵌《は》めるわけにはいかないということを言っているのです。各々方にお聞きいたす」

壱岐守は一座の面々を見渡した。

「この場合、どちらを優先すべきだと考えられるか」

寺社奉行の一人が言う。

「それがしは隠売女の項を優先すべきだと考えるが、いちおう上に伺ってのことにしてはいかがでござろう」

「異議なし」

他の面々が賛同して、上、老中に伺うことになった。

「壱岐守殿」

小野左大夫が憤懣遣る方ない面持ちで言う。

「本日はいつも連れておられる物書同心を同行させておられぬが、隠売女の項の但書の適用も物書同心の知恵でござるか」

「町方は人材豊富でござる。このくらいのことは誰もが思いつく。それより小野殿に一言ご忠告いたしておく。火盗改の本務は火付け、盗賊、博奕打ちを検挙することにある。あまり、本務以外のことに手を出されぬように」

「博奕打ちを検挙に船に乗り込んだら、たまたまそこに密通の男女がいたから検挙したまで。それともなんですか。見逃せといわれるのか」

「まあまあ」

とさっきの寺社奉行が割って入る。

「一件は上に伺うということで話はついた。つぎの議題に移ることにいたし、小野殿にはお引き願う」

小野左大夫は肩を怒らせて場を去った。

五

ときが密通で検挙され、小伝馬町の牢に入れられたという報はたちまち源助町の一帯に知れ渡った。町内の浪人江藤弥五郎も耳にした。

江藤弥五郎は車引き市兵衛の娘たまを訴えるなりなんなり好きにしろと、南の御番所から突き放されて途方に暮れていた。

たまがやってきて、「七両をお貸し願えませんか」と言ったとき、江藤弥五郎の心はぐらりと揺らいだ。たまに一目惚れしてしまったのだ。

金はある。言い寄ってくる女は少なからずいる。だが、帯に短し襷《たすき》に長しで、これという女に出会さない。そんなところへ、器量よしのたまが金を借りにきたものだから、金で釣って女房にしようと、七両というのに八両を足し、証文も取らずに渡した。

ただ、それもあんまりだと思い直し、そのあとすぐに、父の車引きの市兵衛を訪ね、五両を追加して以下のような証文を書かせた。

「このたび、娘たまを貴殿に嫁がせ候こと実正なり。ついては結納金として二十両を申し受け候。然《しか》る上はたまにつき、外々より差し構え候者これ有り候はば、わたし引き請け埒《らち》明け、貴殿に聊《いささ》かにても、御苦労相掛け申す間敷く候」

市兵衛はたまが江藤弥五郎より十五両を借りたのをたまから聞いて知っている。さらに五両を足し、つごう二十両を結納金とする。たま殿を嫁に迎えたい。よろしいなと江藤弥五郎は言う。

江藤弥五郎が裕福な金貸しだというのは市兵衛も耳にしている。歳はたまと二十ばかり離れているが、釣り合わぬということはない。いわば玉の輿《こし》に乗るようなもので、これほど結構な縁談はない。二つ返事で証文を書いた。

たとえば、娘を遊女奉公に出すとする。その場合、父とか兄とかが署名する証文があれば、証文は有効で、必ずしも本人の署名は必要としない。市兵衛の書いた証文はそれなりに有効である。市兵衛には、「身体一つできてもらえばいい」といって、江藤弥五郎はたまがくるのを今日か明日かと待った。いっこうにこない。金を借りたいというたまを連れてきた源太兵衛に問い合わせると、なんと増上寺の切通しで、これは後で分かったことだが、好きな男と煮売り屋をやっているのだという。それも開店資金には自分が渡した十五両のうちから八両を充てていたのだと。

踏んだり蹴ったりで、南の御番所にあらためて出かけていって、しかじかですと訴えると、訴えるなりなんなり好きにしろと突き放された。もとはといえば、たまに岡惚れしての不始末で、正式に訴えるのもどうかと思って躊躇《ためら》っているところへ、おなじ町内のときという女が密通の廉《かど》で捕まり、小伝馬町の牢に入れられたのだという。そこで江藤弥五郎ははたと思いついた。自分は父の市兵衛から娘たまを嫁に遣わすという証文をとっている。証文が有効なのはいうまでもない。してみるとたまは夫がありながら、他の男に嫁いでいることになり、たまがやっていることは密通ということにならないか。それも毎日毎日、密通を働いていることに。いささか牽強付会《けんきょうふかい》かもしれないが、そういう廉で訴えよう。

江藤弥五郎はたまと三次郎を密通の廉で訴えた。

「またまた密通か」

南の与力は顔をしかめた。小野左大夫が訴えた密通は、隠売女の但書の条を適用すべきであると上（老中）から決裁が下りてきた。上も密通を大っぴらに扱いたくないのだ。そこへまたまた密通である。

問題はたまの人別を江藤弥五郎の人別に入れてあるかどうかだが、市兵衛がすすんで協力した。たまの人別を自分の人別から抜いて江藤弥五郎の人別に移していた。たまはむろん、結納金のことも証文のことも人別のことも知らない。ここらあたり、市兵衛がうっかりしていて、段取りはすべてすんでいるのだから、江藤弥五郎が話をつけてたまを自分の家に迎え入れているものとばかり思っていた。

「この問題、どう処理をすればいい？」

壱岐守は紋蔵を呼んで質した。

「証文があって、たまの人別が江藤弥五郎の人別に入っている以上、江藤弥五郎とたまは夫婦ということになります。だが、現実にたまは三次郎と所帯を持っている。すると重婚ということになります。女子の重婚の罪は重い。元禄時代の判例では『死罪』ということになっており、『御定書』以前の慣習法を整理した『律令要略《りつりょうようりゃく》』にはこうあります。『夫これ有るところ、外の夫を持ち候女は夫がいるのを男が知らなくとも古例女は死罪。男は追放』。ところが『御定書』には元禄年間の判例に該当する規定がありません。つまり、『御定書』を作成した方々は重婚という概念を削除し、かわって『密通いたし候妻　死罪』という密通の概念を当て嵌めれば十分と考えたようです」

「どっちにしろ、たまは死罪ということになる？」

「そうなります」

「厄介だなあ」

「ただ、一つだけ抜け道はあります」

「どんな？」

「密通の条にこんな規定があります。『離別状を取らず他へ嫁ぎ候女　髪を剃り、親元へ相帰す』」

「それだと死人を出さなくてすむ？」

「そういうことになります」

「離別状を取らず他へ嫁いだということにするか」

「それがよろしいかと思います」

「ご苦労だった」

六

小野左大夫の腹はおさまらない。ことごとく藤木紋蔵という物書同心に邪魔をされている。そう思い込んでいる。

なんとか、藤木紋蔵とやらの鼻を明かせないものかとこのところ、暇さえあれば考えている。

そういえば、藤木紋蔵は文吉《ぶんきち》なる子供を長年養っていて、文吉は二丁まちの顔役観《かん》音政五郎《のんまさごろう》の身内になっていると聞き、そのことを評定所でぶちまけた。観音政五郎はそんな者は身内にいない、十五といえばまだ子供です、なにが悲しくてそんな子供を身内にしなければならぬのですか、などといってごまかしやがったが、文吉はどこかに潜んでいて、食うために悪さをしているはず。文吉を捕まえて叩くというのはどうか。叩けば藤木紋蔵をへこますなにかが出てくるかもしれない。

小野左大夫は組下の与力・同心に言った。

「観音政五郎のところで飯を食っていたのに、文吉という子供がいた。例の件のあと姿を消したが、どこかをうろついて悪さをしているはず。探し当ててひっ捕らえろ」

与力・同心は聞く。

「なんの廉でひっ捕らえるんですか」

「理由はなんとでもつく。とにかくひっ捕らえろ」

与力・同心はしぶしぶ動いた。黒門《くろもん》の潮五郎《ちょうごろう》のところで影富《かげとみ》を売っているというのが分かり、身柄を押さえた。俄か御白洲に引き据えて、小野左大夫は糺《ただ》す。

「文吉だな」

「そうです」

「どこで、なにをしておる?」

「黒門の潮五郎親分のところで、下足番をして飯を食わせてもらっております」

「影富を売り歩いておるのだろう?」

影富を売って、捕まって罰せられた者は一人もいない。湯島《ゆしま》の喜見院《きけんいん》などで売っている富は一枚一分と高い。そこいらの八《はっ》つぁん熊さんには手が出ない。影富は一枚十文くらいから売っている。爺さん婆さんでも手がだせる。いわば庶民のささやかな娯楽だ。だから、町方は影富には目をつむった。見て見ぬ振りをした。

さりとて大っぴらに「影富を売って歩いております」などというと、「仕切っているのは誰だ？」などと根掘り葉掘り聞かれて黒門の親分、潮五郎に迷惑をかける。文吉はとぼけた。

「影富など売っておりません」

子供を相手に手荒な真似をして吐かせたところで、どうにもならないということに小野左大夫は遅まきながら気づいた。

「まあ、いい。それより」

と矛先を変えた。

「おまえは藤木紋蔵という物書同心の家に長年《ちょうねん》厄介になっておったそうだなあ」

「そうです」

「なのに、なぜ、黒門の潮五郎の世話になっておる？　なにかしくじって家を追い出されたのか」

「自分から出たのです」

「なぜ？」

「居候は居候で、なにかと肩身の狭い思いをさせられます。そこへいくと、下足番とはいえ、潮五郎親分のところは居心地がいい。あの世界がわたしには性《しょう》に合っている」

「町方にはあちらこちらから賄賂《わいろ》が届けられる。藤木紋蔵はどうだ。賄賂をむさぼったりはしておらぬか」

「廻り方のお役人ならいざ知らず、父上のような内勤の役人に付け届けなどありません。ところで、お伺いしますが、なぜ、父上のことを聞かれるのですか。父上となにかがあったのですか？」

「いや、なにもない。おまえのような出来損ないを長年養っていたのが不思議だから、つい聞いてみたのだ」

「お頭《かしら》」

火盗改は組下の与力・同心から「お頭」と呼ばれていた。

「どうした？」

「江戸橋《えどばし》の河太郎《かわたろう》が広小路《ひろこうじ》の物置で賭場を開いているそうです。踏み込みましょうか」

河太郎はそこも盛り場である江戸橋を縄張りにする、こちらは侠客《きょうかく》というより破落戸《ごろつき》だ。

「確かなのか？」

「賭場で一両ちょっと負けたという男の垂れ込みがありました」

「やってるのは夜か？」

「いえ、真昼間です。界隈をぶらぶらしているやつを呼び止め、物置に引きずり込んで丁か半かとやらせているそうです。河太郎は賭場をどこと固定せず、二三日おきぐらいで移動しているとのことです。踏み込むなら早いほうがいい」

「そうだなあ。じゃあ、これからすぐに踏み込もう」

「わたしは帰っていいんですね」

と文吉。

「まだいたのか。帰っていい」

小野左大夫は組下の与力・同心を引き連れて江戸橋に向かった。物置は蛻《もぬけ》の殻《から》だった。

七

江藤弥五郎は意外としぶとかった。

「それがしは父親の市兵衛殿から証文を取り、結納金を渡し、たまの人別もそれがしの人別に入れ、嫁いでくるのを今日か明日かと待っていた。なのに、たまは他《ほか》の男のところに走り、そのまま居続けている。やってることはどう考えても密通でしかない。離別状を取らず他へ嫁ぎ候女、髪を剃り、親元へ相帰すという規定があると伺ったが、そもそもそれがしのところへきていない。だから、離別状を渡すも渡さぬもない。だいいち、たまから離別状を寄越してほしいなどとも言われていない。離別状のことはここで問題にすべきではない」

むろん、たまも負けてはいない。ましてや死罪になる密通などと言いがかりをつけられたのだからなおさらだ。

「証文はわたしが江藤さんから十五両を借りたあと、江藤さんがお父っつぁんの家に押しかけ、わたしの与《あずか》り知らぬところで作りあげたものです。人別だって、わたしになんの断りもなく、移したのです。わたしは江藤さんに嫁ぐ約束をしたこともなければ、妻になった覚えもありません。江藤さんのおっしゃってることは言いがかりです」

御番所は持て余した。

まず、密通の決め手である、たまは江藤弥五郎の妻であるかどうかだが、証文と人別から判断するとたまは江藤弥五郎の妻ということになる。ただし、式を挙げてもいなければ近所に披露目もしていない。だから、いちがいに妻と決めつけられない。

それとは別に結納金の問題がある。十五両は借りたかもしれないが、追加の五両は市兵衛が結納金として受け取っている。返すのが筋だが、返せといっても、たまや市兵衛に二十両も都合がつくものではない。

「離別状を取らず他へ嫁ぎ候女　髪を剃り、親元へ相帰す」の規定を適用するというのも手だが、その場合、たまの以後の身分はどうなるのか、結納金の扱いはどうすればいいのかなど、『御定書』にはなんとも書かれていないから判断の下しようがない。

「いずれにしろ、死人が出る密通ということにしたくない。なんとか知恵を絞ってくれぬか」

と壱岐守は紋蔵に下駄を預けた。といって、紋蔵に秘策があるわけではない。時間が解決してくれるのを待つしかないと放ったらかしにした。

八

江藤弥五郎の在は日光例幣使《にっこうれいへいし》街道の宿場犬伏《いぬぶし》から一里ばかり奥に入った里にあった。

江藤弥五郎は郷士ではなかった。といって水呑というのでもなく、そこその高持《たかもち》で所持する田畑を五十両ばかりで手放して、江戸に出たということだった。江戸でなにをするのか。五十両ばかりを資本になにか商売をはじめ、一山当てると村の者には言い置いた。江戸では浪人と称し、金を貸して生計を立てていると言ったら、村の者はえらく驚いていた。金吾が送った手先は帰ってそう報告した。

館林の惣兵衛は徳兵衛の肝煎りで江戸から、わざわざ似絵師がやってきたのに驚いた。

似絵師友蔵は惣兵衛夫婦から三人の人相を根掘り葉掘り聞き取り、夫婦が納得するまで何枚も何枚も書き直し、およそ三日がかりで仕上げた。ただし、二人は正面からの似顔絵だが、一人は斜め後ろからだから、正直なところ、それで人物を判別するのは難しい。

友蔵が描きとった似絵の披露はいつもの若竹で、みんなが揃ったところでおこなわれた。

「どれ」

まず、紋蔵が手にとった。

「うーん」

　正面からの二人は江藤弥五郎ではなかった。斜め後ろからのだが、江藤弥五郎に似ているといえばいえたが、断定はできかねた。

「つぎはわたしが」

　と金吾が手にとる。

「あれれ、なんだ、こりゃあ」

「どうしました?」

　金右衛門と徳兵衛が聞く。

「この髭面《ひげづら》は江戸橋の河太郎だ」

「知り合いですか?」

　と徳兵衛。

「いや、江戸橋を縄張りにする破落戸です。この顔を二十年も老けさせればいまの河太郎になります。友蔵さん」

「なんでしょう?」

「さすがは名人。お見事」

　紋蔵は聞いた。

「いま一人の正面は?」

「見かけないが、河太郎に聞けば分かるでしょう」

翌早朝、金吾は手先を三十人ばかりも掻《か》き集めて河太郎の根城を急襲した。

「なんだ。なんの用だ。おれは夜が遅い。用があるなら昼にしろ」

などと河太郎は寝ぼけ眼《まなこ》で食ってかかるが、金吾はお構いなしにお縄にして、小伝馬町の牢に放り込んだ。

調べは苛酷を極めた。石を七枚も八枚も抱かせた。河太郎はそれでもしぶとく、気絶しても吐くものかと踏ん張ったが、徳兵衛からの急報で館林からやってきた惣兵衛が、

「この人です。間違いありません」

と証言して観念した。ありのままを白状した。

河太郎こと本名太郎吉《たろきち》と、弥吉《やきち》と、いま一人繁太《しげた》は犬伏宿に巣食う悪ガキ仲間だった。

日光例幣使街道は犬伏から中山道《なかせんどう》に向かって、天明《てんみよう》、梁田《やなだ》、八木《やぎ》、太田《おおた》と宿場がつづく。館林はその太田宿から四里の距離にあり、惣兵衛が館林のお大尽というのはとうに三人の耳に入っていた。弥吉はともかく太郎吉と繁太はいつもぴいぴいしていて、寄ると触ると一山当てる話ばかりしていた。そんな三人の目が惣兵衛にいくのは

ごく当たり前のことだった。

ただ、悪ガキといっても、押し込みを働くのははじめてのことで、どう段取りをつけていいのかが分からない。闇夜に提灯を持ってうろうろするのはなんとも様にならない。だから、決行はおよそ半月後の十五夜お月さんの日と決めた。

弥吉は独り者で、仕方なく野良仕事に出ていたが、野良仕事には飽き飽きしていた。この際だ、ついでに親代々の田畑を叩き売ろうと田畑を五十両で手放した。

三人は下見をしていなかった。下見をするということにすら気がつかなかったのだ。ただ、屋敷がどこにあるかは知っている。月明りを頼りに屋敷の周りをうろうろすると、枝折戸《しおりど》があった。そこは惣兵衛の夫婦二人だけで住む洒落《しやれ》た造りの別宅で、厳重に門を構えるということはしていず、三人は枝折戸から忍び込んだ。

月見をしているのか、雨戸が開け放されていて、団子を盛った三方《さんぼう》がおかれている。障子も開けられていて、中を覗《のぞ》くと夫婦二人が仮寝をしている。三人は目を合わせ、えいとばかりに夫婦にのしかかり、猿轡を噛ませて布団でぐるぐる巻きにした。

惣兵衛は翌日早くに三百両を借りにくる者のために、本宅から三百両を取り寄せて枕元においていた。三人はすぐに三百両に目を留めた。

本宅は守りが厳重で、使用人も大勢寝泊まりしているから、まず本宅には忍び込めない。三人は運がよかった。百両ずつを懐にずらかった。太田方向へ二里ばかりも走ったところの三叉路《さんさろ》で三人は足を止め、頭株の太郎吉が言った。

「これからどうするかだが、別々に動こう。かりにどこかで顔を合わせても互いに知らぬ顔をしよう」

「分かった。そうしよう」

弥吉と繁太も同意して、三人は三叉路を好きに選んで三方向に別れた。

繁太がその後、どうなったかを太郎吉は知らない。あるいは追《お》い剝《は》ぎにでも遭い、身ぐるみを剝がれて、流れの早い川にでも投げ捨てられたのかもしれない。

太郎吉は弥吉がどうなったのかも知らないという。だが、弥吉は犬伏に近い在の出身である。江藤弥五郎の弥の字が一致する。子供名前を大人名前に直すとき、多くの者は幼名から一字なり二字をとる。

「似絵の第三の男は源助町の浪人、金貸しの江藤弥五郎と思われる」

紋蔵が金吾にそう教えて、金吾は江藤弥五郎をしょっ引いた。

江藤弥五郎もむろん否定した。しかし、河太郎と引き合わせ、河太郎が、

「久しぶりだが、それなりに老けたなあ」

と話しかけると観念した。

「なぜ、それがしらの押し込みがばれたのか？」

江藤弥五郎は首を傾《かし》げて聞く。金吾は言った。

「おまえが、たまのことを訴えたとき、金を貸して暮らしを立てておりますと言ったのがきっかけよ。雉《きじ》も鳴かずば打たれまいというが、まさにそのとおり」

江藤弥五郎は金貸しになるつもりはなかった。どんな商売をやればいいのかと、毎日江戸の町を歩いて考えたが、なにしろ商売はずぶの素人。

ああでもない、こうでもないと思案に耽《ふけ》っていたとき、相長屋の女房さんが、「お米を買う金がないのです。百文お貸し願えませんか」という。百文くらいならと貸した。

その晩、野菜の振り売りから宿《やど》（亭主）が帰ってきました、金利は一文とわずかですがお返ししますといって百文を持参した。それがきっかけで、

「あのご浪人さんは難しいことを言わずにお金を貸してくれるわよ」

と評判になり、金利も安くし、取り立ても厳しくしなかったから、客が客を呼んで大繁昌。実のところ蓄えを七百両にまで増やしていた。それが、たまに一目惚れし、御番所の力を借りようとしたのが命取りになった。

では、二人にはどんな刑が科せられるのか。『御定書』の「盗人御仕置の事」の条

にこうある。

「盗み致すべくと徒党いたし、人家へ押し込み候もの　頭取　獄門
同類　死罪　」

獄門や死罪になる犯罪に「旧悪」は適用されない。河太郎に「獄門」、江藤弥五郎に「死罪」が申し渡された。

すると、江藤弥五郎とたまが争っていた件はどうなるのか。訴人である江藤弥五郎が死去するのだ。訴状は却下され、結納金の件はうやむやに終わった。

そのころ、小野左大夫はさかんに紋蔵の悪口を言って歩いていた。

「江戸橋の河太郎にはそれがしが目をつけていた。にもかかわらず南の物書同心藤木紋蔵は鳶《とんび》が油揚げをさらうように、手柄を横取りしやがった。不埒な男だ」

事情を知らぬ者は真に受けたが、多くの者はこういって笑った。

「間が抜けてるから、鳶に油揚げをさらわれたのだ」

ちかいの思いとそでの余所行き

一

みわは西の国で六万三千石をとる呼子《よぶこ》志摩守《しまのかみ》の一人娘だったのだが、生まれたばかりの赤ん坊だったとき、事情があって捨てられ、大工夫婦に貰《もら》われて育てられたものの、夫婦が死んだあとみなしご同然になっていたところを八丁堀《はっちょうぼり》の似絵師《にせえし》友蔵《ともぞう》に拾われて育てられた。その後、志摩守の一人娘だというのが分かり、志摩守に引き取られたのだが、みわには三味線上手という特技があった。それもただの上手ではない。本人は一派を立てるのだと意気込んでいるほどの上手だ。

とり屋勘兵衛《かんべえ》なる者がみわの出自を強請《ゆす》りのネタにしようとしたのを逆手にとって、みわは八丁堀の料亭東井《あずまい》で三味線の御披露目《おひろめ》をおこなうことになった。「お姫様のお三味線の御披露目」と話題を呼んで師匠の豊勝《とよかつ》の富本《とみもと》だけでなく、清元《きよもと》、常磐津《ときわず》などもそれぞれ家元の代稽古《だいげいこ》がつとまるほどの名人上手が前座をつとめさせてもらいたいと申し出たほどで、当日は大盛況。真打ちのみわは「名人上手も顔負けだ」と満座をうならせた。

　みわは屋敷でも稽古に励んでいた。だが、いくら腕が上がったからといって、屋敷では聞く者が限られている。またただの喧《やかま》しい音くらいにしか理解しない者もいる。大勢を前に三味線を弾き、満座をうならせる。これほどの晴れ舞台はなく、半年ほども経つと、みわはいま一度御披露目をやりたいと言い出した。前回は名人上手が前座をつとめたが、今回は紋蔵《もんぞう》の娘妙《たえ》など豊勝から稽古をつけてもらっている豊勝一門の選《え》りすぐりにも機会を与えようということになり、彼女らが前座をつとめることになった。むろん妙も選ばれた。そんな一人にちかという娘もいた。

　豊勝一門は年に三ないし四回、東井を借り切ってお浚《さら》いという名の発表会をおこない、その日は父兄も弁当持参でいそいそ駆けつけ、紋蔵もできるだけ顔をだすようにしていた。だが、ちかの父兄が顔をだしたことはこれまで一度もなかった。

　ちかに父はいなかった。母そでは縫物の腕がよく、三井越後屋《みついえちごや》から定期的に仕事をもらい、それで生計《くらし》を立てていた。だから、決して生計にゆとりがあるわけでなく、ちかを手習塾市川堂《いちかわどう》と豊勝の三味線塾に通わせるのが精一杯。

母そでは由緒ある古町《こちよう》名主の娘である。名主の収入は町内の地主からの上納金ということになっており、町が大きければ大きいほど、町に有力な地主や商店が多ければ多いほど実入りが多く、母そでの父も名主としてはかなり裕福に暮らしていた。

そでに兄はいたが、女兄弟はそで一人。古町名主の娘だから、相応の家に嫁ぐのだろうと本人も思っていたし、親もそう思っていた。ところが魔が差すというのか、茅《かや》場町《ばちよう》の薬師堂《やくしどう》の縁日で男から声をかけられ、それがきっかけで付き合うようになった。男は日本橋の船宿の船頭で、男ぶりがよく、気風《きつぷ》もよく、正直なところそでは一《ひと》目惚《めぼ》れをした。身体もすぐに許し、一緒になりたいと親に願った。

親にすれば、どこの馬の骨か分からぬようなやつに嫁がせるわけにはいかない。猛反対した。何度願っても返事はおなじ。親は首を縦に振らない。そでは必死だ。手鍋提げてもというのを強行した。親がいないときに、身の回りの品を掻《か》き集めて男の九《く》尺二間《しやくにけん》の長屋に転がり込んだ。

新婚生活は決して楽ではなかったが、それなりに満足のいく楽しい毎日だった。やがて、子を孕《はら》み、五ヵ月が経とうとする頃だった。男が外泊をするようになった。

「どこで、なにをしてるの？」

そでは問い詰める。男は壺《つぼ》を振る真似をして言う。

「これだよ」

嘘をついているというのは勘で分かる。

「女ができたのでしょう？」

さらに問い詰めると、ふらっと家を出ていって、それっきり。帰ってこなくなった。

そうなると、そでは重い腹を抱えて、なにか仕事をしなければならない。縫物ができたので、あっちの呉服屋、こっちの呉服屋と訪ね歩いてお願いをするが、縫物のできる女など掃いて捨てるほどいる。競争はきびしい。なかなか仕事にありつけない。そうこうするうちに子供が産まれた。ちかである。十日ばかりは休まなければならない。休んだ。そこへ三井越後屋の手代が訪ねてきた。

「あなたの仕立てを丁寧だとさる大店《おおだな》の奥方がえらく気に入られて、以後、仕立ては一切その方にお願いしたいとのこと。お産の疲れがとれたら、早速にも店に顔をだしてくれないか」

以後、そでは三井越後屋専属の仕立て屋となり、いまにいたっているのだが、といって所詮は仕立て屋。そうそう賃金をはずんでもらえるわけがなく、生計はかつかつ。豊勝一門の御披露目に弁当持ちで顔をだすゆとりなどなかった。

「ただいま」

ちかが三味線の稽古から帰ってきた。

「お帰り」

「お腹すいた。なにかない」

「あいにくなにもないの。夕飯まで我慢しなさい」

「あのね、おっ母《か》さん」

「なあに？」

「わたし、今度の御披露目で、みわちゃんの前座をつとめることになったの」

「みわちゃんて、誰？」

「お姫さんになった娘さんよ」

「ああ、あの娘さんね。それで？」

「おっ母さんに顔をだしてもらって、わたしの晴れ舞台を見てもらいたいの」

「だめ、だめ、わたしはあなたもよく知っているように、朝、昼、晩とお仕立て仕事に追われている。とてもそんな暇はありません」

「いま以上にお手伝いをするからさあ」

炊事洗濯はいうまでもなく、三井越後屋への送り届けもちかは引き受けていた。そでは言う。

「それにだいいち、わたしは余所行《よそゆ》きを持ってない」

手鍋提げてもと家をでたとき、余所行きを三着ばかり持参したが、男が家に戻らなくなってすぐその日の暮らしに困って、そでは余所行きだけでなく、身の回りの品ことごとくを質屋に入れた。着る物といえば、夏物冬物ともに絣《かすり》の木綿《もめん》を二枚ずつしか持っていず、二枚を着まわしていた。それはちかもおなじだから、そでの気持ちはよく分かる。だが、

「余所行きのことはわたしがなんとかするからさあ」

そではきっとなって言う。

「なんとかするって、どういうこと？」

「なんとか……」

とちかが続けようとするのをそでは遮《さえぎ》る。

「お父《と》っつぁんの世話になろうというんじゃないんだろうねえ」

ちかがつま弾いていたのは安物の稽古三味線。そこで、いま少しましな三味線をと思い悩んだちかはそでの父の、古町名主宗右衛門《そうえもん》を訪ねた。宗右衛門がちかにとって

は祖父に当たるくらいのことは、ちかはとうに気づいていた。だが、宗右衛門はちかを門前払いにした。だけでなく、使いを寄越してそでにこう言った。

「そっちから縁を切ったはず。どんなことにしろ、頼られるのは迷惑だ」

そでは怒った。ちかが断りもなく、父を訪ねたことにだ。御仕置だと言って、その晩は食事を抜いた。

そんなことはあったが、血がつながっている父と娘、祖父と孫娘、泣きつけば余所行きの一枚くらい買ってくれるだろうとちかは思ったのだ。

「いいかい、ちか。宿《やど》(亭主)が出ていってこのかた、わたしはおまえという娘を抱えて誰にも頼らず歯を食い縛って生きてきたんだよ。間違っても宗右衛門さんを頼ろうなんて思わないでね」

そでは父とかお父っつぁんとか言わず、赤の他人のように宗右衛門さんと言う。どやしつけられて、ちかはべそを掻いてうつむいた。

二

江戸の町は碁盤の目のように切り刻まれていて、町ごとに木戸があった。木戸の傍《かたわ》らには道にはみ出して九尺に一間の番小屋があって、通称を番太郎《ばんたろう》といった木戸番がいた。番太郎は、冬場は毎夜五つ（午後八時）から明け六つ（午前六時）まで時刻ごとに拍子木を打った。夏場は五つと四つ（午後十時）に打つだけで、九つ（午前零時）以降は打たなかった。

　そのほか、御成《おなり》があるとき、御触《おふれ》があるとき、水道の水涸れのときなどは鉄棒《かなぼう》を曳《ひ》いて町内にそれを知らせた。だから番太郎のことを鉄棒曳《かなぼうひ》きともいった。給金は町内から支給されたが、わずかなもの。番太郎としてはそれではとても食えないので、番小屋で草履《ぞうり》、草鞋《わらじ》、箒《ほうき》、鼻紙、蠟燭《ろうそく》、火鉢などを売った。冬は焼き芋《いも》だ。薩摩《さつま》芋を丸焼きにして売った焼き芋は冬の人気商品だった。夏は金魚も売った。一つが値《あたい》四文《もん》なる粗末な菓子も売った。それゆえ粗末な菓子を番太郎菓子などと言った。そでが転り込んだ相手は九尺二間の長屋に住んでいた。九尺二間というのは四畳半一間にちっぽけな台所と土間がついているだけ。だから、番小屋の九尺に一間というのは決まりだが、いかにも狭い。そこで、九尺に二間とか、葦簀《よしず》を張り出させたりとか勝手に広げ、なかには二階を建てます者もいた。

　そでの亭主だった万太郎《まんたろう》は船頭だったが、腰痛が持病になってやがて櫓《ろ》が漕《こ》げなくなり、しぶしぶ船から下りることになった。それで、なにをするか。いまさら奉公などできない。職人になって一から修業するのもつらい。一回りも若い連中にぺこぺこ頭を下げて仕事を教えてもらうなど、まっぴらということになる。ではなにができるかだが、目をつけたのが木戸番小屋だった。

万太郎の懐には二十両ばかりあった。それを貸して金利を稼ぐというのはどうかと考えた。「鳶《とんび》に油揚げ」の章に登場した浪人江藤弥五郎《えとうやごろう》も金貸しとして産をなした。実際、金貸しほど儲かる商売はなかった。というのも、金利が金利を呼ぶからである。

「月（日）なし銭」「烏金《からすがね》」「月六斎」「棒利《ぼうり》」など高利の金を貸す形態はいろいろだが、「百一文《ひやくいちもん》」というのもあった。朝百文を貸して夕べに百一文を返してもらうという金融だ。

一文なしは金貸しから、朝四百文なり、五百文なりを借りて、たとえば野菜など時の物を仕入れる。夕方までに七百文か八百文を売り上げて戻り、金貸しに四百と四文なり五百と五文なりを返す。これだと借りた者にたいした負担にはならない。それでいて、その日の生計は立ち、いくらかの蓄えも残すことができる。実際、そうやってこつこつ働いて稼ぎ、一人前の商人になった者も少なくない。

それで、貸すほうはどうか。百文に一文。わずかのようだが、それでも月に三十文になる。つまり三割。このころの公定の利息の限度は月に一割五分。その二倍だ。それに百一文のほうは高利ではないから貸し倒れが少ない。手堅くやれば、なかなかの金融ということになる。若い頃、馬鹿をやっていつも金にぴいぴいしており、高利の金にも手を出して苦労をしたことのある万太郎は、金を高利に回せば結構な商売になるというのを身に染みて味わっている。

だから、有り金の二十両を高利に回してこの先世渡りしていこうと考えたのだが、問題はどこの誰にどうやって貸すかだ。金を貸すといったところで、看板を出すわけにはいかない。よしんば出したところで、思うように借り手が現れるわけでもない。どうしたものか、思案を重ねていて、近くの木戸番小屋に煙草《たばこ》を買いにいった。木戸番では安物だが、煙草も売っていた。

顔馴染みの番太郎は信濃《しなの》からの出稼ぎ者で、ちっとも儲からない、これ以上江戸にいても仕方がない、田舎《いなか》に帰って野良仕事をしながら余生を送るのだとぼやいていた。だったら、さっさと帰ればいいではないかと言うと、辞めるときは後釜《あとがま》を見つけるというのが条件で雇われたのだが、条件がきついから後釜が見つからないんだとぼやいてもいた。

条件というのはこうだ。江戸時代はなんでもかんでも株である。十組《とくみ》など公に認められた株もあるが、湯屋株、床屋株など私の株もあり、これがまた百両、二百両などという結構な値で取引されており、株の売買で世渡りをしている者もいた。おなじように、番太郎もいつしか株になり、株が売買されるようになった。

それで、番太郎に株があるなどおかしいという訴えがあり、訴訟が頻発して手を焼いたお上は十数年前に、木戸番小屋の株式譲渡および出入（訴訟）は取り上げないと沙汰《さた》した。要するに、木戸番の株は非公認に公認すると宣言した。すると、ますます株がはびこった。それで、どうなったか。

株主はみずから働かず、人を雇って働かせ、歩合をむしりとったのだが、この歩合というのがきつかった。それでなくとも町内から支払われる給金は知れていた。だから、なんでも屋として、物を売るのに精を出していたのだが、よりいっそう物を売って稼ごうと物売りに精をだした。

結果、店を広げる。木戸番小屋は公道にあり、商店の並びからはみ出して設けられている。したがって、その分往来が妨げられる。さらには、時間時間に拍子木を打たなくなる。鉄棒も曳かない。

木戸番小屋に向かい合って、自身番屋というのがこれも公道にはみ出して設けられている。町内の町役人《ちょうやくにん》である家主が詰めるのだが、面倒だから家主は詰めず、かわりに書役という役人を雇って詰めさせている。その書役が家主にかわって番太郎に文句を言わなければならないのだが、彼もまた番太郎とおなじ。雇われ者だから、見て見ぬ振りをしている。

それやこれやで、番太郎はずいぶん様変わりしており、万太郎の近くの番太郎は辞めたいのだが、後釜がいないので辞められないと万太郎を相手にぼやいた。

待てよと万太郎はそのとき考えた。番太郎は朝となく昼となく、晩も町内の者と顔を合わせる。町内の者だけでなく、往来を歩く者もふらりと立ち寄る。毎日、大勢の者と顔を接する。連中はほとんどが金に困っている。米だって百文買いしている。まとめて買う金がないから、百文でだいたい買えるのはまあ一升だが、一升を買ってその日その日を暮らしている。木戸番小屋には目の前にそんな連中、客がごろごろいる。

「分かった。親父」

万太郎は信濃者に話しかけた。

「なんだべ？」

信濃者は聞き返す。

「おまえが探している番太郎に、おれがなってやろうじゃないか」

「さっきも言ったとおり十露盤《そろばん》が合わないだけでなく、番太郎だの鉄棒曳きだのと馬鹿にされて蔑《さげす》まれるんだぞ」

「承知だ」

「じゃあ、決まった」

万太郎の狙いは当たった。

三

万太郎は物売りのほうは適当にやって、顔見知りがくるとこう囁《ささや》いた。

「百一文で金を貸す人を知っている。なんなら口を利いてやってもいい」

金貸しの口利きをしているということにした。これなら生々しくなくって、借りるほうも借りやすい。この囁きは効いた。

「あのオ」

とそこいらの女房《かみ》さん連中がひっきりなしにやってきて、百文とか二百文とかを借りていく。帳面に住所と名前を記載させる。嘘を書く者はまずいない。だいたい亭主は日傭《ひよう》取りとか棒手振《ぼてふ》りとか小揚《こあ》げだから、夕刻にはなにがしかの銭を握って帰ってきて女房に渡す。女房はなにをさておいても万太郎の木戸番小屋に走り、百一文とか二百二文とかを返す。万太郎はみるみる元手を増やした。

そうなると、もはや物売りなんかやってられない。物売りや拍子木打ち、鉄棒曳きなどを専門にこなす番太郎を雇った。そもそも万太郎が株主から雇われた番太郎である。その番太郎が番太郎を雇うというのだ。万太郎の木戸番小屋は三重構造という奇妙な構造の木戸番小屋になった。

「こんにちは」

歳の頃、五十の半ばか。頭は薄くなっていて、残っている髪の毛は胡麻塩《ごましお》という男が顔をだす。この手の男が百文二百文の金を借りにくるのは珍しい。それでも、百文二百文に困っていることだってある。万太郎は愛想よく応じた。

「いらっしゃい」

胡麻塩頭は言う。

「あなた、万太郎さんだね」

「そうですが」

「五、六年ほど前まで船頭していた？」

「それがなにか？」

「おもに日本橋と深川《ふかがわ》を往き来する乗り合いの屋根船を操っておられた？」

深川には一晩で一両はする料理屋や深川七場所と言われた岡場所があちらこちらにあり、江戸からの客は、陸路は草臥《くたび》れるものだからおもに乗り合いの屋根船を利用した。万太郎はその屋根船を操る二人一組の船頭のうちの一人だった。万太郎は眉間《みけん》に皺《しわ》を寄せて聞いた。

「あなた、なにが言いたいのです？」

「六年前のことです。わたしは日本橋のさる船宿から乗り合いの屋根船に乗って深川にでかけ、翌日、辰《たつ》の刻（午前八時）頃、おなじ乗り合いの屋根船に乗って日本橋に帰りました。前の晩にやったことがことですから、つまり、ほとんど一睡もしていなかったものですから、猛烈に睡魔が襲ってきまして、うつらうつらして横になりました。懐に固い物があって、横になるのに邪魔になる。懐から取り出し、船縁の横木に乗っけた」

この男、なにが言いたいのだろう。万太郎は小首を傾《かし》げながら聞いている。

「船が着いたぞオ、と声がかかって目が覚め、そうだ、この後、中橋《なかばし》の親分のところに顔を出さなければならないのだと用を思い出し、慌《あわ》てて船を飛び降りました」

日本橋と京橋の間に中橋という橋が架かっていたのだが、やがて橋は取り壊されて堀は埋められ、跡地が中橋広小路という盛り場になり、そこに顔役もいた。

「わたしが深川にいったのは中橋広小路の親分から三十両の集金を頼まれてのことで、横木に乗っけた固い物というのは集金した三十両だったのです。持ち慣れないものですから、睡魔に襲われたとき、なんだかおかしな物が懐にありやがると思って、無造作に横木に乗っけ、そのことをまた忘れて慌てて船から飛び降り、親分のところに駆けつけてはたと思い出したのです。そうだ、集金を頼まれたのだと。親分にしかじかの不始末を仕出かしましたと頭を下げて、船宿に引き返しました」

万太郎はいらいらしながら言った。

「あなたの身の上話を聞いている暇はないんですがねえ」

「そろそろ本題に入ります。屋根船の横木に忘れ物をしたんです、改めさせてくださいと断って船に乗り、ここではなかったか、あそこではなかったかと見て回ったのですが、どこにも見当たらない。船宿の番頭さんにしかじかの忘れ物はありませんでしたかと聞いても、ありませんと。客か船頭が猫糞《ねこばば》したに違いない。船頭は誰か、客はどこのどいつかともちろん聞いた。船頭は帰って寝ている、明日にでもきてくださいと。客はどこの誰と確かめて乗せているわけでないから分からないと。翌日、出かけていくと、船頭二人は深川に出かけていて会えずじまい。客は追いようがない。帰って親分にそう言うと、ろくでなし、お前の面《つら》など二度と見たくない。五年の間、江戸所払いだ、どこへなりといって、飢え死にするなり、好きなようにしろと」

所払いなど追放刑はお上《かみ》が申し渡す刑だが、親分子分の世界などでは、私的に親分が子分に申し渡すことがあった。

「それで、中山道《なかせんどう》は熊谷《くまがや》宿で、旅籠《はたご》屋の風呂焚《た》き、飯炊き、水汲み、薪《まき》割りなどなんでもやる下男となって食い繋《つな》ぎました。そういう暮らしに慣れたのか、あっしもうっかりして所払いの五年が過ぎたのを忘れてしまい、六年後に江戸に戻りました。聞けば、親分は三年前に死んでおられた。だったら、早く戻ればよかったなどと考えながら、跡を継いだ親分のところで、あらたに三下《さんした》修業からはじめて飯を食わせてもらっておりますが、どうにも気になるのが屋根船に忘れた三十両のこと。そのことは片時も忘れたことがありません」

そう言って胡麻塩頭は下から舐《な》め上げるように万太郎の顔を見る。

「もちろん、船宿の場所は忘れておりません。三下修業の傍ら、暇を見つけては船宿の周辺をうろつきました。三十両を猫糞した男はその後きっと派手に遊んだか、それを元手に商売をはじめているに違いない、そいつを探し当てるのだ。こう考えましてね」

「おいおい、おかしなことを言うじゃないか」

「すると、わたしが三十両を忘れた時からそう離れていない時期に、元船頭で金貸しをはじめ、えらく有卦《うけ》に入《い》っている男がいると耳にした」

「黙って聞いていりゃあ、とんでもないことをぬかしやがる。喧嘩《けんか》を売りにきたのか。それとも強請りにきたのか」

「三十両を返してもらいにきたのさ。さあ、耳を揃《そろ》えて返してもらおう」

「三十両を屋根船に忘れたのなら、みんな大騒ぎをしたはず。そんな騒ぎがあったというのをおれは耳にしていない」

「なんなら、これから船宿を訪ねてもいいんだぜ。見覚えのある番頭さんを見かけた。番頭さんには何度も掛け合った。おれのことを覚えているはず。聞くがこの商売をはじめる元手はどうした？　船宿の船頭がいくら稼ぐかは知らないが、腰痛で辞めたとき、いくらも持っていなかったろう。それともこつこつ貯めていたのか。女も相当泣かせたということだが、一銭もかけずにか。そんなことはあるまい。それなりに金を遣《つか》っていたはず。本当なら文無しのはずだ」

「腰痛で辞めたというのを誰から聞いた？」

ただの強請りかと思ったが、なにやかやと調べてやがる。どうも腰を入れてかかってきているようだ。

「誰でもいいじゃないか。とにかく猫糞した三十両を返してもらおう」

「どうあっても言いがかりをつけるつもりなんだな」

「元手はどうしたって聞いているんだ。無一文で金貸しはできない。言え」

「お前にそんなことを言う義理はねえ」

と言いながら内心はぎくりとしている。

「そうれ、みろ、言えないんだ。言えるわけがない。猫糞したんだからなあ」

「いい加減にしないと叩きだすぞ」

「お前もいますぐ、三十両という金を用意はできまい。それとも手元にあるか?」

「なにい!」

「おれはさっきも名乗ったとおり、中橋広小路の親分のところで三下修業をしている幸兵衛《こうべえ》という者だ。明日中に三十両を持ってこい。でないとややこしいことになるぞ。分かったか」

胡麻塩頭はそう言い置いて木戸番小屋を後にする。万太郎は呆然《ぼうぜん》とその後ろ姿を見つめていた。

四

「あのオ」

幸兵衛という強請り同然の男が帰って、ぼんやりあれこれ考えていたとき、十五、六の娘っ子が声をかける。娘っ子の客もいないわけではない。事情があって台所を任せられていて、それこそ米も百文買いしなければならないことだってあるからだ。万太郎は気を取り直して言った。

「なにか、用かい？」

「おじさん、わたしのこと、覚えてますか」

「わたしのことって？」

「わたしはあなたの娘です」

「なんだって！」

「一年ほど前のこと。おっ母さんとお薬師さんの縁日にいったとき、偶然、あなたと出会っておっ母さんが言った。まだ、こんなところで女漁《あさ》りをしてるんですかって。あなたは言った。馬鹿こけ、商売の帰りだと。そのあとで、おっ母さんがわたしに言ったの。あの人はあなたのお父っつぁんよ、なんでも茅場町の木戸番小屋で金貸しをやっていて、たいした羽振りらしいわよと」

もはや他人にひとしいが、最初で最後の男だ。気にならないわけがない。そでは万太郎の動向にずっと気を配っていた。

「それでね、お願いがあってきたの。今度、さる集まりがあって、おっ母さんも出ることになったんだけど、余所行きが一枚もないから出たくないって言うの。かわいそうと思わない」

「だからなんだ？」

「余所行きを一枚、おっ母さんに買ってあげてくれませんか」

「あのな」

「なんですか」

「お前のおっ母さんとはなあ、とっくに縁が切れてるんだ。そんなことをする義理はないし、するのもまたおかしなものだ。おっ母さんにそう言っといてくれ」

「おっ母さんから頼まれたんじゃないんです。そうしていただけませんかと、わたしがおっ母さんに内緒で頼みにきたのです」

「なぜ、おまえが？」

ちかはぽろりと涙をこぼして言った。

「あなたはわたしのお父っつぁんでしょう。なのにこれまでなに一つしてくれなかった。一つくらい、わたしの願いを聞いてくれてもいいんじゃないんですか」

「藪《やぶ》から棒に、娘だ、おっ母さんの余所行きをと言われてもなあ。別れたのは何年も昔のことだから、そでだっていつまでも独り身でいたわけでもあるまい。お前がおれの子だという保証はない。それになあ、おじさんは今日、機嫌が悪いんだ」

幸兵衛のことで、まだむかついている。

「帰ってくれないか」

「わたしはあなたの子ではないとおっしゃるのね」

「まあ、そういうことだ」

「人でなし」

「おっ母さんによろしくな」

「こんな情けない親だとは思ってもみなかった。くるんじゃなかった」

「そうだ。二度とこなくていい」

「誰がくるものですか」

ちかは踵《きびす》を返したが、両の目には悔し涙が滂沱《ぼうだ》とあふれていた。

五

「昨日、一日中親分のところで待っていたんだがねえ」

と声をかけて幸兵衛は入ってくる。万太郎は顔をしかめて言った。

「しつこい野郎だな。ここは大番屋に近い」

茅場町は八丁堀の北に位置しており、茅場町の北、日本橋川を背にして仮牢の大番屋が設けられており、廻り方の役人が被疑者を連れ込んで詮索する調べ室も五部屋ほどあった。

「廻り方のお役人さんとは何人か懇意にさせてもらっている。なんなら使いを走らせてもいいんだぜ」

「廻り方の役人がなんだ。連中を怖がって世渡りはできねえ。呼ぶなら勝手に呼ぶがいい。そうだ、そうしろ。それでついでに、お前の元手の出所を調べてもらおう。十両以上を盗んだら首を刎《は》ねられる。三十両だもんなあ。首一つくらいじゃすまねえ。さあ、呼べ」

百一文の金貸しは朝が忙しい。朝借りて、夕べに返す。ことに棒手振りなんかは朝早くに借りなければなんともならない。

「お早う」

「お早う」

と次から次へと借り手はやってくる。幸兵衛のことは無視して、

「三百かい？」

「四百かい？」

と応じて、銭はかさばるから、銀を渡していた。百文は銀でおよそ一匁《もんめ》。三百なら三匁、四百なら四匁だ。

「おい」

と幸兵衛。

「どうなんだ。三十両、いますぐ返せ。でないと出るところへ出る。お上に訴える。おれの金を猫糞したと。お客さん方」

幸兵衛は順を待っている借り手に声をかける。

「貸し手の万太郎は、わたしが船に忘れた三十両を猫糞して、その金で商売をやっておるんです。不届きなやつです。こんなやつの金を借りるとお客さん方もばちが当たりますよ」

さすがに、これには万太郎も切れた。

「この野郎！」

と幸兵衛の胸倉を摑《つか》むと、同時に足を払った。

ズデン。

地響きを立てて幸兵衛はひっくり返る。五十半ばのいい歳だから、それですごすご引き下がるかと思いきや、幸兵衛は立ち上がって着物の土埃《つちぼこり》を払うや否や、腰を落とし、猛然と万太郎に突っかかる。万太郎は油断して力を抜いていたものだから、幸兵衛の突きをもろに受けてしまって、こちらもズデン。尻餅《しりもち》をついた。

万太郎は倒れたまま、幸兵衛の両足を取りにいく。幸兵衛もまたズデン。あとはくんずほぐれつ。その間に、両方とも拳を振り回していたから、互いに顔面にどす黒い痣《あざ》をつくっている。

火事と喧嘩は江戸の華《はな》。野次馬は火事や喧嘩をことのほか喜ぶ。二人を取り囲んで、

「それ、ぶて」

「やれ、ぶち返せ」

と好き放題に野次を飛ばす。止めようなんて物好きは一人もいない。やがて、岡っ

引が十手《じって》を手に割って入る。万太郎も幸兵衛も精根尽き果てているから、抗《あらが》わずに矛《ほこ》を納める。

「喧嘩の原因はなんだ？」

岡っ引が聞き、幸兵衛が言う。

「この万太郎というやつは船宿の船頭をしていたとき、わたしが置き忘れた三十両という大金を猫糞して、いくら催促をしても返さないのです」

万太郎は顔を真っ赤にして言う。

「出鱈目《でたらめ》だ。この男幸兵衛は突然やってきて、わけの分からないことをぬかすんです。要は強請りです。わたしから、金をせびろうとしておるのです。中橋広小路の親分のところにいると言ってましたから、お里がお里。強請りの常習者に違いありません。どうか、お調べになって、きつく御仕置してください」

岡っ引は言う。

「双方それぞれに言い分がありそうだが、どっちにも犯罪の匂いがしないでもない。おれが十手を預からせていただいている旦那がいま大番屋におられる。旦那に裁きをつけてもらおう。二人ともついてこい」

万太郎は口を尖《とが》らせる。

「わたしは商売の最中です。迷惑です」

「馬鹿野郎。猫糞の嫌疑がかかっておる。商売も糞もあるか。つべこべぬかすと、縄をかけるぞ」

万太郎は観念して、雇っている番太郎に言った。

「銭函《ぜにばこ》にきちんと蓋《ふた》をして預かっておいてくれ」

万太郎は岡っ引の後をしぶしぶついていった。

六

万太郎と幸兵衛をしょっ引いた岡っ引が十手を持たせてもらっている、言い直すと手札を頂戴している廻り方の役人は他ならぬ大竹金吾《おおたけきんご》だった。金吾は三四《さんし》の番屋を根城にしているのだが、被疑者を大番屋に送ると、嫌でも大番屋に出向いて調べ直さなければならない。ここ三日ほど、大番屋に詰めきりだった。

「だんな」

岡っ引は角の調べ室の障子戸を開けて声をかける。

「しかじかで二人をしょっ引いてきました。いかがいたしましょうか」

金吾は言った。

「いま、忙しい。二人とも仮牢に放り込んでおけ」

「へい、承知いたしました」

万太郎は口を尖らせる。

「それはないんじゃないんですか」

岡っ引は言う。

「つべこべぬかさず、大人しく入っていろ」

仮牢は男女同房である。ただ、おかしなことを仕出かさないともかぎらない。それぞれ壁に括《くく》り付けの紐《ひも》のついた手鎖《てぐさり》を嚙《か》まされる。動きはままならない。

それはいいが、やがて昼になり、あてがわれたのはおむすび一個とたくあん二切れ、茶碗に水だけで汁はつかない。

大番屋は官営ではない。大店の旦那衆の寄進で賄《まかな》いがつけられている。どうせ、おかしなことをした連中だ、朝昼晩とむすび一個をくれてやれば十分というわけだ。

何十人いるのか分からないが、万太郎とおなじ壁際、向いの壁際に繫がれているのは二十人ばかりになろうか。ほとんどがむすびを齧《かじ》っているのだが、なかに弁当を食っているやつもいる。鰻《うなぎ》を食っているやつもいる。

「お役人さん」

そこいらの出来損ないに違いないと思うが、下手に出るのが一番。万太郎は六尺棒を持ってうろうろしている牢番に声をかけた。

「なんだ。なんの用だ？」

牢番はぞんざいに応じる。

「弁当や鰻を食っている人がおられますが、あれはどういうことですか」

「差し入れだ。それがどうかしたか」

「じゃあ」

とは言ったものの、慌ただしく家を出たので、懐にはいくらもない。

「弁当はいくらするんですか？」

「百文だ」

「それは高い」

せいぜい二十文といった代物だ。弁当屋と牢番が癒着して、入牢者から弁当代を不当に巻き上げていた。

「じゃあ、鰻は？」

「とるのか？」

「いや、聞いただけだ」

「鰻は五百だ」

「ひえー」

ふつうは二百だ。

「そうだな。鰻も食いてえが、いま懐に銭がない。おれの木戸番小屋に番太郎がいる。礼はたっぷり弾む。小銭で一両ばかり持ってくるように言ってくれないか。場所はこのすぐ近く。沢木《さわき》の横の木戸番小屋だ」

沢木というのは知られた飲み屋である。牢番は近寄って小声で聞く。

「礼ってどのくらい？」

「一分《ぶ》だ」

銭にしておよそ千六百文。結構な小遣いになる。

「いいだろう。このあとの昼休みにいってやる。小銭で一両だな？」

「二両ばかりにしてもらおうか。この先、どんな金がかかるかわからぬからなあ」

「承知した」

やがて牢番は戻ってきて言う。

「番太郎はいなかった」

「いなかった？　どういうことだ？」

「そう聞きたいのはおれのほうだ」

「木戸番小屋は？」

「開けっ放しだから、近所のガキが好き放題に番太郎菓子などをくすねておった」

「しまった。逃げられた」

三重構造の一番下の番太郎になどなりたいと手を挙げる者はいない。あちらこちらに声をかけ、ろくろく身許も確かめず、ようやっと見つけた四十を越した番太郎だ。真面目に働いてくれていたから信用して、たまに百一文の受け取りも任せていた。銭函の中には底に小判を三十枚敷き詰めて合計で百両くらい入れていた。それをそっくりやられたというわけだ。

「うーん」

万太郎は腕を組んで言った。

「どうやら、銭を持ち逃げされたらしい。それはそうとして、弁当くらい食いてえ。立て替えてくれないか」

「冗談じゃない。おまえはただの番太郎じゃないか。返す当てもない男の弁当を立て替えるようなお人好しがこの世のどこにいる」

「いや、なんだかんだといって、貸している金がおよそ七十両ある」

百一文とは別に、手堅く七十両ばかりを貸していた。そろそろ本格的な金貸しになろうと考えてのことだ。

「だから、弁当代くらいはいつでも返せる」

「分かるものか」

「頼む」

「それじゃあ、証人を立ててもらおう」

「たかが弁当に証人か？」

「そうだ」

「いいだろう」

と言ったが、辞めた船宿の親方に弁当代の証人になってくれなどとは恥ずかしくて言えない。

「おめえ」

と牢番。

「嬶《かか》アはいねえのか」

「いねえ」

「人別《にんべつ》はどうなってる？」

「たかが弁当に人別は大袈裟《おおげさ》だろう」

「食い逃げされたことが二度あるのでなあ」

「弁当の食い逃げか？」

「そうだ」

万太郎は小首を傾げる。

「人別なあ。どうなってるんだろう」

ずうっと船宿で働いていて、何度か女をつまみ食いして居場所を変えたが、人別なんかについて考えたことがない。

「人別のあるところに親類縁者がいるはず。その人に差し入れをしてもらって、おれにいくらかの謝礼を支払ってもらう。弁当を食うにはそれしか方法はない」

「面倒くさい」

といっても、今晩もむすびにたくあんじゃあ、腹が持たない。

「さっきの木戸番小屋からは遠いのだけど、八丁堀は水谷《みずたに》町二丁目の七地蔵がある権《ごん》蔵《ぞう》長屋にそでという女がいる。その女と昔、所帯を持ったことがある。悪いが、その女におれの人別がどこにあるか聞いて、人別のある長屋の大家さんに掛け合ってくれぬか」

「誰がそんな面倒なことを……」

「さっきも言ったとおり、ここを出たら五両や六両、すぐに回収できる。頼む、謝礼は二分に格上げしよう」

食い意地が張っているのではなく、周りで弁当、鰻、天麩羅蕎麦《てんぷらそば》などをむしゃむしゃ食われると我慢がならないのだ。

「分かった。出かけるのはおれだが、仕事が明けてからでいいか」

「じゃあ、とりあえず今晩の弁当代を立て替えてくれ」

「百文だぞ。いいんだな」

「百文でも一両でも……、まあ、一両はないか。百文くらい屁でもない。頼む」

大竹金吾の取り調べはいっこうにはじまらず、その晩、万太郎は仮牢で寝ることになった。

七

「万太郎の人別？」

そでは小首を傾げ、牢番は言う。

「そうだ」

「さあて」

「お前さんの人別はどうなってる？」

「人別のことなど考えたことがありませんのでねえ」

「ここの権蔵長屋にあるのだろう？」

「あると思いますよ」

「万太郎さんに嫁いできたとき、お前さんは女房でございますと万太郎さんの人別に入ったんだろう？」

「それはまあ、入ったと思います」

「その後、別れたそうだが、万太郎さんの人別はどうなった？」

「そう言われればどうなったんでしょうかね？」

「他人事《ひとごと》みたいだな」

「ずいぶん、昔の話ですから」

「正式に別れたのか。万太郎さんはお前さんに去状《さりじょう》を渡して出ていったのか？」

「ふらりと出ていったきりですから去状など貰っておりません」

「じゃあ、なんだ、お前さんたちはいまでも夫婦なんだ」

「ええ！　そんな馬鹿な」

「明日にでも大家さんを訪ねて、人別帳を見せてもらい、夫婦であるというのに間違いないということになったら、大番屋にくるんだ。こないとややこしくなるぞ」

「ややこしくって、どういうことですか」

「お前さんも万太郎さんの片棒を担いだと疑いをかけられることになる」

「万太郎がなにをしたっておっしゃるのです？」

「おれは知らねえ。だが、かりにも大番屋に放り込まれたのだ。まあ、それなりの悪事を働いたのだろう。弁当の世話とかはおれがするから、金を持っておれを訪ねてくるように。もう一度言っておく。おれの名は仙蔵《せんぞう》。万太郎さんはずいぶん弱っているようだから、しっかり世話を焼いてやるんだね」

翌日、夜明けを待って、そでは大家、つまり家主を訪ねた。

「また、なんでそんなことを聞くんだ？」

早朝だから大家は不機嫌に応じる。

「万太郎はなにか悪事を働いたらしくて、いま大番屋に繋がれてるそうなのですが、万太郎の人別がこの長屋にあり、いまでも万太郎の人別から抜けていないということになると、わたしは万太郎の女房ということになり、万太郎の世話を焼かねばならぬと、大番屋のお役人さんはおっしゃるのです」

「万太郎と夫婦だなんてそんな馬鹿な話はないと思うけどなあ」

「とりあえずまあ、人別帳を見ていただけませんか」

人別帳は、要は戸籍簿のようなもので、家主は棚から取り出して繰る。

「おや、万太郎の人別はここに残っている。ということはおそでさん。あんたたちはまだ夫婦ということになるんだ」

「やだ、やだ」

「ということは?」

「大番屋に顔を出さねばならぬということになるんでしょうか」

「うーん。わたしとしては、そうしろともするなとも言えない。あんたの考え一つだよ」

「とにかくいってみます」

自分の着物は質に入れて流したが、万太郎の着物は質に入れるような代物ではなく、なんとなく箪笥《たんす》がわりの茶箱にしまっていた。それを手にそでは大番屋に向かった。

「ごめんください」

大番屋の冠木門《かぶきもん》を潜って居合わせた男に聞いた。

「仙蔵さんはおられますか」

「なんの用だ？」

「万太郎という者がここに放り込まれているそうなので、仙蔵さんが世話を焼きにこいとおっしゃったものですから」

「おぬしは万太郎とどういう関係にある？」

「夫婦ということになっているようなのです」

「なっているようだとはどういうことだ？」

「人別帳ではそうなっているのです」

「まあ、いい。仙蔵だな？」

「そうです」

「待ってろ」

男は牢舎らしき建物に入っていき、すぐに仙蔵が出てきていう。

「金はいくら持ってきた？」

「南鐐《なんりよう》一枚です」

「たったそれだけか？」

「たしかに人別帳では夫婦ということになっておりましたが、とっくの昔に別れております。南鐐一枚でも気張ったほうです」

南鐐は二朱判銀のこと。銭にしておよそ八百文になる。

「ほかに着替えも持参しております」

「分かった。待ってろ。いま、ここへ連れてきてやる」

仙蔵は万太郎の手鎖を外して連れ出してきた。万太郎は頭を掻きながら言う。

「悪いなあ。ここを出たらすぐに埋め合わせをする。だから、あと一両ばかりも助けてくれないか」

「わたしがどんな暮らしをしてるか、知らないわけがないでしょう。よくもそんなことが言えたものだ」

「お調べがあればすぐに出られるのだが、いっこうにお調べがない。地獄の沙汰も金次第という。牢舎の中では金が物をいう。金がなければ身動きがとれないんだ。たのむよ」

「この前、ちかにひどい応対をしたそうね」

「ちかがそう言ったのか」

「べそを掻きながらね」

「分かった。余所行きも買ってやる。帯も帯留めもだ」

「冗談じゃないわよ。あれはちかが勝手にやったこと。わたしは余所行きなんか欲しいと思っておりません。それで、なんですって。ちかは誰の子か分からないですって。あなたが家を出ていったとき、お腹には五ヵ月の子がいた。それはあなたもよく知っていたはず。誰の子か分からないとはどういうことですか」

「分かった。悪かった。ちかには直《じか》に謝る。だから一両。頼むよ」

そでだって、余所行きこそ買わないが、先々のことを考えてしっかり金は貯めていた。懐には二十両という大金を肌身離さず所持していた。紐のついた巾着を首に巻き付けており、万太郎に背を向けて、巾着から小判一枚を取り出して念を押した。

「ここを出たらなにをさておいても返してもらいますからね」

「うむ」

「一両と二朱ですよ」

「分かってる。有難《ありがと》う。助かる」

「あれえ。どういうこと？」

そでの父の宗右衛門が近づいてくる。宗右衛門もそでに気づいて足を止める。

「お前、なんでこんなところに？」

「お父っつぁんこそ」

「廻り方のお役人さんに呼ばれてのことだ。たいした用ではない」

万太郎が言う。

「ひょっとして、茅場町の木戸番小屋の株主さんはあなた？」

「まあ、そうだ。それで呼ばれた」

「そのお方が昔の女房のお父っつぁんだなんて、世間は狭いですねえ」

そでは聞く。

「どういうことなの？」

宗右衛門が答える。

「いや、なんでもない」

宗右衛門も、副業として床屋株や木戸番小屋株などを転がしていた。

「それはそうと、お父っつぁんもちかを泣かした」

「藪から棒だったんでな」

「血を分けた孫だというのに。まるで、鬼だね」

「分かった。三味線だろう。買ってやる」

「結構です。それではどなたさんも、まっぴらごめんなさい」

八

中橋広小路の幸兵衛が言っていたことは口から出任せだった。元は船頭の木戸番小屋の番太郎が百一文で有卦に入っていると耳にして、六年前に乗り合いの屋根船に三十両を忘れた、お前が猫糞したのだろうと因縁をつけ、五両なり十両なりをふんだくろうとしたのだ。

幸兵衛が言う船宿も、どこの船宿か曖昧《あいまい》で、三十両を忘れたなどという騒ぎはどこにもなかったことから、口から出任せというのはすぐに分かり、幸兵衛は強請りの廉《かど》で罰せられることになった。問題は万太郎だ。

万太郎は二十両の元手を持っていたが、そのうち手持ちだったのは二両。親方からの退職慰労金が三両。あとの十五両は嘘みたいな話だが、拾ったのである。

日本橋から深川行の最終便の船頭たちは、翌日の朝帰りの客を乗せるため、深川で仮眠して待機する。船着き場から、仮眠するうどん屋へいく途中で、万太郎は巾着が道に落ちているのを見た。どうせ、銭が百文くらいしか入っていないだろうと拾い上げるとずしりと重い。これは？　と手触りで確かめた。手ごたえがある。小判などというのはふだん手にしたことがないが、これは間違いなく小判だ。

何枚くらい入っているのだろう。気にはなるが、人がやってくる。慌てて懐に突っ込み、素知らぬ顔をしてうどん屋に入り、雑魚寝《ざこね》の布団に潜り込み、布団の中で枚数を数えた。十五枚もあった。腰痛がひどく、そろそろ陸《おか》に上がってなにか商売をはじめねばと思っていた時が時だっただけに、天の恵みだ、神様、仏様と手を合わせた。

翌日だ。朝早くから表が騒がしい。うどん屋がつくってくれる朝粥《あさがゆ》を掻きこみながら表の様子を窺《うかが》っているとこんな声が聞こえてくる。

「船から下りて、岡田屋まで通ったのはこの道。船に置き忘れていなかったとなると、この道で落としたに違いない。てっきり岡田屋に預けていると思い込んで寝たのだが、すると、誰かに拾われ、猫糞されたということか」

万太郎は首を竦《すく》めて聞いていた。後で分かったことだが、落としたのは日本橋の大店の手代。日本橋の大店の手代や番頭は結構な給金を取っており、深川の上客だった。日の短い冬場は、深川から女を船宿まで出張させて、相手をさせることもあった。

手代が落とした十五両は集金した金で、集金したまま深川に出かけるという不届きを仕出かしたのだが、首にはならなかった。大店は醜聞を嫌う。首にすると、話に尾《お》鰭《ひれ》がついてひそひそ語られる。それを嫌ってのことだが、むろん給金も減らされ、出世街道から外された。

聞き耳を立てていた万太郎は手代のその後を知り、猫糞して申し訳ないと、心の中で詫びていた。

それでさて、二十両を元手に金貸しをはじめるのはいい。だが、派手にやると、元手はどうした？　と誰もが怪《あや》しむ。百一文にしようと考えたのはだからで、それにはまさに木戸番小屋がぴったりだった。

二十両を七十両くらいに増やしたときだった。仏心という物が万太郎にもあって、十五両を熨斗紙《のしがみ》に包み、深川で拾った落し物です、お返しにまいりましたと一筆添えて、人気《ひとけ》のない時刻を見計らい、店先にそっとおいた。

びっくりしたのは大店だ。落としたら猫糞されるというのが世間の常識なのに、なんと一年後に返ってきた。あり得ない、信じられないと騒ぎ立ち、大竹金吾ら廻り方の役人も面白がって返した男というのを詮索しはじめた。むろん、分からなかったが、これは当時、世間の耳目《じもく》を引く、ちょっとした事件だった。

だから、万太郎は幸兵衛が脅しにきたときも、なにかを知って強請りにきたのかもしれないと疑心暗鬼になり、大番屋に放り込まれたあとも、おかしな弾みで猫糞がばれてしまうのではないかと内心はおどおどしていた。

その割には万太郎にとって運がよかったというか、銭函を持ち逃げした番太郎はすぐに捕まり、また万太郎も何事もなく釈放された。

なにはともあれ、そでに一両と二朱を返さなければならない。余所行き、帯、帯留めも買ってやらなければならない。買って、かつては自分の住み家だった家を訪ねた。

「いるかい？」

声をかけて入る。縫物をしていたそでが顔を上げて言う。

「よくぞ、忘れないでお出でになった」

「まあな。手を休めて茶ぐらい馳走してもいいんじゃねえのか。知らぬ仲でなし」

「返す物を返したらとっとと帰っておくれ」

「余所行きだがなあ。三井越後屋で、とびきり上等の余所行きを選んでもらった。ほら、これだ」

そでは見向きもせずに言う。

「余所行きは間に合ってます」

父親の宗右衛門も豊勝一門のお浚いを耳にしたようで昨日、ちかに三味線を、そでに余所行きを届けていた。

「それで、なんだって、三日後に東井で豊勝一門のお浚いがあり、ちかもみんなの前で三味線を弾くんだって」

「誰に聞いたのさ」

「この辺はもともとおれの縄張りだ。ガキの頃から付き合っているやつも少なくない。何人かに当たったんだ。すると、ちかがおめえに顔を出してもらいたいがために、頭を悩ませているとおおよそのところは分かった」

「分かったからってなんなのよ。余計なお世話よ。用はすんだようだから、さっさとお帰り」

「借りた銭と余所行きはここにおいていく。じゃあなあ」

「そうだ。忘れてた。人別だけどねえ。ついでに大家さんとこに寄って抜いていってくんない。それから一筆書いてもらいたい」

「なにを？」

「去状に決まってるじゃない」

「それはまた、いずれそのうち」

父親の宗右衛門が寄越した余所行きも、万太郎が持参した余所行きもそれは立派な、人目を集める着物だった。

だが、その前に、ちかがまあ並みの着物をその前に広げていった。

「貸衣装屋さんで借りたの。損料はわたしが働けるようになったら支払います、命を懸けて支払います。そういったら、三日ですが、借りることができました。おっ母さん、お願いだから、お浚いにきてください」

紅涙《こうるい》を絞るというと大袈裟だが、涙ながらに頭を下げられると、さすがに頑《かたく》なだったそでも折れざるを得ない。

「弁当をつくっていきましょう。ただし、新顔だから、奥の隅だよ」

「有難う、おっ母さん」

当日、そではちかを送り出したあと、弁当をつくって東井に出かけた。ぞろぞろと押しかけてきた父兄は互いに貌《かお》馴染みだから、にこやかに挨拶《あいさつ》を交わしている。そでは誰とも付き合いがない。ちかに言ったとおり、奥の隅にすわった。ちかが借りてきた着物は地味だから人目をひかない。置き忘れられた人形のようにぼんやり座っていた。

「弁当は三人前つくったんだろうなあ」

そう声をかけて万太郎が横にすわる。そではきっと眉を上げて言う。

「なにしにきたのさ」

「自分の子供の晴れ姿だ。見にきてなにが悪い」

「自分の子供？　よく言うよ」

「まあまあ」

そこで言い争うわけにもいかず、二人はお浚いがはじまるのを待った。

紋蔵もその日は休みを取って、東井に顔を出し、そういえば見なれぬ夫婦がきていると、横目で見ながら、前座よりもみわの三味線を待った。むろん、万太郎とそでがもともとは夫婦でよりを戻すなど知る由もない。

本書は二〇一七年六月に小社より単行本として刊行されました。

|著者|佐藤雅美　1941年1月兵庫県生まれ。早稲田大学法学部卒。'85年『大君の通貨』で第4回新田次郎文学賞、'94年『恵比寿屋喜兵衛手控え』で第110回直木賞を受賞する。他の著書に『手跡指南 神山慎吾』『官僚川路聖謨の生涯』『覚悟の人 小栗上野介忠順伝』『関所破り定次郎目籠のお練り 八州廻り桑山十兵衛』『頼みある仲の酒宴かな 縮尻鏡三郎』『知の巨人 荻生徂徠伝』『侍の本分』などがある。2019年7月逝去。

敵《かたき》討《う》ちか主殺《しゅごろ》しか　物書同心居眠《ものかきどうしんいねむ》り紋蔵《もんぞう》

佐藤雅美《さとうまさよし》

2021年4月15日第1刷発行

発行者――鈴木章一

発行所――株式会社　講談社

東京都文京区音羽2-12-21　〒112-8001

電話　出版（03）5395-3510

販売（03）5395-5817

業務（03）5395-3615

Printed in Japan

講談社文庫

定価はカバーに表示してあります

デザイン―菊地信義

本文データ制作―講談社デジタル製作

印刷―――豊国印刷株式会社

製本―――株式会社国宝社

ISBN978-4-06-523252-1

講談社文庫刊行の辞

二十一世紀の到来を目睫に望みながら、われわれはいま、人類史上かつて例を見ない巨大な転換期をむかえようとしている。

世界も、日本も、激動の予兆に対する期待とおののきを内に蔵して、未知の時代に歩み入ろうとしている。このときにあたり、創業の人野間清治の「ナショナル・エデュケイター」への志を現代に甦らせようと意図して、われわれはここに古今の文芸作品はいうまでもなく、ひろく人文・社会・自然の諸科学から東西の名著を網羅する、新しい綜合文庫の発刊を決意した。

激動の転換期はまた断絶の時代である。われわれは戦後二十五年間の出版文化のありかたへの深い反省をこめて、この断絶の時代にあえて人間的な持続を求めようとする。いたずらに浮薄な商業主義のあだ花を追い求めることなく、長期にわたって良書に生命をあたえようとつとめるところにしか、今後の出版文化の真の繁栄はあり得ないと信じるからである。

同時にわれわれはこの綜合文庫の刊行を通じて、人文・社会・自然の諸科学が、結局人間の学にほかならないことを立証しようと願っている。かつて知識とは、「汝自身を知る」ことにつきていた。現代社会の瑣末な情報の氾濫のなかから、力強い知識の源泉を掘り起し、技術文明のただなかに、生きた人間の姿を復活させること。それこそわれわれの切なる希求である。

われわれは権威に盲従せず、俗流に媚びることなく、渾然一体となって日本の「草の根」をかたちづくる若く新しい世代の人々に、心をこめてこの新しい綜合文庫をおくり届けたい。それは知識の泉であるとともに感受性のふるさとであり、もっとも有機的に組織され、社会に開かれた万人のための大学をめざしている。大方の支援と協力を衷心より切望してやまない。

一九七一年七月

野間省一

講談社文庫 最新刊

石川智健
いたずらにモテる刑事の捜査報告書
絶世のイケメン刑事とフォロー役の先輩が、今日も女性のおかげで殺人事件を解決する!

北森 鴻
螢 坂
〈香菜里屋シリーズ3〈新装版〉〉
偶然訪れた店で、男は十六年前に別れた恋人の名を耳にし――。心に染みるミステリー!

瀬戸内寂聴
花のいのち
100歳を前になお現役の作家である著者が、花に言よせて幸福の知恵を伝えるエッセイ集。

千野隆司
銘酒の真贋
〈下り酒一番㈤〉
分家を立て直すよう命じられた卯吉は!? 酒×大江戸の大人気シリーズ! 〈文庫書下ろし〉

呉 勝浩
バッドビート
頂点まで昇りつめてこそ人生! 最も注目される著者による、ノンストップミステリー!

日本推理作家協会 編
ベスト8ミステリーズ2017
降田天「偽りの春」のほか、ミステリーのプロが厳選した、短編推理小説の最高峰8編!

岡崎大五
食べるぞ!世界の地元メシ
ネットじゃ辿り着けない絶品料理を探せ。世界を駆けるタビメシ達人のグルメエッセイ。

トーベ・ヤンソン
リトルミイ 100冊読書ノート
大人気リトルミイの文庫サイズの読書ノートです。100冊記録して、思い出を「宝もの」に!

木《こ》原《はら》音《なり》瀬《せ》　箱の中
木原音瀬　美しいこと
木原音瀬　秘密
木原音瀬　嫌な奴
木原音瀬　罪の名前
近藤史恵　私の命はあなたの命より軽い
小泉凡　怪談四代記〈八雲のいたずら〉
小松エメル　夢の燈《ほ》影《かげ》〈新選組無名録〉
小松エメル　総司の夢
小島環 原作　あなしん 脚本　おかざきさとこ 小説　春待つ僕ら
呉勝浩　道徳の時間
呉勝浩　ロスト
呉勝浩　蜃気楼の犬
呉勝浩　白い衝動
こだま　夫のちんぽが入らない
こだま　ここは、おしまいの地
講談社校閲部　〈熟練校閲者が教える〉間違えやすい日本語実例集
佐藤さとる　〈コロボックル物語①〉だれも知らない小さな国
佐藤さとる　〈コロボックル物語②〉豆つぶほどの小さないぬ

佐藤さとる　〈コロボックル物語③〉星からおちた小さなひと
佐藤さとる　〈コロボックル物語④〉ふしぎな目をした男の子
佐藤さとる　〈コロボックル物語⑤〉小さな国のつづきの話
佐藤さとる　〈コロボックル物語⑥〉コロボックルむかしむかし
佐藤さとる　天狗童子
佐藤さとる 絵／村上勉　わんぱく天国
佐藤愛子　新装版 戦いすんで日が暮れて
佐木隆三　慟哭〈小説・林郁夫裁判〉
佐木隆三　身分帳
佐高信　石原莞爾その虚飾
佐高信　わたしを変えた百冊の本
佐高信　新装版 逆命利君
佐藤雅美　恵比寿屋喜兵衛手控え
佐藤雅美　隼小僧異聞〈物書同心居眠り紋蔵〉
佐藤雅美　密約〈物書同心居眠り紋蔵〉
佐藤雅美　老博奕打ち〈物書同心居眠り紋蔵〉
佐藤雅美　向井帯刀の発心〈物書同心居眠り紋蔵〉
佐藤雅美　一心斎不覚の筆禍〈物書同心居眠り紋蔵〉
佐藤雅美　魔物が棲む町〈物書同心居眠り紋蔵〉

佐藤雅美　ちよの負けん気、実の父親〈物書同心居眠り紋蔵〉
佐藤雅美　へこたれない人〈物書同心居眠り紋蔵〉
佐藤雅美　わけあり師匠事《こと》の顛末〈物書同心居眠り紋蔵〉
佐藤雅美　御奉行の頭の火照《ほて》り〈物書同心居眠り紋蔵〉
佐藤雅美　江戸繁昌記〈寺門静軒無聊伝〉
佐藤雅美　青雲遙かに〈大内俊助の生涯〉
佐藤雅美　悪足掻《あが》きの跡始末 厄介弥三郎
酒井順子　負け犬の遠吠え
酒井順子　金閣寺の燃やし方
酒井順子　気付くのが遅すぎて、
酒井順子　朝からスキャンダル
酒井順子　忘れる女、忘れられる女
佐野洋子　嘘ばっか〈新釈・世界おとぎ話〉
佐野洋子　コッコロから
佐川芳枝　寿司屋のかみさん サヨナラ大将
笹生陽子　ぼくらのサイテーの夏
笹生陽子　きのう、火星に行った。
笹生陽子　世界がぼくを笑っても
沢木耕太郎　一号線を北上せよ〈ヴェトナム街道編〉

真保裕一　アンダルシア〈外交官シリーズ〉
真保裕一　ダイスをころがせ！(上)(下)
真保裕一　天魔ゆく空(上)(下)
真保裕一　ローカル線で行こう！
真保裕一　遊園地に行こう！
真保裕一　オリンピックへ行こう！
篠田節子　弥　勒
篠田節子　転　生
篠田節子　竜と流木
重松　清　定年ゴジラ
重松　清　半パン・デイズ
重松　清　流星ワゴン
重松　清　ニッポンの単身赴任
重松　清　愛妻日記
重松　清　青春夜明け前
重松　清　カシオペアの丘で(上)(下)
重松　清　永遠《とわ》を旅する者〈ロストオデッセイ　千年の夢〉
重松　清　かあちゃん
重松　清　十字架

重松　清　峠うどん物語(上)(下)
重松　清　希望ヶ丘の人びと(上)(下)
重松　清　赤ヘル1975
重松　清　なぎさの媚薬(上)(下)
重松　清　さすらい猫ノアの伝説
重松　清　ルビィ
新野剛志　八月のマルクス
新野剛志　美しい家
新野剛志　明日の色
殊能将之　ハサミ男
殊能将之　鏡の中は日曜日
首藤瓜於　脳　男
首藤瓜於　事故係生稲昇太の多感
島本理生　シルエット
島本理生　リトル・バイ・リトル
島本理生　生まれる森
島本理生　七緒のために
小路幸也　高く遠く空へ歌ううた
小路幸也　空へ向かう花

小路幸也　スターダストパレード
小路幸也 原案　山田洋次 平松恵美子　家族はつらいよ
小路幸也 原作・脚本 山田洋次 脚本 平松恵美子　家族はつらいよ2
小路幸也 原作・脚本 山田洋次 脚本 平松恵美子　妻よ薔薇のように〈家族はつらいよIII〉
島田律子　私はもう逃げない〈自閉症の弟から教えられたこと〉
辛酸なめ子　女修行
柴崎友香　ドリーマーズ
柴崎友香　パノララ
翔田　寛　誘拐児
白石一文　この胸に深々と突き刺さる矢を抜け(上)(下)
小説現代編 石田衣良他著　10分間の官能小説集
小説現代編 勝目　梓他著　10分間の官能小説集2
小説現代編 乾くるみ他著　10分間の官能小説集3
柴村　仁　夜　宵
柴村　仁　プシュケの涙
柴田哲孝　クズリ〈ある殺し屋の伝説〉
塩田武士　盤上のアルファ
塩田武士　盤上に散る
塩田武士　女神のタクト

塩田武士　ともにがんばりましょう
塩田武士　罪の声
塩田武士　氷の仮面
芝村涼也　孤《こ》闘《とう》の寂《せき》〈素浪人半四郎百鬼夜行(六)〉
芝村涼也　邂逅の紅蓮〈素浪人半四郎百鬼夜行(七)〉
芝村涼也　終焉の百鬼行〈素浪人半四郎百鬼夜行(八)〉
芝村涼也　追憶の翰《かん》〈素浪人半四郎百鬼夜行(拾遺)〉
真藤順丈　畦と銃
柴崎竜人　三軒茶屋星座館1〈冬のオリオン〉
柴崎竜人　三軒茶屋星座館2〈夏のキグナス〉
柴崎竜人　三軒茶屋星座館3〈春のカリスト〉
柴崎竜人　三軒茶屋星座館4〈秋のアンドロメダ〉
周木　律　眼球堂の殺人〈～The Book～〉
周木　律　双孔堂の殺人〈～Double Torus～〉
周木　律　五覚堂の殺人〈～Burning Ship～〉
周木　律　伽藍堂の殺人〈～Banach-Tarski Paradox～〉
周木　律　教会堂の殺人〈～Game Theory～〉
周木　律　鏡面堂の殺人〈～Theory of Relativity～〉
周木　律　大聖堂の殺人〈～The Books～〉

下村敦史　闇に香る嘘
下村敦史　生還者
下村敦史　叛《はん》徒《と》
下村敦史　失踪者
下村敦史　緑の窓口〈樹木トラブル解決します〉
九把刀　阿井幸作／泉京鹿 訳　あの頃、君を追いかけた
杉本苑子　孤愁の岸(上)(下)
鈴木光司　神々のプロムナード
鈴木英治　大江戸監察医
杉本章子　お狂言師歌吉うきよ暦
杉本章子　大奥二人道成寺〈お狂言師歌吉うきよ暦〉
諏訪哲史　アサッテの人
菅野雪虫　天山の巫《み》女《こ》ソニン(1)　黄金の燕
菅野雪虫　天山の巫《み》女《こ》ソニン(2)　海の孔雀
菅野雪虫　天山の巫《み》女《こ》ソニン(3)　朱鳥《あけがらす》の星
菅野雪虫　天山の巫《み》女《こ》ソニン(4)　夢の白鷺
菅野雪虫　天山の巫《み》女《こ》ソニン(5)　大地の翼
鈴木大介　ギャングース・ファイル〈家のない少年たち〉
鈴木みき　日帰り登山のススメ〈あした、山へ行こう！〉

瀬戸内寂聴　新寂庵説法　愛なくば
瀬戸内寂聴　人が好き［私の履歴書］
瀬戸内寂聴　白道
瀬戸内寂聴　寂聴相談室 人生道しるべ
瀬戸内寂聴　瀬戸内寂聴の源氏物語
瀬戸内寂聴　愛する能力
瀬戸内寂聴　藤壺
瀬戸内寂聴　生きることは愛すること
瀬戸内寂聴　寂聴と読む源氏物語
瀬戸内寂聴　月の輪草子
瀬戸内寂聴　新装版 寂庵説法
瀬戸内寂聴　死に支度
瀬戸内寂聴　新装版 蜜と毒
瀬戸内寂聴　新装版 花《か》怨《えん》
瀬戸内寂聴　新装版 祇《ぎ》園《おん》女御《にょうご》(上)(下)
瀬戸内寂聴　新装版 かの子撩乱
瀬戸内寂聴　新装版 京まんだら(上)(下)
瀬戸内寂聴　いのち
瀬戸内寂聴・訳　源氏物語 巻《まき》一《いち》

2021年3月12日現在